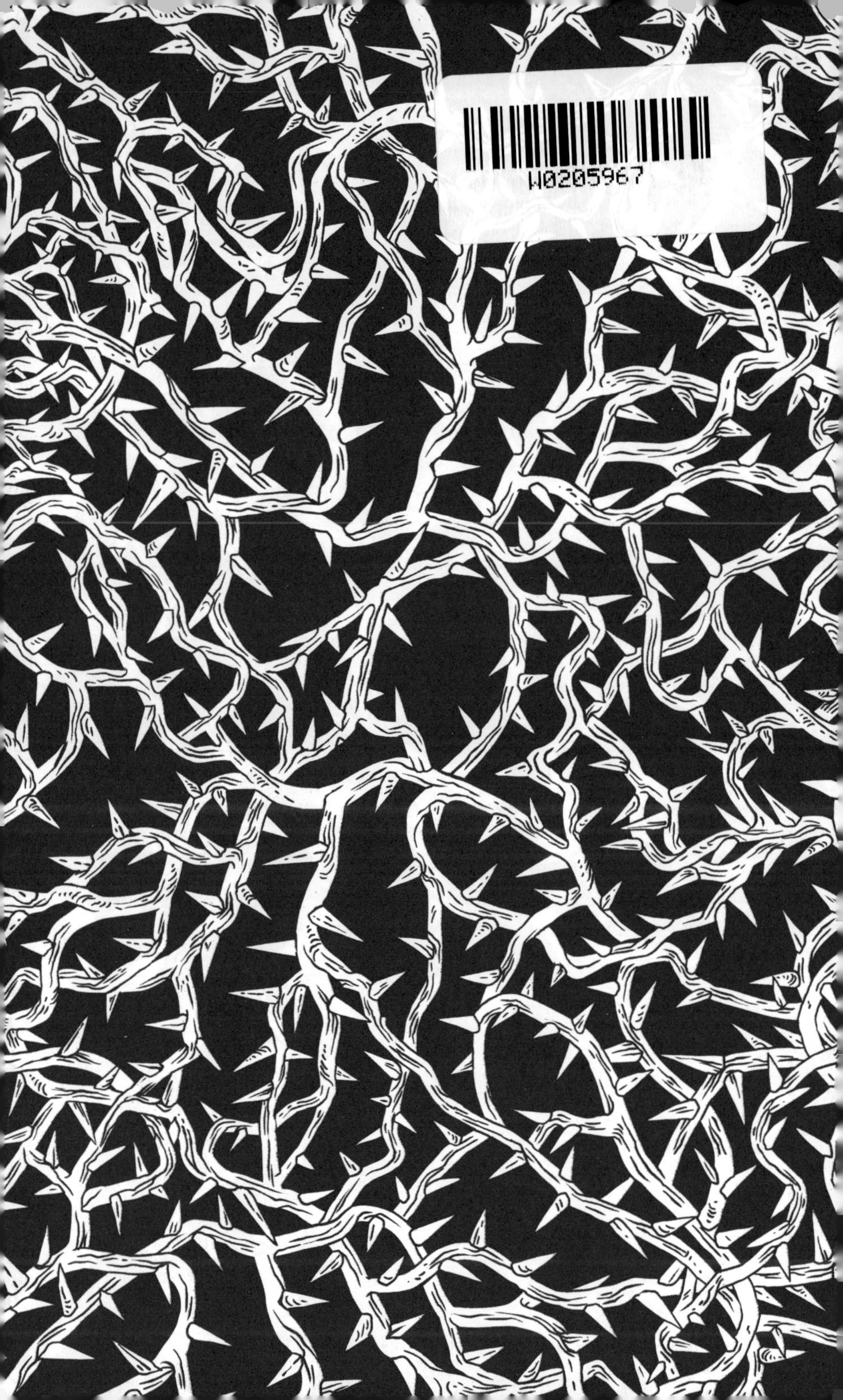

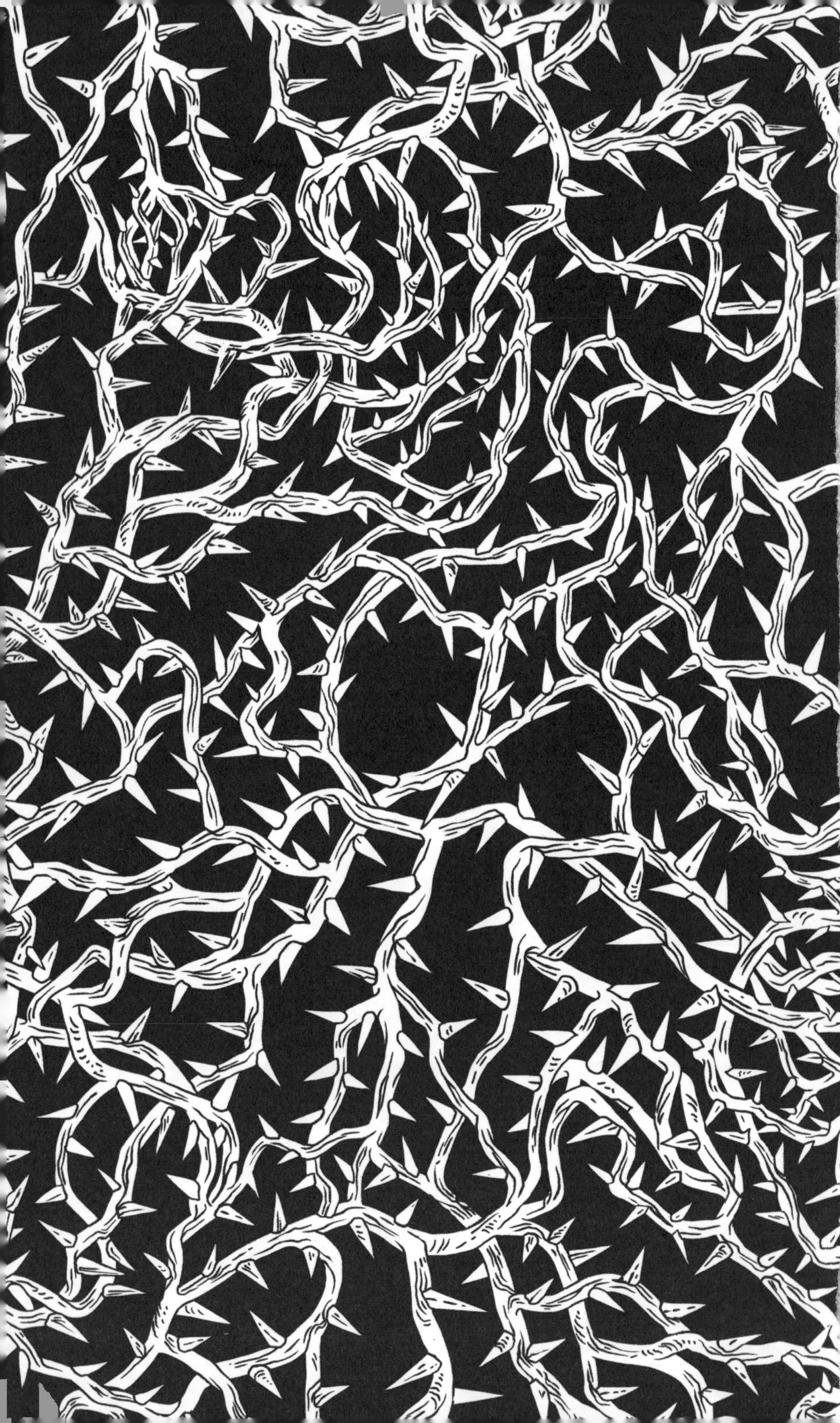

VICTOR DIXEN

AGENCE PERDIDO

1. LES DERNIERS RETROUVEURS

Bayard Jeunesse

OUVREZ LES YEUX !

Ce récit contient
quelques illustrations du monde
étrange et périlleux des croquemitaines.

Saurez-vous retrouver
les objets perdus et les dangers cachés
qui se nichent dans les recoins
les plus obscurs des oubliettes ?

PEFC
PEFC/18-31-280
Certifié PEFC
Ce produit est issu de forêts gérées durablement, de sources recyclées et contrôlées
www.pefc-france.org

Cet ouvrage a été mis en pages
par Nord Compo à Villeneuve-d'Ascq
Imprimé en Italie par L.E.G.O. S.p.A.
en août 2024

Illustrations de couverture et intérieures :
Noëmie Chevalier.

18 rue Barbès, 92128 Montrouge Cedex
ISBN de l'édition reliée : 979-1-0363-7469-2
ISBN de l'édition brochée : 979-1-0363-6521-8
Dépôt légal : octobre 2024

Loi n° 49-956 du 16 juillet 1949 sur les publications destinées
à la jeunesse.

Pour E.

Pour Ulysse, Charlotte et Mathilda.

Pour celles et ceux qui savent
que l'espoir n'est jamais perdu.

1

LE SOIR OÙ J'AI PERDU MA MÈRE

Lorsque le bus scolaire arriva devant chez moi, ce soir d'octobre il y a un an, je devinai tout de suite que quelque chose n'allait pas : ma mère n'était pas devant la porte. La petite maison isolée où je vivais avec elle se dressait tout au bout d'une route de montagne, dans la forêt des Catskills, à l'est de l'État de New York. En cette saison, le toit était couvert de feuilles mortes. C'était le pic de l'automne, quand la nature flamboie avant de plonger dans l'hiver. De la fumée s'élevait de la cheminée en pierre. Les volutes dansaient dans la lumière des lampadaires plantés sur la pelouse, avant d'aller se perdre dans la nuit qui venait de tomber.

Ce spectacle m'était familier. L'absence de ma mère l'était moins. D'habitude, chaque soir, elle guettait l'arrivée du bus de ramassage scolaire jaune depuis la fenêtre de la cuisine, et elle venait m'accueillir sur le seuil de la maison. Son attitude de maman poule m'avait souvent fait honte. Elle se croyait obligée d'en faire des tonnes pour combler l'absence de mon père, mort peu de temps après ma naissance. Ses excès d'attention m'embarrassaient. Je craignais que le conducteur et les autres collégiens me prennent pour une gamine. Mais ce soir-là, il n'y avait personne pour m'attendre. Je ne ressentis aucun soulagement, au contraire. Plutôt une sourde angoisse. Je me figeai sur le marchepied du bus, comme si une part de moi-même refusait de descendre.

« Ça va, Lucy ? » me demanda le conducteur.

Je sentais peser sur ma nuque les regards des collégiens encore présents dans le véhicule – ceux qui, comme moi, habitaient dans des logements reculés, les derniers à être desservis. Ils étaient pressés de rentrer chez eux. D'un coup d'œil, je vérifiai que la petite voiture de ma mère était bien garée sous l'auvent. Oui, elle était à la maison.

« Tout va bien, monsieur Bob, dis-je au conducteur. À demain. »

La porte automatique se referma derrière moi en poussant un soupir pneumatique. Le bus mit les gaz et repartit le long de la route sinueuse. Il disparut derrière les arbres dévorés par le crépuscule. L'éclat des phares s'éteignit au détour d'un sapin et la forêt engloutit le ronronnement du moteur.

Le calme soudain me fit tressaillir. En été, les Catskills bruissaient de chants d'oiseaux et de vrombissements d'insectes. Mais au cœur de l'automne, le silence n'était troublé que par les craquements des branches dans la bise. Je me hâtai vers la maison. C'était une vieille bâtisse montagnarde de type chalet, que mes parents avaient rénovée à leur goût. En temps normal, les rares visiteurs la trouvaient charmante ; mais ce soir, elle me semblait étrangement lugubre. Quatre citrouilles étaient disposées sur le pas de la porte d'entrée. Ma mère et moi les avions gravées de visages grimaçants, comme c'est la tradition pour la saison. Il ne restait plus que deux semaines avant la nuit du 31 octobre, celle d'Halloween. Une fois encore, nous la passerions en tête à tête devant une comédie horrifique vintage pas vraiment effrayante, du genre *Gremlins* ou *Beetlejuice*. Elle utiliserait ses talents de comédienne pour imiter des voix et rajouter des personnages, jusqu'à ce qu'on soit mortes de rire.

Le sourire aux lèvres, je tournai la poignée de la porte. Elle était verrouillée. Normal : ma mère tenait toujours à ce qu'on ferme à clé, même quand on était à l'intérieur. Dans la région reculée qui était la nôtre, elle affirmait qu'on n'était jamais trop prudent.

Je sortis mon trousseau de mon sac à dos et déverrouillai la porte ornée de motifs en fer forgé.

« Meg ? » appelai-je en entrant dans le séjour.

Depuis quelques mois, j'avais pris l'habitude de l'appeler par son surnom – « Meg » pour « Margaret » –, plutôt que « Maman ». Un moyen comme un autre de couper un peu le cordon ombilical. Ça la faisait sourire et elle prenait un malin plaisir à me répondre en m'affublant d'un sobriquet bien gnangnan, du genre : *« Oui, ma tartelette aux framboises ? »* ou *« Qu'est-ce qu'il y a, mon chou à la crème ? »*

Ce soir-là, cependant, pas de nom à la guimauve. Juste une mélodie : de la musique classique tournait dans la chaîne hifi. Il faut dire que ma mère possédait encore une sacrée collection de CD. Notre demeure forestière était si isolée qu'on y captait très mal Internet. On ne pouvait pas compter sur un service de musique en ligne : il fallait recourir aux bonnes vieilles méthodes.

« Meg, je suis rentrée », annonçai-je, un peu plus fort.

Elle était forcément à la maison : outre la voiture et la musique, les lumières du salon étaient toutes allumées. Il flottait dans l'air un parfum d'épices d'automne – cannelle, gingembre, clous de girofle. Ma mère avait dû préparer une tarte à la citrouille pour le dessert, un classique d'octobre. Il y avait même une bouilloire électrique encore chaude dans la cuisine.

« Maman ! » criai-je à pleine voix, dérogeant à ma propre règle.

Toujours rien. Rien que la mélodie qui continuait de couler depuis les enceintes du salon. Je prêtai l'oreille plus attentivement et reconnus *Le Lac des cygnes* de Tchaïkovski. C'était une valse romantique. Le morceau toucha à sa fin, puis recommença du début. Pourquoi ma mère avait-elle programmé la chaîne hifi pour le jouer en boucle ? Et pourquoi ne répondait-elle pas à mes appels ? Un autre rythme vint se superposer aux accords langoureux des violons : le tamtam de mon cœur qui battait de plus en plus vite dans mes tempes.

Je pris conscience que le bus scolaire était loin, à présent. À travers les fenêtres, la nuit noire et silencieuse semblait m'observer. Il n'y avait pas d'autre habitation à des kilomètres à la ronde. Si ma mère, pour une raison inexplicable, n'était pas là, alors cela signifiait que j'étais absolument seule. Une fille d'à peine quatorze ans, dans une petite maison perdue au milieu de la forêt.

Soudain, un bruit sourd résonna contre le carreau de la cuisine :

Bom !

Je poussai un cri de surprise – de terreur. Il y avait quelqu'un, là dehors, qui voulait entrer. Une peur irrationnelle, venue du passé, s'empara de moi : *le Seigneur des Ronces !* Je n'y avais pas pensé depuis des années, et voilà qu'il me prenait au dépourvu. C'était le monstre que ma mère avait inventé quand j'étais petite, pour me dissuader de me promener seule dans les bois… et pour me rappeler de toujours bien fermer à double tour derrière moi. Ce que j'avais négligé de faire tout à l'heure en rentrant.

Bom !

Le souffle court, je pivotai sur mes talons et me ruai vers la porte d'entrée. Elle n'était pas équipée d'un taquet comme dans les maisons modernes et il fallait utiliser la clé pour la verrouiller depuis l'intérieur !

Je fouillai fébrilement au fond de mon sac à dos. J'avais l'impression que le maudit trousseau se dérobait à mes quatre doigts – oui, quatre, car j'étais née avec l'auriculaire de la main droite en moins. En temps normal cette anomalie ne me gênait guère, j'avais appris à tenir mon stylo comme les autres élèves ; mais par cette nuit lugubre, dans ce moment de panique, j'avais l'impression d'être sévèrement amputée.

Bom !

Je finis par mettre la main sur le trousseau, enfonçai la clé dans la serrure, tournai le verrou si brutalement que je me cassai un ongle. J'étais trop bouleversée pour ressentir la douleur. Mon ventre était si serré que j'avais du mal à respirer. Derrière moi, la valse de Tchaïkovski tournait toujours, en mode *repeat*.

« Le Seigneur des Ronces n'existe pas, murmurai-je à voix basse. J'ai passé l'âge de croire à ces histoires. Il n'y a personne dehors. »

Comme en réponse à mes bredouillements, un quatrième coup résonna, cette fois au carreau du salon.

Bom !

C'était un petit écureuil gris qui tapait du museau contre la vitre. Celui que ma mère et moi avions l'habitude de nourrir à la mauvaise saison avec des graines de tournesol et un peu de beurre. Je m'étais fait une telle frayeur pour rien du tout ! Mon ventre se desserra. Je laissai échapper un long soupir.

Cependant, ce répit ne dura guère. Car il n'y avait toujours aucun signe de vie dans la maison. Je décrochai le téléphone posé sur la table du salon et je composai le numéro de Patricia. C'était la collègue de ma mère, dans la petite épicerie du village de Grayfall où elle travaillait, à une demi-heure de chez nous.

« Allô ? fit une voix un peu cassée dans le combiné – Patricia fumait beaucoup.

– Bonsoir Patricia. Ici Lucy Lachance. La fille de Meg.

– Je sais bien qui tu es, ma petite Lucy ! Que me vaut l'honneur de ton appel ? »

Patricia me parlait encore comme quand j'étais petite, elle ne semblait pas avoir réalisé que j'étais devenue une adolescente.

« Est-ce que ma mère est toujours à l'épicerie avec vous ? lui demandai-je.

– Je te rappelle que l'épicerie ferme à seize heures, Lucy. Meg a quitté son service pour rentrer chez elle voilà plus de deux heures. D'ailleurs, il faudrait que tu passes à la boutique un de ces quatre. On a reçu des cookies aux noix de macadamia, à tomber ! Si je me souviens bien, ce sont ceux que tu préfères, pas vrai ? »

Mon ventre, qui s'était légèrement desserré, se noua à nouveau.

« Meg a disparu », parvins-je à articuler dans un filet de voix.

Le fait d'énoncer cette horreur, de la mettre en mots, m'arracha un sanglot. Quand je pensais à toutes ces fois où j'avais eu honte de ma mère trop présente ! Oh, plus jamais je ne me plaindrais de la voir m'attendre sur le seuil de la maison !

« Que veux-tu dire par *disparu* ? » grésilla la voix de Patricia au fond du combiné.

Plus de rigolade ni de cookies : elle avait compris que la situation était sérieuse.

« Tout était allumé quand je suis rentrée, expliquai-je. Mais ma mère n'est pas là.

– Tu as regardé dans toute la maison ?

– Juste le rez-de-chaussée, balbutiai-je. Mais je… je l'ai appelée plusieurs fois. »

Tout en prononçant ces mots, je me trouvais stupide. Et si ma mère était bien dans la maison, mais qu'elle avait eu un malaise et qu'elle était incapable de me répondre ? Et si elle avait besoin de soins urgents ? Et si sa vie ne tenait qu'à quelques secondes, que j'étais en train de gaspiller en pleurnichant au téléphone ?

« Je vais voir là-haut, Patricia, haletai-je. Restez en ligne.

– Non ! Toi, reste où tu es, j'appelle le 911 et je… »

Je n'entendis pas la fin de sa phrase : j'avais reposé le combiné à côté du téléphone, pour me précipiter vers l'escalier.

2

UNE ODEUR DE SOUFRE

Je tournai l'interrupteur et montai les marches quatre à quatre.

« Maman ! m'écriai-je. Si tu es là-haut, ne t'inquiète pas : j'arrive ! »

J'ouvris la porte de sa chambre : elle était déserte. La mienne aussi, ainsi que la salle de bains que nous partagions. Je m'apprêtais à redescendre pour reprendre la conversation avec Patricia, quand des craquements retentirent au-dessus de ma tête. *Le grenier.* Je n'avais pas songé à vérifier cette dernière pièce, qui servait de débarras et dans laquelle je n'allais jamais. Quant à ces bruits de parquet, c'était certainement un rat ou une fouine, n'est-ce pas ? Après m'être mise dans tous mes états à cause d'un simple écureuil, je n'allais pas flancher pour si peu.

Je me dirigeai vers la porte du grenier, tout au bout du couloir. Elle s'ouvrit en grinçant. Derrière, une volée de marches s'élevait dans l'obscurité. Les combles n'étaient pas électrifiés. Je cherchai à tâtons la vieille lampe de poche rouillée que ma mère gardait suspendue à un clou et finis par la trouver. Un faisceau de lumière tremblotant jaillit de l'ampoule : visiblement, l'unique pile de la loupiote était en bout de course. Bah, ça suffirait à jeter un rapide coup d'œil au grenier, où il n'y avait certainement rien à voir – d'ailleurs, les craquements avaient cessé.

Je gravis les marches une à une, au son de la valse de Tchaïkovski qui continuait de monter du rez-de-chaussée, en sourdine.

« Meg ? » appelai-je, sans attendre de réponse.

Je balayai le grenier avec la lumière anémique de la lampe. Ici, une table à repasser cassée… Là, un filet de badminton qu'on ne ressortirait pas avant l'été… Plus loin, des tas de couvertures soigneusement pliées dans des housses en plastique transparentes…

Soudain, au moment où le faisceau se posa sur une vieille bicyclette, l'empilement de bagages qui se trouvait derrière s'écroula comme un château de cartes. Le vacarme fit trembler le sol sous mes pieds et mes jambes se mirent à flancher. Même après que la dernière valise se fut écrasée au sol, le plancher continua à craquer. Je retenais mon souffle, le diaphragme serré comme un poing. Il était impossible que des pattes de rats fassent gémir les lattes de manière aussi sonore : elles ployaient sous le poids d'un être humain, lourd d'au moins cent kilos à en juger par le vacarme. Cet intrus devait sans doute être caché derrière la pile de valises quand j'étais entrée au dernier étage. *Et à présent, il s'était retranché dans les ombres du grenier.*

En un éclair, je compris pourquoi Patricia m'avait implorée de rester en bas. Elle avait imaginé le pire. Un cambriolage. Et moi, l'écervelée, je venais de me jeter dans la gueule du loup.

La lampe de poche se mit à trembler dans ma main.

Le faisceau, à tressauter devant moi.

Des paroles inarticulées montèrent à mes lèvres :

« Je… je vous… je vous préviens… »

Tétanisée, j'étais incapable de fuir. Je ne parvenais qu'à balayer fébrilement le grenier avec la lampe, pour tenter de voir celui qui s'y dissimulait. Mais le faisceau était trop faible. Il s'amenuisait à chaque seconde. La pile était en train de rendre l'âme. Dans quelques instants, je serais dans le noir complet.

Le plancher se remit soudain à craquer lourdement. L'intrus marchait vers moi. Les lattes tremblaient sous son énorme poids. Pire encore : je perçus des bruits sourds contre les poutres à plus de trois mètres au-dessus de moi, comme si sa tête se cognait au plafond. Au même instant, le filet de lumière au bout de mon poing s'éteignit tout à fait. Ce fut le déclic qui m'arracha à la stupeur. Je poussai un cri perçant, laissai tomber la lampe inutile et me ruai vers l'escalier.

Mais le débarras était encombré de sacs et de meubles, un vrai parcours du combattant où il m'était impossible de me repérer sans y voir clair. Je me pris les pieds dans un obstacle invisible et trébuchai. Mon menton heurta le sol de plein fouet, envoyant une onde de douleur dans ma mâchoire. Mon crâne se mit à sonner comme une cloche. Derrière moi, le parquet craquait de plus en plus fort, les poutres résonnaient comme les lames de bois d'un gigantesque xylophone... l'intrus s'approchait, renversant tout sur son passage.

Le souffle court, je tentai de me relever.

Des échardes s'enfoncèrent dans les paumes de mes mains.

Mes poumons, eux aussi, semblaient criblés de mille échardes.

Chaque bouffée d'air me semblait plus difficile à inspirer que la précédente. Parce que la panique me comprimait la poitrine. Et parce qu'une senteur piquante me saturait les narines. C'était lui, l'intrus, qui l'émettait, j'en étais certaine : une odeur de soufre suffocante.

On dit que la mémoire des odeurs est la plus primale, directement reliée aux zones profondes du cerveau. Un souvenir me submergea avec une violence inouïe : cette carcasse de chevreuil à demi dévorée par un renard, que ma mère et moi avions découverte lors d'une promenade en forêt quand j'avais six ans. Les détails de la charogne me revinrent avec une horrible précision. Les os des côtes mis à nus... Les yeux vitreux tournés vers le ciel... Et les flancs gonflés de gaz de putréfaction.

C'était la même odeur qui me donnait la nausée à présent, à quatre pattes dans le grenier aveugle, comme si… comme si *ma propre mort* venait à moi.

« Non…, hoquetai-je. Je ne veux pas mourir. »

Au prix d'un effort surhumain, je parvins enfin à me relever. Je repris ma course folle en direction de l'escalier, retenant ma respiration pour ne pas défaillir. Ma panique était telle que je sentais à peine les coins des tables et des commodes percuter mes tibias, s'enfoncer dans mes hanches.

Je dévalai les marches en me raccrochant au mur, manquant de tomber à chaque pas. À peine parvenue au premier étage, je claquai la porte derrière moi, me précipitai dans ma chambre, empoignai ma chaise et calai le dossier contre la poignée du grenier pour la condamner.

Puis je descendis en trombe au rez-de-chaussée. Alors seulement, dans la lumière rassurante des abat-jours, je pris conscience de la douleur. Mon corps était couvert d'hématomes. Un filet de sang dégouttait de mon menton fendu, là où j'étais tombée.

La valse de Tchaïkovski tournait toujours dans la chaîne hifi, mais un sifflement strident était venu s'ajouter à l'orchestre : la sirène d'une voiture de police, qui remontait à toute allure la route menant à la maison.

Les policiers, que Patricia avait alertés, ne trouvèrent rien. Aucune marque d'effraction. Pas la moindre trace de vol. Et surtout, personne dans le grenier. Ce dernier était désert. Le cambrioleur, que pourtant j'étais certaine d'avoir entendu, s'était volatilisé aussi mystérieusement que ma mère.

« Je vous jure qu'il y avait quelqu'un, dis-je au commissaire.

– Quelqu'un comment, jeune fille ? Donne-moi son signalement. »

J'étais incapable de répondre à cette question. Comment lui expliquer que j'avais eu l'intuition d'être en présence d'un être colossal, bien plus grand que n'importe quel humain ?

« Je ne l'ai pas vu, mais je l'ai entendu… et je l'ai senti, articulai-je, au bord des larmes.

– Dans le noir, on peut imaginer beaucoup de choses. Surtout à ton âge, à l'approche d'Halloween. »

Le grenier, éclairé par les projecteurs de la police, me semblait plus petit. Comme si la lumière l'avait fait rapetisser. Comme si tout ce que j'avais cru y vivre n'avait été qu'un cauchemar.

« Sentez ! m'écriai-je. L'odeur est encore là. Plus faible, mais pas tout à fait disparue. »

Le commissaire renifla avec lassitude. De lourdes poches lestaient ses yeux. C'était sans doute pour lui la fin d'une longue journée de travail.

« Mouais… il y a peut-être une vague odeur d'œuf pourri. Sans doute un rat crevé quelque part. » Il soupira et ajouta : « J'ai déjà assez à faire avec les humains, alors je ne vais pas me mettre à enquêter chez les rongeurs. Ha, ha, ha ! »

L'enquête fut rapidement menée. Elle conclut au départ volontaire de Margaret Lachance. On me dit qu'elle était partie de son plein gré. Que je ne pouvais pas continuer de vivre toute seule dans les Catskills. Qu'il me fallait quitter la seule région que je connaissais depuis toute petite pour aller habiter à New York chez une tante que je n'avais jamais rencontrée.

Au fond de moi, j'étais persuadée que ma mère ne m'avait pas abandonnée. Mais je n'avais aucune preuve. L'odeur de soufre elle-même finit par s'évaporer. Et mes impressions de cette nuit-là, elles aussi, s'émoussèrent, jusqu'à ce que je me persuade que tout ceci n'avait été que le fruit de mon imagination.

Je ne savais pas que les ombres sont hantées par des créatures démoniaques, qui se glissent d'un autre monde pour venir arracher des morceaux du nôtre. Comme l'immense majorité des gens, j'ignorais l'existence des croquemitaines. Je n'avais pas encore fait la connaissance de Rita Perdido et de sa mystérieuse agence. Ces évènements extraordinaires arrivèrent bien plus tard, un an après que j'eus tout perdu : ma mère, ma maison, et tout ce qui me rattachait à mon enfance.

3

LA CHASSE AUX OBJETS PERDUS

Pour raconter la manière dont l'agence Perdido entra dans ma vie, il me faut commencer par ce soir de la mi-octobre, un an presque jour pour jour après la disparition de ma mère. J'étais assise dans le train qui me ramenait d'Ernest Hemingway High School. Comme d'habitude, j'avais pris place dans la voiture de queue. J'attendis que tous les voyageurs descendent au terminus, la gare de Grand Central en plein cœur de Manhattan. Puis je me mis à parcourir les voitures désertées en direction de la tête du train, tous mes sens en éveil pour repérer les objets oubliés par les voyageurs. C'était la même routine chaque soir, depuis que j'étais arrivée à New York. Et pourtant, je me sentais toujours aussi mal de dépouiller ainsi les wagons. Je savais que ma mère aurait désapprouvé ce comportement. Seulement voilà : elle n'était plus là et je vivais désormais chez sa sœur aînée. Tante Doris m'assurait que ma chasse n'était pas du vol, puisque les propriétaires de ces objets les avaient abandonnés. De toute façon, elle ne me laissait guère le choix : elle exigeait que je lui paie un loyer. C'était ça ou la rue. Je venais d'avoir quatorze ans quand j'étais arrivée chez elle ; une année plus tard, à tout juste quinze ans, je n'avais toujours pas l'âge de travailler pour gagner un salaire. Alors je pillais le train chaque soir et livrais mon butin à tante Doris, afin d'avoir un toit sous lequel dormir à la nuit tombée.

Les bons jours, je rapportais des foulards de soie, des liseuses électroniques, parfois même un bijou. Mais pas en cette fin d'après-midi du 17 octobre. J'étais déjà à mi-parcours, et je n'avais repéré que des journaux froissés et des paquets de biscuits vides. Rien qui vaille la peine d'être emporté. Par mesure de précaution, je fourrai dans mon sac à dos un sandwich à demi dévoré et une barre chocolatée encore intacte dans son emballage, laissés sur une tablette. Je savais que si mon retour de chasse ne satisfaisait pas ma tante, elle me priverait de dîner. Au moins, avec ce piquenique improvisé, j'aurais quelque chose à me mettre sous la dent…

Soudain, mes yeux se posèrent sur le graal de tout fouisseur de wagon : un portefeuille gisait sur le sol à côté d'un repose-pied ! Il avait dû tomber de la poche du voyageur qui s'était assis là. Je l'ouvris fébrilement et comptai cent dollars à l'intérieur. Je m'efforçai de ne pas regarder la carte d'identité à côté des billets, pour ne pas penser au pauvre homme qui se rendrait compte de sa perte en rentrant chez lui… Dans ce genre de cas, j'étais toujours traversée par l'envie de ne prendre que l'argent et de déposer le reste au bureau des Objets Trouvés de la gare. Mais tante Doris me l'avait rigoureusement interdit. Elle prétextait que je risquais de paraître louche, à rapporter un portefeuille sans l'intégralité de son contenu. La mort dans l'âme, je jetai donc ma trouvaille dans mon sac à dos et me remis en route. À présent que j'avais gagné mon gîte et mon couvert, j'étais moins assidue dans mes recherches. J'avais surtout envie d'en finir.

Mais alors que je pénétrais dans l'avant-dernière voiture, un éclat métallique attrapa mon regard. Là, coincée dans l'interstice entre deux banquettes, il y avait une chaînette cuivrée. Peut-être un collier ou une gourmette ? Je me faufilai entre les fauteuils et attrapai l'extrémité de la chaînette pour la dérouler. Elle était attachée à une sorte de cône, cuivré lui aussi, haut de quatre centimètres. Drôle de pendentif… J'avais beau chercher, je ne trouvais pas le fermoir. Peut-être le collier était-il cassé ? Tante Doris en voudrait-elle tout de même ?

Je pris le cône dans ma main pour le soupeser et tenter d'en estimer la valeur. À peine eut-il touché ma paume que je ressentis un picotement bizarre, comme une petite décharge d'électricité statique…

« Je peux vous aider, mademoiselle ? »

Je sursautai et refermai brusquement mes quatre doigts sur le pendentif pour le dissimuler. Puis je me retournai, le cœur battant à cent à l'heure. Un contrôleur en costume et casquette se tenait là. D'habitude, je faisais bien attention de descendre du train quand je voyais du personnel de bord – quitte à remonter une voiture plus loin. Mais ce soir-là, j'étais tellement absorbée par le pendentif que je n'avais pas entendu cet homme arriver dans mon dos.

« Le train est à quai depuis dix minutes déjà, il faut descendre, me dit-il. À moins que vous ayez perdu quelque chose ?

– Je… euh… non, je m'étais juste endormie en rentrant du lycée », bafouillai-je.

Dans mon poing serré, le pendentif continuait de me picoter, mais pour rien au monde je n'aurais rouvert la main. Le regard suspicieux de l'agent me remplissait d'effroi. *Peut-être m'a-t-il vue prendre ce bijou*, disait une petite voix dans ma tête. *Peut-être va-t-il me demander d'ouvrir mon sac, et y découvrir un portefeuille qui ne m'appartient pas.* Tiraillée entre la culpabilité et la panique, je sentis une sueur glacée couler dans mon dos.

« Tu t'es endormie, vraiment ? répéta l'agent en fronçant les sourcils. Il va falloir que je sévisse. »

Plus de « mademoiselle » ni de « puis-je vous aider ». Le sourire aimable sur le visage du contrôleur avait fait place à une expression dure. Il sortit un stylo et un carnet de la poche de son gilet. Des pensées catastrophiques se succédaient dans ma tête, comme une rangée de dominos s'effondrant les uns sur les autres.

Il n'est pas dupe de mon histoire. Il a été témoin de mes vols. Il va prendre mes coordonnées et m'emmener au poste de police. Là-bas, ils découvriront non seulement le portefeuille, mais ils feront aussi le lien avec tous ces objets disparus et jamais retrouvés depuis un an. Ce n'est pas chez tante Doris que je vais dormir ce soir, ni même à la rue, mais en prison !

Mon regard fusa jusqu'à la porte de la voiture, ouverte dans le dos de l'agent. Le cœur battant à tout rompre, les muscles de mes cuisses fléchis dans mon jean troué, je m'apprêtais à bondir pour échapper à mon sort quand le contrôleur éclata de rire :

« Quelle tête tu fais ! Je t'ai bien eue. Il n'est pas interdit de dormir dans les trains, ça ne mérite pas une amende. Encore faut-il se réveiller à temps. »

Sous mes yeux incrédules, il rangea son stylo et son carnet dans sa poche.

« Imagine que le train soit reparti dans la direction opposée avec toi à bord, me sermonna-t-il. Tu te serais réveillée à perpète, à Yonkers ou plus loin encore. Et tu aurais fait une belle frayeur à ta famille avant Halloween !

– Oui, monsieur le contrôleur… », balbutiai-je.

Je n'allais pas lui dire que je n'avais plus de parents. Ni que la fête d'Halloween me faisait horreur depuis la disparition de ma mère l'année dernière à cette époque.

« La prochaine fois que tu piqueras un somme après les cours, programme la sonnerie de ton téléphone portable pour te réveiller au terminus.

– C'est promis. »

Là aussi, inutile de lui préciser que je ne possédais pas de téléphone, tante Doris trouvant le prix de l'abonnement bien trop élevé.

« Bien, file maintenant. »

J'attrapai la bretelle de mon sac à dos et déboulai sur le quai sans demander mon reste. Après le silence oppressant de la rame, le brouhaha de la gare m'explosa aux oreilles. Des hordes de voyageurs se pressaient pour attraper leur train, stationné en face de celui par lequel j'étais arrivé. Je remontai tant bien que mal ce courant humain grouillant, afin de mettre le plus de distance possible entre le contrôleur et moi. Il me fallait jouer des coudes pour me faufiler entre ces hommes et ces femmes aux regards vagues, harassés par leur journée de travail et impatients de rentrer dans leurs banlieues lointaines. Ce troupeau en pleine transhumance semait tout un tas de petites choses derrière lui : pièces de monnaie, journaux, jetons, écouteurs, boucles d'oreilles. En d'autres circonstances, j'aurais attendu que le quai se vide pour le ratisser. Mais pas ce soir. Je n'avais qu'une hâte : rentrer chez tante Doris et ouvrir enfin mon poing serré, pour libérer le pendentif bizarre qui continuait de me picoter la paume…

4

TANTE DORIS

« Deux objets et c'est tout ? » gronda tante Doris.

Elle me fixait d'un regard réprobateur. J'avais du mal à croire que cette femme était bien la sœur aînée de ma mère ; certes, elles partageaient la même beauté éthérée, mais pour le reste elles se ressemblaient si peu… Alors que Meg était tendre et souriante, Doris était dure et sévère. L'une avait le regard rêveur, l'autre des yeux de fauve étirés à l'eye-liner. La voix de ma mère avait toujours été douce et un peu lointaine, celle de ma tante profonde et autoritaire. Il y avait chez elle une froideur, un manque, un vide.

« Je n'ai rien trouvé d'autre aujourd'hui, tante Doris », lui expliquai-je.

J'allais lui demander de regarder dans le portefeuille, qui était bien garni, mais elle ne m'en laissa pas le temps :

« C'est parce que tu n'as pas assez bien regardé, Lucy. Je sais que tu as un sens de l'observation poussé, quand tu veux, c'est pourquoi je t'ai confié cette mission. Même avec un doigt en moins, tu n'as pas ton pareil pour chaparder. Mais ces derniers temps, tu te reposes sur tes lauriers. Grand Central est la plus vaste gare du pays. Des centaines de milliers de voyageurs y passent tous les jours. Je ne peux pas croire qu'ils n'aient perdu que ça aujourd'hui.

– Ces centaines de milliers de voyageurs ne sont pas tous sur la même ligne de train que moi... », protestai-je.

Elle me foudroya du regard. Perché à côté d'elle sur le dossier du canapé, son chat Nero me dévisageait plus férocement encore, comme si j'étais une souris. Il n'avait sans doute jamais dû s'en mettre une sous la dent, lui qui avait droit à des repas gastronomiques concoctés spécialement par son vétérinaire. Nero était un chat de race, un siamois à pedigree, pour qui aucune dépense n'était trop somptuaire aux yeux de tante Doris.

« Tu ne devrais pas répondre ainsi à ta tante – que dis-je, à ta bienfaitrice », me sermonna-t-elle.

Je sentis une boule se former dans ma gorge. Je baissai les yeux pour ne plus voir tante Doris et son affreux matou. Pour oublier un instant l'enfer que ma vie était devenue depuis la disparition de ma mère. Oh, comme j'aurais aimé pouvoir rigoler avec Meg, lui raconter ma frayeur à bord du train, l'entendre me dire des paroles rassurantes ! Mais je n'eus droit qu'aux reproches acides de ma soi-disant « bienfaitrice » :

« Je me saigne aux quatre veines pour te loger, te nourrir et te blanchir, et c'est ainsi que tu me remercies ?

J'ai les charges de copropriété à payer, les factures d'eau et d'électricité, sans parler du chauffage et des étrennes du portier : toutes ces commodités dont tu bénéficies et que je te cède à prix d'ami. »

Derrière elle, les hautes armoires en bois sombre du salon se mirent à vibrer doucement, comme elles le faisaient à chaque fois qu'un train partait depuis la gare enfouie sous l'immeuble. Les étagères vitrées étaient surchargées de figurines en porcelaine que tante Doris collectionnait. Bergers et bergères, princes et princesses, danseurs et ballerines : ces petits personnages aux amours pastel valaient leur pesant d'or. Tante Doris les gardait précieusement sous clé, car elle prétendait qu'on lui en avait volé plusieurs dans le passé. Elle s'était saignée pour eux, oui, mais certainement pas pour moi. Il aurait suffi qu'elle revende un seul de ces bibelots pour payer un an de chauffage, au lieu de m'obliger à voler.

« Tu pourrais mettre un peu plus d'application dans tes fouilles, et je suis sûre que tu rapporterais dix fois plus de choses à la maison », m'accusa-t-elle.

Cet appartement n'est pas ma maison, avais-je envie de lui répliquer. *Ce n'est qu'une prison, dont ma mère viendra un jour me sauver.*

« Tu es aussi inconséquente que ma sœur, lâcha tante Doris, comme si un pouvoir diabolique lui permettait de lire mes pensées pour mieux me torturer. Une vraie tête brûlée, celle-là. Une rêvasseuse sur qui on ne peut absolument pas compter. Une farouche égoïste qui n'en a rien à faire des autres.

– Meg n'est pas égoïste », trouvai-je la force de répliquer.

La boule dans ma gorge était de plus en plus douloureuse. Mes yeux commençaient à me piquer, ma respiration à s'accélérer. Je sentais des sanglots remonter de ma poitrine, mais je m'efforçais de les ravaler pour ne pas donner cette satisfaction à ma tante.

« Si Margaret n'est pas égoïste, alors pourquoi t'a-t-elle abandonnée sans un radis pour t'élever ? asséna-t-elle. Elle n'a même pas daigné laisser une lettre, encore moins de l'argent !

– Elle n'a peut-être pas eu le choix… »

Tante Doris émis un rire désabusé, auquel Nero répondit par un long miaulement.

« Ne te berce pas d'illusions, ma pauvre enfant », murmura-t-elle. L'espace d'un instant, ses yeux tremblèrent et j'eus l'impression qu'elle avait vraiment de la peine pour moi. « Ta mère a toujours eu le choix – et elle a toujours fait les pires choix possibles. À commencer par celui d'épouser ton père, ce… cet homme.

– Aurélien, dis-je du bout des lèvres. Aurélien Lachance. »

Tante Doris refusait systématiquement de dire le nom de mon père. Était-ce parce qu'elle avait une mémoire de poisson rouge, ou une langue de vipère ? Je penchais pour la seconde option.

« Peu importe comment il s'appelait, trancha-t-elle. Lachance… Je peux te dire que Margaret n'a pas eu de chance de tomber sur lui. »

Après les questions d'argent, mes parents constituaient le sujet de récrimination favori de tante Doris. Elle déversait son fiel sur eux d'autant mieux qu'ils n'étaient pas là pour lui répondre. D'après elle, ma mère avait été dans sa jeunesse une jeune fille frivole. Contre l'avis de mes défunts grands-parents, elle avait tenté de faire carrière dans les théâtres de Broadway. C'était là qu'elle avait rencontré Aurélien, un Français qui aspirait lui aussi à devenir comédien. Ne trouvant pas le succès dans la grande ville, ils s'étaient finalement installés dans les Catskills, où mon père était devenu charpentier. Ils n'étaient revenus à New York que pour gagner l'hôpital où j'étais née, puis ils étaient remontés dans leurs montagnes. Mon père était mort peu après, dans une avalanche, alors qu'il s'était lancé en solitaire dans l'ascension du plus haut pic de la région. Ma mère avait définitivement abandonné ses rêves de gloire pour devenir épicière. La perte brutale de son mari l'avait considérablement ébranlée ; elle était devenue un peu sauvage et, comme le disait tante Doris, farouche. Mais elle avait tissé un cocon d'amour autour de nous deux. Quand j'étais petite fille et que je me réveillais la nuit, apeurée par les craquements des grands arbres tout autour de notre maison isolée, elle venait veiller à mon chevet et me chantait des berceuses jusqu'à ce que je me rendorme. *« Je suis là, ma chérie,* me disait-elle doucement. *Tant que nous sommes ensemble, le Seigneur des Ronces ne peut rien contre nous. »*

« Le choix de t'abandonner n'est que le dernier d'une longue liste de décisions désastreuses – et, je le répète, égoïstes », martela tante Doris, m'arrachant à mes souvenirs. « Je peux te dire de ce qui s'est passé : Margaret a voulu reprendre sa carrière de comédienne de music-hall, et elle s'est dit qu'elle serait plus à l'aise sans une adolescente capricieuse accrochée à ses basques. À l'heure qu'il est, elle a dû s'enticher d'un nouveau bateleur. Elle te remplacera toi aussi, sois-en certaine. Elle finit par tous nous remplacer. »

Les larmes que j'avais longtemps retenues commencèrent à couler sur mes joues. Tante Doris avait gagné. Elle avait réussi à me faire pleurer.

« Lucy, ma petite, regarde comme ta mère te fait souffrir, renchérit-elle. Dis-toi que, dans ton malheur, tu ne t'en tires pas si mal. En restant avec Margaret, tu aurais fini par tourner comme elle ; alors qu'ici, tu deviendras en grandissant une femme sur qui on peut compter. » Elle posa sa main sur la mienne et me demanda d'une voix doucereuse : « À propos, te souviens-tu bien des consignes que je t'ai données si un jour tu te fais prendre sur le fait ?

– Je dois prétendre que j'ai décidé de fouiller les wagons de mon propre chef, articulai-je en ravalant mes sanglots. Parce qu'on pardonne plus facilement à une mineure. »

Tante Doris hocha la tête d'un air satisfait :

« C'est cela. Bien qu'il ne s'agisse pas de vol, je te le répète, il convient de ne pas entacher ma réputation. Imagine qu'on me retire ta garde ? Tu finirais à l'Assistance publique. »

Après avoir réaffirmé les règles du chantage qu'elle m'imposait depuis un an, tante Doris s'intéressa au butin qu'elle avait jugé trop maigre, posé devant elle sur la table basse du salon. Les billets à l'intérieur du portefeuille firent briller ses prunelles. Elle mit de côté la carte d'identité et les papiers, conservant le portefeuille en cuir vide – elle pourrait le revendre au prêteur sur gages en bas de la rue. Puis elle se mit à examiner le pendentif cuivré.

« Hum... on dirait du laiton, ça ne vaut pas tripette », maugréa-t-elle en approchant l'objet de ses yeux.

Elle ne semblait expérimenter aucune sensation spéciale en manipulant le collier. Ma main, en revanche, se souvenait du picotement que j'avais ressenti à son contact un peu plus tôt. Ma curiosité était elle aussi piquée au vif.

« Si tu ne veux pas de ce pendentif, tante Doris, est-ce que je peux l'avoir ? lui demandai-je humblement.

– Ce n'est pas un pendentif, me répondit-elle avec hauteur. C'est un pendule.

– Un... pendu ? » répétai-je, pas sûre d'avoir bien compris.

Tante Doris sourit :

« *Pen-du-le*, épela-t-elle. On ne vous apprend donc rien, dans ce lycée hors de prix ? »

Je me gardais de lui rappeler qu'Hemingway High ne lui coûtait pas un centime. Cet établissement public se situait à une heure de transport de la maison, dans le Bronx. Elle l'avait choisi parce qu'on y acceptait une élève débarquant de nulle part en cours d'année scolaire, mais aussi parce que les repas et une partie des fournitures y étaient subventionnés par l'État. Même ma carte de transport pour m'y rendre était sponsorisée par la mairie de New York.

« Les diseurs de bonne aventure se servent de ce genre de gadget pour, soi-disant, retrouver des choses perdues, m'expliqua-t-elle. On appelle ça la radiesthésie.

– Et comment ça marche ? »

Elle haussa les épaules :

« Je crois que la voyante tient ce machin au-dessus de cartes géographiques, d'objets, de photos – qu'en sais-je ? Et le pendule est censé pencher d'un côté ou de l'autre. C'est bien sûr n'importe quoi, à l'image des boules de cristal et du marc de café. Toutes ces foutaises ne sont que des numéros de saltimbanques. »

À ces mots, elle s'arracha du canapé et gagna la cuisine, son chat sur les talons. Carte d'identité, papiers, pendule : elle balança le tout dans la poubelle comme de vulgaires peaux de banane. Puis elle ouvrit un placard rempli de boîtes de conserve : à droite, du saumon sauvage de première qualité, réservé à Nero ; à gauche, des rations de corned-beef, que ma tante achetait au prix de gros pour me nourrir à moindres frais.

5

LE PENDULE

Tante Doris avait reçu son appartement de ses parents après qu'ils eurent déshérité sa sœur partie vivre une vie de bohème. Situé au dernier étage d'un immeuble cossu, il comptait deux chambres et deux salles de bains – un luxe pour New York, où les gens vivent habituellement dans des boîtes à chaussures.

Seulement voilà : la propriétaire des lieux occupait l'une des chambres, et la seconde était dévolue à l'empereur Nero avec tout son attirail. Arbre à chat, coussins de soie et malles de jouets y trônaient en majesté, sans compter toutes les médailles gagnées par le champion dans les concours félins au fil des années. À aucun moment il n'était venu à l'esprit de ma tante de m'offrir de partager la chambre avec son animal de compagnie. Elle m'avait installée dans la plus petite des deux salles de bains, casant un matelas dans la baignoire. C'était là que je dormais depuis un an. Je faisais mes devoirs sur un coin de lavabo, mes manuels scolaires rangés sur le rack à serviettes.

Ce soir-là, j'avais emprunté dans la bibliothèque du salon un volume de l'antique encyclopédie qui faisait partie de l'héritage de mes grands-parents. N'ayant ni ordinateur ni accès à Internet, il me fallait me référer à cette vieillerie du siècle dernier afin de me documenter pour mes dissertations du lycée. Mais il n'était pas question de cours ce soir-là : j'avais ouvert l'encyclopédie sur l'article *Radiesthésie*. Pour ce que j'en avais retenu, il s'agissait d'une pratique spirituelle consistant à percevoir les radiations invisibles émises par les objets et les êtres. Le pendule, quant à lui, constituait l'outil favori des radiesthésistes : les oscillations de l'instrument étaient censées tendre vers les choses cachées, et apporter des réponses aux interrogations.

« Bon, le moment est venu de passer à la pratique… », murmurai-je.

Je sortis le pendule de la poche de mon pyjama – je l'avais récupéré dans la poubelle de la cuisine, tandis que tante Doris était absorbée par son feuilleton du soir, Nero sur les genoux. Une fois encore, je ressentis un picotement au bout des doigts en touchant le cône de laiton. Ce n'était pas la vibration des trains de Grand Central, qui passaient avec une régularité de métronome. Non, le pendule vibrait *vraiment* dans ma paume. Et si c'était le signe que… ça fonctionnait ?

Je saisis le deuxième ouvrage que j'avais pris dans la bibliothèque du salon – un atlas – et l'ouvris sur la carte de la côte Est des États-Unis. Tout en tenant l'extrémité de la chaîne entre mon pouce et mon index, je laissai pendre le cône au-dessus de la double-page de l'atlas.

« Meg, où es-tu ? » demandai-je doucement.

Je commençai par positionner la pointe du pendule au-dessus de la région des Catskills, où j'avais vécu les quatorze premières années de ma vie avec ma mère. Au souvenir des histoires qu'elle inventait et me racontait avant de me coucher, des confitures de mûres que nous faisions ensemble, mes yeux s'humectèrent à nouveau. Les montagnes des Catskills se brouillèrent entre mes larmes. Elles ne se situaient qu'à trois heures de route de Manhattan, et pourtant j'avais l'impression qu'elles étaient à des milliers de lieues de moi, dans une autre vie.

« Meg, envoie-moi un signe… », l'implorai-je. Je ne tardai pas à ajouter : « Manifeste-toi, s'il te plaît, *Maman*. »

L'anniversaire de sa disparition approchait. Dans trois jours, cela ferait un an. Douze longs mois au cours desquels je n'avais reçu aucune nouvelle. Pas même une lettre, comme me l'avait cruellement rappelé tante Doris. Ma mère s'était volatilisée sans laisser de trace. Comptait-elle relancer sa carrière de comédienne ? Je ne pouvais pas y croire, et pourtant je ne trouvais pas d'autre explication.

Je me mis à fredonner involontairement la mélodie de la valse de Tchaïkovski, gravée dans ma mémoire pour toujours…

… et comme par magie, le cône commença à osciller. Je séchai fébrilement mes larmes du revers de ma main libre. Mû par une force invisible, le pendule décrivait des cercles de plus en plus larges au-dessus de la carte.

Ça marche ! songeai-je, gagnée par l'excitation. *J'avais raison d'y croire : le pendule va m'aider à retrouver ma mère !*

Mais au lieu de se focaliser sur une région, une ville, un patelin où la disparue aurait pu trouver refuge, le pendule continua de décrire des cercles de plus en plus larges. Son ellipse croissante finit par excéder les bords de l'atlas lui-même.

Décontenancée, je me mis à tourner les pages, tout en continuant de fredonner l'air de la valse d'une voix de plus en plus désaccordée. Peut-être l'instrument m'indiquait-il que ma mère avait fui au-delà de la côte Est, vers le centre du pays ou même plus loin ? Mais le cône de laiton ne se stabilisa pas davantage au-dessus du Texas ou des montagnes Rocheuses, ni même de la Californie ou de l'Oregon. L'enthousiasme que j'avais d'abord ressenti céda peu à peu à la désillusion. Je compulsai l'atlas entier, parcourant l'Amérique latine, l'Europe, l'Asie et l'Afrique avec toujours un résultat identique. Par acquit de conscience, je fis même pendre le pendule au-dessus de l'Australie et de l'Antarctique. En vain : il tournoyait toujours sans s'arrêter. Il devait être près de minuit quand je me résolus enfin à refermer le gros livre. Ma trouvaille était un objet intrigant, certes, mais au final inutile. Un simple gadget pour fasciner les gogos, comme l'avait affirmé tante Doris.

Découragée et terrassée par la fatigue, j'ouvris l'armoire à pharmacie accrochée au-dessus du lavabo et y déposai l'instrument à côté de mon petit trésor intime. Rien à voir avec les coûteux bibelots de ma logeuse. C'étaient juste quelques souvenirs de ma vie passée, que j'avais pu emporter avec moi à New York. Un peigne de nacre entre les dents duquel restaient encore quelques cheveux de ma mère ; le livre de contes des frères Grimm qu'elle me lisait quand j'étais petite, complété de plein d'historiettes de son invention griffonnées dans les marges ; ce maudit CD du *Lac des cygnes*, que j'avais pris dans la chaîne hifi un an plus tôt avant de quitter les Catskills. Il y avait aussi une lettre qu'un membre du club de lecture du lycée avait déposée dans mon casier au printemps dernier. Ce garçon, Adam, me plaisait bien avec sa timidité touchante, son amour de la poésie et cette idée attentionnée d'écrire une lettre à l'ancienne parce qu'il avait remarqué que je ne possédais pas de téléphone portable. Mais avec la surveillance étroite de tante Doris, je ne voyais pas comment j'aurais pu programmer une sortie au ciné, une promenade dans Central Park ou une séance de patinage au Rockefeller Center, toutes ces choses que font les jeunes New-Yorkais de mon âge. Je n'étais pas comme eux. Adam n'était pas comme moi. Qu'aurait-il pensé de mes heures en dehors des cours, passées à voler dans les trains ? Et moi, aurais-je eu le courage de lui avouer mes activités honteuses ? Mieux valait faire une croix sur le *dating* et me concentrer sur la seule chose qui comptait : ma survie, jusqu'à ce que j'atteigne la majorité et puisse enfin voler de mes propres ailes, le plus loin possible de tante Doris.

Résultat, j'avais quitté le club de lecture. Et je n'avais jamais répondu à la lettre d'Adam. Elle faisait partie de ma collection d'occasions perdues, parmi les souvenirs de ma mère. Je gardais cet humble trésor sous clé. Tante Doris ne s'était jusqu'à présent jamais aperçue que je verrouillais soigneusement la petite armoire, afin qu'elle ne vienne pas m'arracher ces choses qui n'appartenaient qu'à moi.

Un train passa dans la nuit et fit vibrer ma chaise, comme pour me rappeler qu'il était l'heure de dormir. Le lendemain, il me faudrait me lever aux aurores pour affronter cette ville-monde qui me restait étrangère ; survivre à Hemingway High parmi les autres élèves qui se connaissaient pour la plupart depuis des lustres ; puis faire ma chasse quotidienne aux objets perdus sur le chemin du retour. Je refermai l'armoire en soupirant et glissai la petite clé dans la poche de mon pyjama.

J'aperçus mon reflet sur la porte-miroir du meuble de toilette. La pâleur de mon visage faisait ressortir mes cernes par contraste. Le bleu profond de mes yeux, d'un sombre outremer, ressemblait à une fosse océanique. Le tout était encadré de longs cheveux bruns à la coupe approximative. Il faut dire que je m'en occupais moimême avec les ciseaux de la cuisine – si tante Doris était prête à dépenser des fortunes en toilettage pour Nero, il n'était pas question de débourser un centime de coiffeur pour moi. Combiné à mes origines campagnardes, ce look échevelé m'avait vite cataloguée auprès des comiques autoproclamés du lycée qui m'appelaient « la paysanne »... quand ce n'était pas « l'amputée » à cause de mon doigt en moins.

Je me détachai de ce spectacle pour aller me coucher. À travers l'unique fenêtre de la salle de bains, au-dessus de mon lit-baignoire, la nuit était noire. Les ombres effilées des gratte-ciels de Manhattan perçaient les nuages, me rappelant les grands sapins des Catskills que je ne reverrais peut-être jamais plus.

J'éteignis le plafonnier et me traînai jusqu'à la baignoire. Je m'y écroulai, le cœur gros, sachant que ça n'irait pas mieux demain.

6

CE QUI GRATTE DANS LA NUIT

Je me réveillai en sursaut, le souffle court.

J'étais en nage et mon pyjama me collait au dos. J'avais sans doute fait un cauchemar, mais je ne m'en souvenais déjà plus. Je pris une profonde inspiration, obligeant les battements de mon cœur à ralentir.

Le silence autour de moi était total, aussi opaque que les ténèbres. Il devait être entre deux heures et cinq heures du matin : cette parenthèse de trois heures au cœur de la nuit, où les trains de Grand Central s'arrêtent complètement. J'étais tellement habituée à entendre la bande-son de la gare en continu que ce silence m'angoissait.

Il faut que je me rendorme, me dis-je. *Une longue journée m'attend.*

Je refermai les paupières.

Mais le sommeil ne venait pas. Au contraire, je me sentais de plus en plus alerte, mes autres sens s'exacerbaient pour pallier mes yeux aveugles. Il me semblait sentir l'émail dur de la baignoire sous le fin matelas de mousse que tante Doris avait daigné m'accorder. Le corned-beef salé rance qu'elle m'avait servi en guise de dîner me pesait encore sur l'estomac. J'avais entendu dire que, dans le temps, on servait ce bœuf en conserve aux soldats sur la ligne de front…

Soudain, un infime grincement perça le silence. J'étais à peu près sûre qu'il s'agissait de la porte mal huilée du placard à balais, au fond de la salle de bains. Refusant de laisser mon imagination s'emballer, je m'apprêtais à enfouir ma tête sous ma couverture. Mais à cet instant, un autre son retentit dans le noir :

Criii… Criii… Criii…

Est-ce qu'un voisin, pris d'une fringale nocturne, faisait craquer le plancher sous ses chaussons ? Impossible : l'appartement se situait au dernier étage, sans personne au-dessus.

Criii… Criii… CRIII !

Je rouvris les yeux d'un seul coup sur la nuit noire. Le bruit venait de la salle de bains et de nulle part ailleurs, j'en étais certaine ! Il évoquait *des ongles* raclant une surface dure. Ce n'était pas un craquement, mais un *grattement*.

CRIII ! – je n'étais pas seule dans la pièce !

CRIII ! – quelqu'un ou quelque chose grattait de plus en plus furieusement !

En un vertigineux précipité, je me revis un an plus tôt, dans le grenier obscur de la maison des Catskills. Comme jadis, j'étais à nouveau plongée dans le noir total, affreusement consciente d'une présence tout près de moi. Mes terreurs enfantines ressurgirent, aussi absurdes fussent-elles. Et si le Seigneur des Ronces s'était frayé un chemin depuis les montagnes pour venir me chercher jusque dans le placard à balais de tante Doris ? *Et si, après avoir emporté ma mère, c'était moi qu'il venait chercher ?*

« Non, c'est impossible..., balbutiai-je. Le Seigneur des Ronces n'existe pas. Il n'a pas pu sortir du placard à balais. Ce n'est que l'invention d'une maman trop protectrice, pour apprendre la prudence à sa petite fille... » Je me raclai la gorge et répétai plus fort, d'une voix éraillée par l'angoisse : « Tu n'existes pas ! »

Le grattement frénétique s'arrêta soudain. À moins qu'il n'ait jamais retenti ailleurs que dans mon imagination.

« Il y a quelqu'un ? » appelai-je.

Pas de réponse, bien sûr. Mais ça ne suffisait pas à me rassurer. Il n'y avait qu'un moyen de vérifier que la pièce était vraiment déserte : me lever et allumer.

Je dépliai mes membres ankylosés, enjambai le rebord de la baignoire et posai mes pieds nus sur le carrelage glacé. Puis je me mis doucement en marche en direction de l'interrupteur. Dans le noir complet, je devais tâtonner. J'identifiais les obstacles à l'aide de mes mains, tendues devant moi comme une aveugle. Ici, c'était le bord du lavabo... Là, la cuvette des toilettes... Plus qu'une enjambée et...

Je butai sur quelque chose.

Une chaussure oubliée en me déshabillant ? Non, c'était trop massif. Mon sac à dos rempli de livres de cours ? J'étais certaine de l'avoir rangé sur le gros lave-linge. Plus je me creusais la tête, plus je sentais un vide effroyable se creuser dans mon ventre. Je ne parvenais pas à me figurer ce que pouvait être cet obstacle. *Il n'aurait pas dû être là.*

L'interrupteur n'était qu'à un mètre devant moi, je le devinais, et pourtant il me semblait totalement hors d'atteinte. Je me concentrai de toutes mes forces pour museler mes pensées obsédantes, en me répétant un mantra : *Le Seigneur des Ronces n'existe pas. Le Seigneur des Ronces n'existe pas. Le Seigneur des Ronces n'existe pas.*

Ainsi trouvai-je le courage de tendre le bras le plus loin possible, sans faire bouger mes pieds d'un iota. Le bout de mes doigts finit par rencontrer le mur. En équilibre, je palpai les carreaux jusqu'à ce que mon index trouve le cadre en plastique de l'interrupteur.

Plus qu'un centimètre…

Clic !

Le plafonnier s'alluma d'un coup, inondant la salle de bains d'une lumière si vive que je fermai les yeux par réflexe. Je sentis quelque chose remuer brusquement contre mes orteils : l'obstacle sur lequel j'avais buté s'animait soudain !

Je rouvris les paupières en poussant un cri – de surprise, de terreur, de douleur. Une longue égratignure rouge courait sur tout le dessus de mon pied nu. *Comme une griffure de ronces sur ma peau.*

Je me raccrochai au mur pour ne pas défaillir. Mon regard tomba sur l'armoire à pharmacie. La porte-miroir verrouillée, derrière laquelle j'avais enfermé le pendule, était-elle aussi couverte de marques de griffures. Je devinai que la créature qui m'avait sauvagement attaquée avait au préalable usé ses ongles sur le meuble, pour tenter de l'ouvrir…

Clac ! – la porte du placard à balais qui se refermait en claquant me fit sursauter.

Au bord de la crise cardiaque, tous les poils de ma peau hérissés, je hurlai à pleins poumons.

« Qu'est-ce que c'est que ce vacarme, Lucy ? » rouspéta tante Doris en déboulant dans la salle de bains.

Vêtue d'une longue robe de chambre en velours, elle semblait particulièrement furieuse d'avoir été réveillée en sursaut.

« Le… le placard à balais…, bredouillai-je, encore sous le choc.

– Comment ça, le placard à balais ? Ne me dis pas que tu t'es mis en tête de lessiver le parquet à une heure pareille. »

J'étais trop tétanisée pour expliquer à tante Doris qu'une créature était entrée dans la salle de bains puis en était ressortie par l'étroit placard. Ne voyait-elle pas la longue égratignure sur mon pied, l'armoire à pharmacie couverte de griffures ? Non, bien sûr : elle avait ôté ses lentilles de contact pour dormir.

« Tu n'es pas censée faire le ménage au milieu de la nuit, mais le dimanche, me rappela-t-elle. Avec ton raffut, tu as mis Nero dans tous ses états. »

Nero… se pouvait-il que ce soit lui qui m'ait griffée ? Non, il n'était pas dans la salle de bains quand je m'étais couchée. Le voilà d'ailleurs qui s'approchait dans le couloir. Il s'arrêta aux pieds de sa maîtresse et jeta des regards inquiets dans la salle de bains sans en franchir le seuil. Puis il feula en faisant le gros dos.

« Ah, c'est malin ! s'exclama tante Doris. Le stress va lui faire régurgiter des boules de poils, à ce pauvre amour ». Elle se pencha pour ramasser le chat : « Ce n'est rien, mon Nérounet, je suis là… »

Mais ce dernier lui échappa en poussant un miaulement strident et s'enfuit à toutes pattes dans le couloir enténébré.

« Oh, Nero ! » s'écria tante Doris.

Elle pointa sur moi un index accusateur :

« Que je ne t'entende plus de la nuit, jeune fille ! Et éteins-moi cette lumière. Ce n'est pas parce que tu as des origines françaises que tu dois te prendre pour Marie-Antoinette, ou je ne sais qui. Ce n'est pas Versailles, ici. »

Elle tourna l'interrupteur et referma brusquement la porte de la salle de bains, me laissant avec mes angoisses, plus seule au monde que jamais.

7

LE BUREAU DES OBJETS TROUVÉS

Je rallumai sitôt tante Doris repartie se coucher.

Il me fallut de longues minutes pour oser m'approcher du placard à balais, et plus longtemps encore pour l'ouvrir. À l'intérieur il n'y avait rien, bien sûr – rien que le matériel de ménage. Aucune créature ne se cachait parmi les balais, les serpillères et les seaux. Pourtant, j'étais *certaine* d'avoir entendu grincer la porte quand l'intrus était entré, puis claquer juste après que la créature m'eut griffée.

Est-ce que j'étais en train de devenir folle ? Était-ce le prix à payer pour tous les vols que j'avais commis malgré moi depuis un an ?

Je retournai me recroqueviller dans la baignoire, incapable de me rendormir, rongée par la peur et par la honte de ce que tante Doris avait fait de moi. Lorsque l'aube se leva enfin, ma résolution était prise : cette vie-là ne pouvait plus durer. Je ne voulais plus être l'âme damnée de ma logeuse. Tant pis si elle me mettait dehors et que je terminais à l'Assistance publique. Je n'en étais encore qu'au début de ma vie, il n'était pas trop tard pour rentrer dans le droit chemin. Quant aux torts que j'avais causés... Je ne pouvais certes pas rendre tous les objets que j'avais dérobés au fil des mois. Sauf un, le seul qui était encore en ma possession : le pendule. Sur le chemin du lycée, le matin même, j'irais le remettre à qui de droit.

Le bureau des Objets Trouvés de Grand Central se situait dans un couloir enfoui au sous-sol, près de la voie 100. À travers la porte vitrée, on distinguait une petite salle d'attente éclairée au néon, au bout de laquelle se dressait un guichet. Ce matin-là, je m'y dirigeai en retenant mon souffle, la capuche de mon hoodie rouge rabattue sur mon visage pour échapper aux caméras de sécurité accrochées au plafond de la gare.

« Une petite pièce, la miss ? »

Cette interpellation me fit sursauter, j'avais les nerfs à vif après ma nuit sans sommeil. Un garçon asiatique était assis sur le sol, à côté de l'entrée des Objets Trouvés. Il semblait avoir mon âge. Sous sa casquette de l'équipe de hockey sur glace des Devils du New Jersey, ses joues étaient creusées, sa peau blême et ses lèvres bleues de froid. Son vieux blouson en jean élimé me semblait bien trop léger pour le rigoureux automne new-yorkais. Le spectacle de sa détresse m'émut. Peut-être que moi aussi, le soir même, après avoir été mise à la porte par tante Doris, j'en serais réduite à faire la manche dans les gares… Je fouillai dans ma poche et en sortis la barre chocolatée trouvée la veille dans le train.

« Désolée, je n'ai pas d'argent, m'excusai-je. Mais je peux t'offrir ce casse-croûte. »

Son regard s'arrêta un instant sur les quatre doigts de ma main droite. Mais, à la différence des harceleurs d'Hemingway High, il s'abstint de tout commentaire.

« Merci la miss ! » s'exclama-t-il avec un grand sourire, émettant un nuage de vapeur dans l'air froid.

Je me sentais un peu plus légère en poussant la porte de la salle d'attente. Il n'y avait qu'un seul autre usager devant moi, un vieil homme en élégant costume de tweed. Accoudé au guichet, il semblait réellement peiné, et je ne pus m'empêcher d'écouter sa conversation avec le responsable des Objets Trouvés :

« … Je suis sûr d'avoir perdu ma montre hier soir, en descendant du train en provenance de Tarrytown, se lamentait le vieil homme. Le bracelet a dû se détacher. Il était très vieux, vous savez. Ah, comme je m'en veux de ne pas l'avoir fait changer !

– Je comprends bien, Monsieur, répondit le guichetier. Mais je n'ai dans l'inventaire aucun article correspondant à la description que vous m'avez donnée.

– Regardez encore une fois, s'il vous plaît. C'est une Rolex de 1989. Le bracelet est en python. Il a dû se détacher. »

Manifestement ébranlé par cette perte, le vieil homme radotait. À en juger par ses beaux vêtements, il était riche, sans doute habitait-il un grand appartement de l'Upper East Side. Pourquoi se mettre dans des états pareils ?

« Si c'était une montre de collection, vous devriez peut-être déclarer sa perte à votre assurance ? suggéra le guichetier. Ainsi vous pourrez être dédommagé.

– La… la valeur de cette montre est avant tout sentimentale, bafouilla le vieil homme, au désespoir. C'était ma chère épouse, aujourd'hui décédée, qui me l'avait offerte pour nos fiançailles. » Sa voix se mit à chevroter : « Vous ne pouvez pas vous tromper : son surnom et le mien sont gravés au dos du cadran. *Bobby et Betsy*. Pour *Robert et Elizabeth*. Regardez encore dans votre inventaire, je vous en supplie. »

Le désarroi de ce veuf me peina. Et vint raviver le sentiment de culpabilité qui ne me quittait jamais, depuis que j'avais commencé à voler pour le compte de tante Doris. Ma logeuse évaluait mes trouvailles uniquement en fonction de leur valeur marchande ; mais elles valaient souvent bien davantage aux yeux de ceux qui les avaient égarées…

« Au suivant », annonça soudain le guichetier, m'arrachant à mes pensées.

Le vieil homme avait fini par se résigner. La clochette au-dessus de la porte tinta : il venait de quitter le bureau des Objets Trouvés.

« Eh bien, jeune fille : qu'est-ce que tu as perdu ? » me demanda le guichetier.

Derrière lui se dressaient des étagères couvertes de valises, sacs, ordinateurs et bacs de montres : les débris de la multitude de voyageurs qui faisaient chaque jour la navette entre l'une des plus grandes villes du monde et ses banlieues. Chaque article était soigneusement étiqueté en attendant de retrouver son propriétaire.

« Je n'ai rien perdu, Monsieur, dis-je. Je viens juste rapporter un objet trouvé. »

Je me mis à fouiller dans mon sac à dos pour chercher le pendule, parmi les autres choses que j'y avais glissées : le peigne de ma mère, son livre de contes, son CD de Tchaïkovski, et même la lettre du pauvre Adam. J'avais trop peur que tante Doris finisse par s'apercevoir des griffures sur l'armoire de la salle de bains et me confisque mon trésor…

Enfin, je mis la main sur la chaînette. Je ne ressentis pas le picotement familier, car j'avais pris garde de mettre des gants en laine. Je laissai tomber l'objet sur le comptoir avec un certain soulagement.

« Ça fait plaisir de voir une jeune fille aussi civique que toi ! se réjouit le guichetier. Quelqu'un de moins honnête aurait gardé ce collier. »

Ce compliment si peu mérité me fendit le cœur à l'idée de tous les larcins que j'avais commis.

« Ce n'est pas un collier, protestai-je d'une faible voix. C'est un pendule. »

Je m'attendais à ce que le guichetier me demande dans quel train et à quelle heure je l'avais trouvé, pour qu'il puisse l'étiqueter en conséquence. Au lieu de quoi il poussa une exclamation joyeuse :

« Ça alors, quelle coïncidence ! Il y a justement là une dame qui attend depuis l'ouverture du bureau qu'on lui rapporte son pendule ! »

Une dame ? Je pivotai sur mes talons et me rendis compte qu'une usagère était en effet installée sur le banc de la salle d'attente. Tout à l'heure, en entrant dans la pièce, j'étais tellement pressée d'en finir que je n'avais pas remarqué sa présence : je m'étais précipitée sur le guichet derrière le vieux monsieur au costume de tweed.

« Laisse-moi deviner, petite, me lança le guichetier. Tu as trouvé cet objet dans le train en provenance de Poughkeepsie de 17 h 50, hier soir ?

– C'est ça, oui... », répondis-je distraitement.

Toute mon attention était dirigée vers le banc. Les échos de notre conversation étaient parvenus à la dame, la tirant de la torpeur dans laquelle elle semblait sommeiller. Elle se leva, dépliant son corps entièrement drapé de noir : une jupe d'épais velours, une sorte de bustier enserrant sa poitrine et un long manteau en daim dont les pans tombaient jusqu'au sol. Le plus étrange était son grand chapeau en feutre, orné de fleurs en tissu – noires bien évidemment. Ce couvre-chef d'un autre temps était épinglé sur un gigantesque chignon de cheveux gris et équipé d'une voilette en résille opaque qui lui enveloppait tout le visage.

Elle se rend à un enterrement, ou elle en vient, songeai-je. Même à supposer que ce soit vrai, la mise de cette dame demeurait étonnante, anachronique, comme si elle était sortie des pages d'un vieux livre de l'époque victorienne pour se retrouver catapultée dans la modernité de New York. Cette première impression me la rendit sympathique : elle était une étrangère dans la ville-monde, comme moi.

« Madame Rita Perdido ? appela le guichetier, déchiffrant le nom de l'usagère dans son registre. Ça valait la peine d'attendre, et vous devez une fière chandelle à cette demoiselle. »

La dame fondit sur le comptoir avec une agilité étonnante et s'empara avidement du pendule. L'élan de sympathie que j'avais eu pour elle s'évanouit aussitôt : sa rapacité me rappelait trop celle de tante Doris. Je remarquai qu'elle portait comme moi des gants – les siens n'étaient pas des modèles miteux achetés au kilo dans une friperie, comme tous les habits que me fournissait ma tante, mais de délicats ouvrages de dentelle noire.

« Un instant, Madame, lui dit le guichetier. Il me faut un petit autographe là, dans le registre, avant de récupérer votre bien. »

Il lui tendit un Bic en plastique ; elle le dédaigna, sortit un stylo en argent de son grand cabas en cuir et, d'une écriture élégante, signa la page. Déjà, elle tournait les talons, sans avoir dit un merci, ni même prononcé une seule parole. Mon ventre se serra. Je ne pouvais pas la laisser repartir ainsi, tel un fantôme, avec son pendule et les questions sans réponses qu'il avait éveillées en moi.

Je la rattrapai à l'extérieur du bureau des Objets Trouvés :

« Un instant, Madame, s'il vous plaît ! »

Elle ne m'attendit pas et se dirigea d'une démarche légèrement claudicante vers un escalator qui menait à la surface. Nous débouchâmes ainsi dans le hall principal de Grand Central : une gigantesque salle dont la voûte vertigineuse était soutenue par d'immenses colonnes carrées. Une foule compacte se pressait là, s'entrechoquait comme la houle d'une marée humaine. Des milliers de pas frappaient les dalles de marbre. Tous ces voyageurs se hâtaient vers les innombrables quais pour attraper leur navette du matin.

« J'ai une question à vous poser ! » m'écriai-je, tandis que Mme Perdido s'engouffrait à son tour sous l'une des arcades de pierre menant aux quais.

Je jouai des coudes pour la rejoindre au moment où elle allait monter dans un train qui l'emporterait je ne sais où. Je m'accrochai à sa manche. Elle tourna enfin la tête vers moi, comme si elle prenait conscience de mon existence pour la première fois. À travers son voile en résille, les traits de son visage demeuraient incertains ; en revanche, je devinais entre les mailles deux yeux courroucés, aux contours dessinés au crayon noir.

« Lâche-moi, m'ordonna-t-elle. Mon train va partir. »

Sa voix était profonde et éraillée. Marquée par un accent chantant. Ses « r » roulaient comme des vagues puissantes. Et sa force, lorsqu'elle se dégagea, me fit vaciller. La sonnerie annonçant le départ imminent du train retentit. La dame en noir était sur le point de m'échapper, et je ne la reverrais jamais plus.

« C'est à cause du pendule que vous portez des gants ? lui demandai-je précipitamment. Pour qu'il ne vous pique pas les doigts ? »

Elle se figea sur le marchepied, telle une sombre ballerine en équilibre.

« Que dis-tu ? gronda-t-elle, comme si j'avais proféré une insanité.

– Le pendule m'a piquée, moi aussi, déclarai-je précipitamment. Enfin, je dirais plutôt qu'il m'a picotée. Et il s'est mis à tourner à la manière d'une toupie quand je l'avais en main. »

Au bout du quai, un agent souffla dans son sifflet pour dire à la retardataire de monter dans le train et de ne pas gêner la fermeture des portes. Au lieu de quoi, Rita Perdido mit pied à terre, foulant l'asphalte de ses bottines à talons.

« Viens avec moi, jeune fille, m'ordonna-t-elle. Je t'offre un thé.

– Euh… je ne n'aime pas trop ça, protestai-je. Et je risque de rater mon train pour le lycée.

– Tu viens de me faire manquer le mien, me fit-elle remarquer, acide, tandis que le convoi partait dans son dos. La moindre des politesses est de m'accorder un peu de ton temps. Il faut que tu me racontes exactement comment tu as trouvé ce pendule ; et si c'est bien ce que je crois, j'ai des choses à te dire qui t'intéresseront sûrement. » Elle frappa dans ses mains gantées : « Allons maintenant, cesse de discuter et suis-moi. Nous trouverons un petit troquet dans les rues adjacentes à la gare, loin des regards indiscrets. »

Ses promesses de révélations étaient alléchantes, mais son ton autoritaire me gênait. Décidément, les manières de cette femme me faisaient de plus en plus penser à celles de ma tante. Quant à son insistance pour aller dans un endroit « discret », cela ne me disait rien qui vaille… Après tout, elle était peut-être dangereuse ?

Je jetai un regard alentour. Ici, au milieu de la fourmilière humaine, Rita Perdido n'avait aucune chance de m'enlever. L'agitation de la gare, qui m'avait souvent paru oppressante, me rassurait. Le piétinement des milliers de pas. Le brouhaha des centaines de conversations.

La voix des hautparleurs annonçant le départ des trains. Et jusqu'aux plaintes de ce petit garçon, là au bout du quai, que sa mère tentait vainement de consoler :

« Je suis sûr qu'on va retrouver ton lama en peluche, Jimmy chéri, lui assurait-elle. Il ne doit pas être bien loin. Allez, viens, donne-moi la main : on va tâcher de localiser le bureau des Objets Trouvés. »

L'enfant et sa mère s'éloignèrent dans le ventre de la gare, qui engloutit les pleurs de l'un et les promesses de l'autre. Grand Central, le carrefour où tout se perd et tout se trouve... C'était mon territoire de chasse. Et aussi, un peu, ma maison.

Je me tournai à nouveau vers Rita Perdido :

« Nous ne sortirons pas de la gare, Madame, décrétai-je. Si vous voulez me parler, ce sera au McDo du coin. C'est à prendre ou à laisser. »

8

RITA PERDIDO

Le fastfood était décoré pour Halloween. Des ballons de couleur orange et noire pendaient au plafond, des guirlandes en forme de citrouilles ornaient les caisses. Les serveurs à l'air blasé portaient des chapeaux de sorcière en tissu synthétique.

La tenue d'enterrement de Rita Perdido cadrait parfaitement avec ce décor. On avait l'impression qu'elle avait mis son costume avant l'heure : la nuit du 31 octobre n'était que dans deux semaines. Elle avait commandé deux thés de saison, arôme *pumpkin spice*, sans me demander mon avis. Alors que j'avais ôté mes gants pour réchauffer mes mains contre la boisson bien chaude, elle avait conservé les siens. Elle buvait le liquide fumant à petites gorgées, soulevant à peine sa voilette d'une main pour libérer son menton et porter le gobelet à ses lèvres. De toute évidence, l'odeur de graillon l'insupportait, de même que les tablées bruyantes autour. La présence de la foule avait l'air de la faire souffrir physiquement. Une idée m'effleura : peut-être qu'elle était migraineuse et portait une résille pour mettre une barrière entre elle et le monde qui l'agressait…

« Première question : pourquoi as-tu rapporté mon pendule seulement ce matin, au lieu de le déposer hier aux Objets Trouvés ? attaqua-t-elle.

– Je m'étais dit que cette babiole n'intéresserait personne, prétendis-je, lorgnant l'objet qui gisait entre nous, telle une pièce à conviction.

– Deuxième question… »

Je l'arrêtai aussitôt :

« Minute, madame Perdido. Chacune son tour. À moi de vous interroger. »

Je m'efforçais de montrer bien davantage d'aplomb que je n'en ressentais réellement. Ma fermeté affichée faisait-elle illusion ? Je ne laissai le temps à mon interlocutrice de reprendre l'ascendant :

« D'où vient le pendule ? » la questionnai-je.

Il me sembla déceler une expression agacée derrière la voilette.

« Ce n'est vraiment pas le lieu pour ce genre de confidences…, lâcha-t-elle.

– Répondez, c'est la règle. »

Elle poussa un soupir d'exaspération. Puis elle jeta un regard autour d'elle à travers les mailles, se pencha vers moi au-dessus de la table et me glissa à mi-voix :

« C'est une antiquité rarissime. J'ai repéré cet article dans le catalogue d'une liquidation de succession, organisée hier à Sleepy Hollow, dans la vallée de l'Hudson.

L'homme à qui il appartenait, un collectionneur nommé Gerald Bower, est mort sans descendance. Aussi, une vente aux enchères a été organisée pour éponger ses dettes. J'y ai acquis le pendule. Mais sur le trajet du retour, il m'a échappé. Vois-tu, ce genre d'objet est doué d'une volonté propre, et il n'en fait qu'à sa tête entre deux propriétaires. »

Je sentis les battements de mon cœur accélérer dans mes tempes. À la rigueur, je pouvais croire que tante Doris s'était trompée dans son estimation, et que ce qu'elle avait jugé être de la pacotille valait bien davantage. Mais de là à me faire avaler que le pendule avait sa *propre volonté* ?

« Ça ne répond pas vraiment à ma question, insistai-je. Vous pouvez au moins m'indiquer le pays d'origine de votre prétendue antiquité.

– Si je te le disais, jeune fille, tu serais incapable de le mettre sur une carte.

– Vous seriez surprise de mes connaissances géographiques, Madame. Hier encore, j'ai passé la soirée plongée dans les pages d'un atlas…

– Tu ne comprends pas. Le pays dont je parle ne figure dans aucun atlas, ni sur aucune carte. Il se situe hors de l'espace et du temps. »

Une folle, pensai-je. *Voilà à qui j'ai affaire.* D'où cet accoutrement tout droit sorti d'un musée et ce discours sans queue ni tête. Oui, vraiment, il aurait été facile de décider que Rita Perdido était démente et de la planter là avec son pendule et ses secrets. Seulement voilà : la probable folie de mon interlocutrice n'expliquait pas ma mésaventure de la nuit précédente... Je décidai de rester encore un peu.

« À moi de t'interroger maintenant », s'exclama-t-elle, reprenant la main.

Je veux dire, littéralement : elle *prit* ma main dans la sienne, si vite que je n'eus pas le temps de me dérober.

« Qu'est-il arrivé à ton petit doigt ? me demanda-t-elle à brûle-pourpoint.

– En voilà une question, soufflai-je, estomaquée par son manque de tact. Je suis née comme ça, c'est tout. »

Je pensais qu'elle en resterait là, mais elle glissa le pendule dans ma paume nue, referma ma main dessus et serra fort.

« Eh, ça va pas ! » m'insurgeai-je.

Je jetai un regard autour de moi, mais nul ne prêtait attention à notre table : les clients étaient tous absorbés par leur journal ou leur téléphone portable, ingurgitant les news du jour en même temps que leur donut au bacon.

« Ma deuxième question est la suivante, murmura Rita Perdido. Que ressens-tu ?

– À part vos doigts en train de broyer ceux qui me restent ? Je vous l'ai déjà dit tout à l'heure : un picotement. »

C'était vrai, le pendule me chatouillait à nouveau la peau. Mais pas seulement. À présent que j'étais obligée de serrer le cône métallique dans ma main, je sentais aussi une forme de chaleur qui en émanait.

« Ça… ça brûle, soufflai-je. Il y a une pile dans votre truc, ou quoi ? »

Mme Perdido relâcha ma main aussi brusquement qu'elle l'avait saisie, et je laissai le pendule retomber sur la table.

« Les pendules adamantins ne fonctionnent pas avec des piles, mais avec le don de ceux qui sont capables de les manipuler. Aussi étrange que cela puisse paraître, il semble que tu en aies hérité. Ce pendule t'a choisie pour être sa nouvelle propriétaire. Il t'aidera à devenir celle que tu es vraiment et à trouver ce que tu as toujours cherché.

– Je… je sais très bien qui je suis », bafouillai-je.

Je n'étais pas sûre d'avoir compris la manière dont Mme Perdido venait de qualifier le pendule. *Adamantin* ? Qu'est-ce que ça voulait dire ?

« Je n'ai aucun don, confessai-je, troublée. J'ai essayé d'utiliser le pendule hier soir pour retrouver ma mère, qui a disparu. Mais il s'est contenté de tournoyer dans le vide.

– C'est parce que tu ne sais pas t'en servir, déclara mon interlocutrice d'une voix fiévreuse, plus rauque que jamais. Le don du retrouvage ne s'acquiert pas en un claquement de doigts. C'est une chance extraordinaire de pouvoir pénétrer dans les oubliettes pour en rapporter les choses perdues. C'est aussi une terrible malédiction, pour qui ne sait pas maîtriser ce pouvoir.

– Si vous essayez de me faire peur avec vos histoires, c'est raté, prétendis-je, me raccrochant au bord de la table pour ne pas vaciller.

– Cauchemars récurrents, hypersensibilité à tout ce qui t'entoure, et cette sensation vertigineuse d'être entre deux mondes : tu as vécu tout cela, n'est-ce pas, comme tous les retrouveurs dans leur jeunesse ? »

Je ne savais que répondre. *Retrouvage, retrouveurs* : ces mots formaient un charabia incompréhensible, j'étais à peu près sûre qu'ils ne figuraient pas dans le dictionnaire. Le terme *oubliettes*, lui, n'évoquait pour moi que de vagues souvenirs de cours d'histoire. N'étaient-ce pas ces prisons souterraines dans lesquelles les rois du Moyen Âge, en Europe, laissaient pourrir leurs prisonniers ?

Les allusions de cette inconnue sur mon passé, en revanche, étaient claires comme de l'eau de roche. Oui, j'étais douée d'un talent d'observation poussé, c'était même la raison pour laquelle tante Doris m'avait affectée à la chasse aux objets perdus. Oui, j'avais été harcelée de cauchemars dans mon enfance, et ils avaient ressurgi la nuit dernière au point de se matérialiser dans la salle de bains de tante Doris. Quant à la sensation d'être entre deux mondes… j'ignorais qu'il y en avait un autre, mais je ne m'étais jamais senti complètement à ma place dans celui-ci. Surtout ces derniers temps, à Hemingway High.

Jusqu'à présent, je m'étais convaincue que les autres élèves me rejetaient ; mais si c'était moi qui ne parvenais pas à m'intégrer ? Au-delà d'une minorité de harceleurs, comme dans tous les bahuts du monde, la majorité n'avait rien contre moi… Je n'avais jamais osé participer aux activités qui rassemblaient les *cool kids*, les élèves en quête de popularité, comme l'association de comédie musicale ou l'équipe des pom-pom girls. Je m'étais rabattue sur le club de lecture, où se réunissaient les rêveurs et les originaux. Je m'y étais tout de suite sentie à l'aise – du moins, au début. Quand les autres membres avaient commencé à vouloir se lier d'amitié avec moi et à m'inviter chez eux, j'étais rentrée dans ma coquille comme une huître, par honte de ce que ma vie était devenue. Je savais que je ne pourrais rendre aucune invitation. La déclaration d'Adam avait été la goutte d'eau qui avait fait déborder le vase. Depuis, je ne parlais plus à personne. J'avais l'impression de passer à côté de plein de rencontres, de gâcher les occasions qui m'étaient offertes, dans ce lycée aussi riche et divers que la ville-monde ; le poids de mes larcins me clouait au sol, parmi des centaines d'oiseaux qui se préparaient à s'envoler dans le grand ciel de la vie adulte. N'osant croiser le regard de quiconque, je me traînais comme une âme errante dans les couloirs au sol de lino, peinant à trouver mon chemin dans ce lycée dix fois plus gros que mon petit collège provincial des Catskills. Je me trompais souvent de salle de classe ou de casier et j'étais systématiquement en retard en cours… comme cela allait être de nouveau le cas aujourd'hui.

« Je vais te dire quelque chose, susurra Rita Perdido. Tous ces symptômes ne vont faire que s'aggraver dans les mois et les années à venir. Les gens te prendront pour une folle, car le commun des mortels ne peut pas comprendre notre condition. Tu termineras seule et malheureuse. À moins que tu apprennes à maîtriser ton don. Je pourrais t'enseigner comment utiliser le pendule, pour que tu parviennes à retrouver ta mère. Laisse-moi te l'offrir en gage de bonne volonté. J'ai déjà le mien, et comme je te l'ai dit, celui-ci t'a choisie comme propriétaire. »

De sa main gantée, elle poussa doucement le pendule vers moi, mais je n'osais pas encore le reprendre.

« Je ne sais pas, Madame..., balbutiai-je.

– Cesse de m'appeler Madame. Rita suffira. Et toi, quel est ton nom ?

– Lucy...

– Je serais heureuse de devenir ta mentore et de t'accueillir dans mon agence, Lucy. »

À ces mots, elle ouvrit son cabas et en sortit une carte de visite en bristol blanc, qu'elle posa devant moi sur la table à côté du pendule :

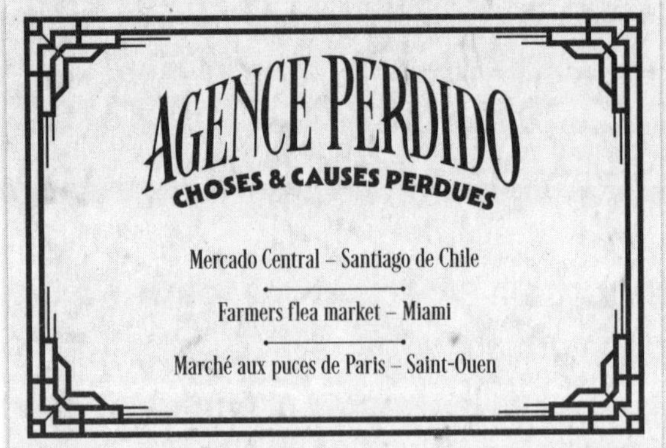
AGENCE PERDIDO

CHOSES & CAUSES PERDUES

Mercado Central – Santiago de Chile

Farmers flea market – Miami

Marché aux puces de Paris – Saint-Ouen

Les inscriptions sur la carte ne firent qu'ajouter à ma confusion. L'une des adresses était à des milliers de kilomètres de là, en Floride ; la deuxième plus loin encore, dans l'hémisphère Sud, au Chili ; quant à la troisième, c'était en France, de l'autre côté de l'Atlantique. L'accent de mon interlocutrice était davantage hispanique que français : je devinais qu'elle venait du Chili. Quant au descriptif de cette étrange agence répartie sur trois continents… cela ressemblait à une plaisanterie de mauvais goût. Un service pour retrouver les *choses perdues*, ça oui, je venais de sortir de celui de Grand Central. Mais les *causes perdues* ? Qu'est-ce que ça pouvait bien vouloir dire ? Rita Perdido voulait-elle se faire passer pour une sorte de détective privée capable de résoudre les problèmes insolubles ? J'en venais à douter que ce soit son vrai nom – *Perdido*, dans ce contexte, ça sentait le charlatanisme.

Une fois encore, j'eus envie de me lever et de partir. La terrible prophétie de mon interlocutrice m'en dissuada. Elle avait prédit que les gens normaux ne pourraient jamais comprendre ma condition. Outre le terme de *radiesthésiste*, que j'avais découvert la veille dans l'encyclopédie, Rita Perdido venait d'en utiliser un autre…

« Qu'est-ce qu'un *retrouveur* ? lui demandai-je, en glissant sa carte de visite dans ma poche.

– C'est quelqu'un comme toi et moi qui est capable d'aller reprendre ce que les habitants des oubliettes ont arraché aux humains », répondit-elle. Elle se pencha un peu plus vers moi et ajouta à voix basse : « Ces créatures ont bien des visages et bien des noms. Ici aux États-Unis, on les appelle *boogeymen*. Dans mon Chili natal, ils peuplent les contes sous le nom de *los cocos*. *Boggleman* en Allemagne, *babay* en Russie, *babao* en Italie… Mais le nom que nous autres retrouveurs utilisons le plus souvent pour les désigner est le mot français : *croquemitaines*. »

Les… *boogeymen* ? Ça me rappelait les monstres qu'inventait ma mère quand j'étais petite pour me dissuader de sortir dans la forêt à la nuit tombée. À commencer par le Seigneur des Ronces. Quant au mot de *croquemitaines*, je pouvais le déchiffrer, car Maman avait tenu à ce que j'apprenne le français en hommage à mes racines paternelles.

« Croquemitaines… croqueurs de mitaines…, répétai-je, faisant jouer ces sonorités sur ma langue. Ça veut dire… "mangeurs de doigts" ? »

Je rétractais instinctivement les quatre doigts de ma main droite sous ma paume, saisie par la peur irrationnelle d'en perdre un autre.

Mme Perdido hocha gravement la tête :

« En effet. Celui qui a l'imprudence de glisser sa main dans une brèche menant à une oubliette risque fort de sentir la morsure de mâchoires acérées. C'est pourquoi je te demandais tout à l'heure ce qu'il était arrivé à ton petit doigt. »

Je la vis lorgner de nouveau ma main, mais je gardais mon poing bien serré. Les divagations de cette femme auraient pu prêter à sourire, si elle n'avait semblé si sérieuse. J'avais plus que jamais l'impression d'être face à une démente échappée de l'asile.

« Croquemitaines ou *boogeymen*, appelez-les comme vous voulez, ils n'existent que dans les fables pour gamin, protestai-je.

– Non. Ils existent vraiment. Ce sont des adversaires redoutables, et les combattre n'a rien d'un jeu d'enfant. C'est au contraire la tâche la plus mortelle qui soit. Je sais de quoi je parle, moi qui pratique le retrouvage depuis des décennies. Mais je crois vraiment que nous devrions poursuivre cette conversation ailleurs. »

À nouveau, elle jeta un regard aux alentours. La salle du McDo s'était remplie depuis le début de notre échange surréaliste. Une fille de dix-sept, dix-huit ans en blouson de cuir noir cherchait une place où s'asseoir, un plateau chargé de nourriture entre les mains. Elle avait des piercings plein le visage, un gros casque audio enfoncé sur sa chevelure aile de corbeau, et les yeux noyés sous une tonne d'ombre à paupières. Gothique jusqu'au bout de ses ongles vernis de noir. Elle aussi paraissait fin prête pour Halloween.

« Je peux m'asseoir ? nous demanda-t-elle – elle parlait trop fort à cause de la musique qui se déversait dans ses oreilles.

– C'est occupé », lui répondit Rita Perdido en faisant *non* de sa main gantée.

Derrière sa voilette, il me sembla que ses yeux jetaient des éclairs. Ils m'évoquaient ceux d'une captive derrière des barreaux, comme si elle avait bâti autour d'elle sa propre geôle paranoïaque. Un délire dans lequel elle baignait depuis des décennies, de son propre aveu. Une prison mentale où elle essayait de m'enfermer à mon tour.

« Les murs ont des yeux et des oreilles, dit-elle en se penchant vers moi. Je crois que je suis suivie depuis plusieurs jours.

– Vous vous faites des idées. Personne ne nous écoute et… »

Avant que je puisse terminer ma phrase, la fille aux piercings trébucha et renversa le contenu de son plateau sur nos têtes. Les frites brûlantes se répandirent comme les baguettes d'un jeu de mikado ; une pluie de Coca-Cola glacé me coula dans le cou ; un steak de hamburger bien huileux atterrit sur le corsage de Mme Perdido.

Elle poussa un cri strident :

« Le pendule ! »

9

LE PASSAGE

Au lieu de ramasser les dégâts ou de simplement s'excuser, la fille aux piercings venait de faire main basse sur le pendule. Sa maladresse n'avait été qu'une diversion préméditée.

« Il faut la rattraper ! » s'écria Rita Perdido tandis que la fille prenait la fuite.

Engoncée comme elle était sur sa banquette, la propriétaire du pendule n'était pas en mesure de rattraper la voleuse. Quant aux autres clients, ils levèrent à peine le nez de leur petit-déjeuner.

Mon sang ne fit qu'un tour. J'attrapai la bretelle de mon sac à dos et me lançai à la poursuite de la fuyarde à travers les couloirs de la gare. J'entendis Rita Perdido crier dans mon dos :

« Rejoins-moi ici, Lucy, je t'attendrai le temps qu'il faudra ! »

Puis la rumeur de la gare avala la voix de la femme en noir. Conversations, annonces du personnel, roulements de valises, sifflements de train : c'était assourdissant.

« Au voleur ! Arrêtez-la ! » m'époumonai-je.

Les voyageurs en retard pour attraper leur express du matin ne me prêtaient pas plus d'attention que les clients du fastfood. New York n'était pas comme Grayfall, où les gens veillaient les uns sur les autres : dans la jungle de la grande ville, c'était chacun pour soi.

Rapide comme une gazelle, la fille aux piercings s'enfonçait dans les méandres de Grand Central sans être inquiétée. Elle passa en coup de vent devant le bureau des Objets Trouvés. Là, enfin, quelqu'un se décida à me prêter main-forte. C'était le jeune mendiant asiatique à qui j'avais donné une friandise tout à l'heure. Il n'avait pas de train à attraper, lui ; il bondit sur ses pieds et se lança avec moi aux trousses de la pickpocket.

« Elle va vers le métro ! » s'exclama-t-il.

Il avait raison : la diablesse s'était mise à dévaler des escaliers plongeant plus bas encore dans les entrailles de la gare, là où elle se connectait au métro new-yorkais. Elle fusa sous un panneau indiquant *LIGNE 7 / DIRECTION FLUSHING* et déboula sur un quai bondé de passagers. Elle commença à slalomer entre eux, telle une skieuse olympique. Cependant, sa course allait bientôt prendre fin car il n'y avait aucune rame à quai. Au bout, il faudrait bien qu'elle nous affronte, et nous étions deux contre une.

Je serrais déjà mes poings, prête à en découdre…

… mais à cet instant, au lieu de s'arrêter, la voleuse se rua sur l'échelle de service qui descendait sur la voie !

Je pilai net à l'extrémité du quai, le souffle court, tandis que le blouson de cuir noir se noyait parmi les ombres du tunnel. Mon cœur tambourinait douloureusement. Les paroles de Rita Perdido tournaient dans ma tête : « *Ce pendule t'aidera à devenir celle que tu es vraiment et à trouver ce que tu as toujours cherché.* » Elle avait aussi prétendu que l'instrument m'aiderait à retrouver ma mère. Avec la voleuse, j'avais l'impression de voir disparaître pour la deuxième fois le seul parent qui me restait…

« J'ai vu le panneau d'affichage : le prochain métro n'est que dans douze minutes ! souffla le jeune mendiant, hors d'haleine. On a le temps de la rattraper. »

Descendre sur la voie ? C'était de la folie pure. Mais justement, depuis vingt-quatre heures, mon existence était devenue complètement folle. Je me jetai sur l'échelle à la suite de mon nouvel ami.

La rumeur de la station s'évanouit derrière nous en quelques instants, remplacée par le martèlement de nos semelles sur les rails. Le tunnel n'était éclairé que par des loupiotes de sécurité, accrochées au sommet de la voûte et bien trop espacées à mon goût. Dans leur halo blafard, je devinais des dizaines de graffitis à demi cachés par la suie. D'autres imprudents s'étaient aventurés ici avant nous. Cette constatation ne me rassurait pas vraiment.

« Plus vite, on va finir par la coincer ! » m'encourageait le garçon.

On aurait dit que ça l'amusait de jouer à cache-cache avec les trains, qu'il avait fait ça toute sa vie.

« Finalement, je ne suis pas si sûre que ce soit une bonne idée..., haletai-je.

– Planque-toi dans cette alcôve, vite ! »

Quoi ? Une alcôve ? Où ça ? J'avais beau fouiller la pénombre, mes yeux ne s'y étaient pas encore assez habitués et ne voyaient que du noir. En revanche, je sentais bien le sol vibrer sous mes pieds, de plus en plus fort... une rame approchait à grande vitesse !

« Tu m'avais dit qu'on avait douze minutes devant nous ! » hurlai-je.

Deux grosses lumières rondes apparurent soudain au détour du tunnel, horriblement proches. Là-haut dans les Catskills, les biches se figent parfois dans le halo des voitures, trop tétanisées pour fuir. Exactement comme moi. Juste avant l'impact, une main m'attrapa le poignet et m'attira brutalement contre la voûte.

Mon épaule heurta durement la pierre de l'alcôve. Elle était profonde d'un mètre à peine, mais ce mètre venait de me sauver la vie : la rame fusa dans un crissement assourdissant, à quelques pouces seulement de mon front. Une tornade d'air tiède fit claquer mes cheveux contre mes joues. Des dizaines de fenêtres illuminées défilèrent à toute allure, emportant des milliers de visages floutés par la vitesse. Puis l'obscurité et le silence retombèrent d'un seul coup sur le tunnel.

« Oui, en effet, ça fait moins de douze minutes, concéda le garçon, serré contre moi dans l'alcôve. J'ai dû me tromper de ligne en lisant le tableau d'affichage.

– Je… je ne suis jamais passée si près de la mort, hoquetai-je, au bord de la nausée.

– Mais tu es toujours vivante, précisa-t-il. J'imagine que la voleuse a dû se planquer, elle aussi, à moins qu'elle ait fini ratatinée comme une crêpe. »

En écho à ses paroles, des pas précipités recommencèrent à résonner dans le tunnel, suivis d'un claquement, puis plus rien. Le garçon et moi nous élançâmes à nouveau le long des rails. Nous parvînmes à une porte logée dans une seconde alcôve. De toute évidence, c'était cette issue que nous venions d'entendre claquer, et c'était par là que la fille avait disparu.

« Euh, fais gaffe, m'avertit le garçon. Et si c'était un local électrique ?

– Il n'y a aucun signe de ce type sur le panneau », lui fis-je remarquer.

En effet, la porte enfoncée dans la voûte ne comportait pas la moindre inscription. Elle était fort étroite et à peine assez haute pour laisser passer un adulte.

« Quand même, on ne sait pas ce qu'il y a de l'autre côté… », renchérit mon camarade.

Il me semblait bien poltron, tout d'un coup, après avoir pris des risques beaucoup plus inconsidérés que d'ouvrir une malheureuse porte. Quant à moi, je n'avais pas bravé la mort pour m'arrêter là.

J'abattis ma main sur la petite poignée ronde et la tournai. La porte s'ouvrit dans un léger grincement. Je fis un pas en avant, suivie de près par le garçon. Le panneau se referma aussitôt en claquant derrière nous, nous plongeant dans le noir complet.

Je cherchai un interrupteur sur le mur. Mes doigts ne rencontrèrent qu'une pierre froide et humide, sans revêtement aucun. Nous avions dû pénétrer dans une galerie particulièrement ancienne. Mais au point de ne pas avoir l'électricité ? Je n'avais pas le temps de m'interroger sur l'architecture du métro new-yorkais : j'entendais un martèlement de pas devant nous. C'était la voleuse, j'en étais certaine !

« Tu as de la lumière ? demandai-je à mon coéquipier. Une lampe-torche ? Un téléphone portable ?

– Tu veux rigoler ? Si j'avais toutes ces choses, je ne ferais pas la manche. » Il se ravisa aussitôt : « Attends ! En fouillant les poubelles de la gare, ce matin, j'ai trouvé ça… »

Je l'entendis chercher dans sa poche, puis une flamme s'éleva au bout de son poing. Il tenait un briquet en plastique, dont la lueur creusait les ombres de son visage. Le halo éclairait aussi les murs alentour. Ainsi que mes doigts l'avaient deviné, ils étaient constitués de gros blocs de pierre nue. Au sol, ni béton ni asphalte : juste de la terre battue.

Nous reprîmes notre course. La fuyarde ne pouvait plus être loin. Sa course allait enfin s'arrêter, au bout de cette galerie de service qui ne devait pas être bien longue…

… mais contrairement à ce que j'escomptais, le boyau ne débouchait pas sur une impasse. Il se séparait en patte d'oie. Trois bouches noires s'enfonçaient dans les profondeurs de la terre, sans aucune indication pour se diriger.

« Tu sais par où elle est partie ? me demanda le garçon.

– Je n'en ai pas la moindre idée. Je n'entends même plus le bruit de ses pas. »

La bouche dans laquelle avait disparu la voleuse semblait l'avoir gobée comme une mouche… Je frissonnai – pas à cause du froid, car la température qui régnait dans le boyau était légèrement plus douce qu'à la surface –, mais à cause de l'inconnu.

« Il n'est pas prudent d'aller plus avant, sans savoir où elle est partie, avec juste ce briquet pour nous éclairer, murmurai-je. Ces galeries ressemblent à des tronçons en travaux. On risque de tomber dans un trou, de se prendre des éboulis sur la tête, ou pire…

– Tu veux dire que tu te dégonfles, la miss ? » me lança le garçon. La déception dans sa voix me fit mal.

« Pourtant, tu avais l'air de tenir sacrément à ce que cette fille t'a volé. C'était quoi au juste ?

– Rien. Une breloque.

– On ne se jette pas sous un train pour une breloque. »

Plus encore que sa curiosité, le rappel du danger auquel je m'étais exposée par sa faute me hérissa :

« On a failli y rester à cause de toi, lui rappelai-je. On ne m'y prendra pas deux fois.

– OK, j'ai compris, on fait demi-tour. »

Nous rebroussâmes chemin.

« Te voilà revenu à la raison, remarquai-je.

– Tu ne m'as pas vraiment laissé le choix.

– On dirait que tu as réponse à tout.

– Contrairement à toi, qui n'as pas répondu à ma question quand je t'ai demandé ce qu'on t'a volé. Tu n'es pas très reconnaissante. J'ai pourtant foncé tête baissée pour t'aider. Tu penses peut-être qu'un gars comme moi ne mérite pas qu'on lui explique ce qui se passe. Tu me crois trop bête pour comprendre. Pour toi, je fais juste partie du décor comme les lampadaires et les trottoirs, pas vrai ? Je ne suis qu'un clochard anonyme à qui on jette un peu de nourriture, comme à un chien. »

Ses reproches me fendirent le cœur. J'avais suffisamment souffert de me sentir rejetée, à Hemingway High ; lui avait dû connaître bien pire pour finir à la rue.

« Je m'appelle Lucy, lui dis-je. Et toi ?

– Jasper.

– Cette fille m'a volé un pendule, Jasper. C'est un objet bizarre dont je ne suis pas sûre de bien comprendre le fonctionnement. Quelqu'un venait de me l'offrir... »

À ces mots, je repensai à Rita Perdido que j'avais plantée dans le fastfood. Je ne reverrais peut-être jamais le « pendule adamantin » qu'elle m'avait donné, mais il fallait que je la revoie, elle. Peut-être que, même sans l'instrument volé, elle pourrait m'aider à retrouver ma mère. N'avait-elle pas affirmé qu'elle possédait son propre pendule et qu'elle était elle aussi une « retrouveuse » ?

Je parcourus au pas de course les derniers mètres qui nous séparaient de la petite porte donnant sur les voies. Par mesure de précaution, je collai mon oreille sur le panneau métallique pour m'assurer que de l'autre côté aucun train n'était à l'approche. Silence total : c'était bon signe. Je tournai la poignée et ouvris la porte.

Mais derrière, il n'y avait pas de voie, pas de rails.

Il n'y avait qu'un mur de pierre.

10

LES GARDIENS

Je restai figée un instant sur le pas de la porte emmurée, peinant à comprendre.

« Il y a quelques minutes, on est bien arrivés par là…, finis-je par balbutier.

– Il n'y a aucune autre issue, confirma Jasper, qui semblait tout aussi perplexe que moi. C'est la bonne porte. Mais ce mur n'était pas là tout à l'heure. »

La patte d'oie au bout de la galerie m'avait fait frissonner d'inquiétude. Cette impasse impossible, elle, me plongea dans l'effroi. Car il y a plus terrifiant encore que l'inconnu : *l'inexplicable*.

« C'est peut-être un mur escamotable ? se hasarda Jasper. Tu sais, comme ceux qui cachent une pièce secrète dans les châteaux forts, au ciné. »

Il s'appuya de tout son poids sur la paroi pour la faire bouger, en vain.

« Je ne vois pas pourquoi les urbanistes de New York se seraient amusés à recréer un donjon dans les profondeurs du métro, lui fis-je remarquer. Ça n'a aucun sens.

– Tu as une autre explication, Einstein ? »

Non, je n'en avais pas. Le silence ambiant, qui m'avait rassurée quelques instants auparavant, pesait maintenant lourdement sur ma poitrine. C'était un silence de tombeau. Et, comme dans une tombe, l'air confiné me semblait de plus en plus difficile à respirer.

« On doit retourner à l'intersection, nous n'avons pas d'autre choix, décrétai-je. Il y a forcément une porte de sortie. Il faut qu'on la trouve avant d'avoir brûlé tout le gaz du briquet. »

Il n'y avait pas un instant à perdre. Nous regagnâmes la patte d'oie. Là, je pris le briquet et dirigeai la flamme alternativement devant chaque entrée.

« Qu'est-ce que tu fais ? s'enquit Jasper.

– J'essaie de voir s'il y a un courant d'air venant de la surface. »

C'était un truc que faisait ma mère dans notre maison des Catskills, pour s'assurer qu'elle était bien isolée à l'approche de l'hiver : elle promenait une chandelle le long des arêtes des murs, sols et plafonds. À la moindre présence d'air, la flamme tremblait, indiquant une fuite à colmater. Ce jour-là, la méthode de la chandelle allait peut-être nous montrer le chemin de la sortie...

« La voie de droite ! m'écriai-je. C'est celle qu'il faut prendre.

– Toi, tu as de la suite dans les idées, me félicita Jasper. Une vraie scoute.

– Attends qu'on soit sortis d'ici avant de me remercier. »

Nous nous remîmes à courir pour tirer tout le parti possible des dernières réserves de gaz. J'avais mis ma main devant la flamme en guise de protection. Ce n'était pas seulement notre course qui la faisait trembler : une brise de plus en plus prononcée soulevait mes cheveux… Bientôt, une pâle lueur se dessina dans les ténèbres devant nous.

Mon cœur fit un bond dans ma poitrine : la surface, enfin ! Le briquet rendit l'âme dans ma main, mais ni Jasper ni moi n'y prêtâmes attention. La seule chose qui comptait, c'était d'atteindre l'air libre le plus tôt possible.

La galerie s'évasa et nous déboulâmes à l'extérieur. Sauf que cet *extérieur* n'avait ni ciel, ni soleil, ni nuages. C'était une immense voûte de pierre.

« On dirait une sorte de cathédrale », remarquai-je d'une voix blanche.

Ces arches immenses…

Cette perspective sans fin…

Ces colonnes aussi larges que des séquoias…

« Non, pas une cathédrale, rectifiai-je. Plutôt un hall de gare gigantesque, encore plus vaste que celui de Grand Central. »

La lumière qui nous avait attirés provenait de grands lustres suspendus à de lourdes chaînes. Ils ressemblaient aux luminaires de style Art déco de Grand Central – si ce n'est que leur éclat était plus tamisé. Certaines ampoules grésillaient, et d'autres étaient complètement éteintes. Cette étrange enfilade lumineuse se prolongeait de loin en loin, baignant les colonnes anguleuses d'une lueur incertaine.

« On a définitivement perdu la voleuse », remarquai-je, hébétée.

Je m'avançai de quelques pas dans le hall. Le sol était constitué de larges dalles de marbre, semblables elles aussi à celles de Grand Central. De loin en loin, des sortes de dunes s'élevaient sur ce damier. Je crus d'abord que c'étaient des tas de sable ou de terre, amoncelés par le temps. Mais à mieux y regarder, je me rendis compte qu'il s'agissait d'amas de petits objets. Je me penchai sur le plus proche et en ramassai une pleine poignée. Une boussole au cadran fissuré ; des capsules de bouteille rouillées ; des trombones tordus ; des bouchons de stylos-bille en plastique… Et tout ça, juste dans le creux de ma main. Au-delà, j'apercevais des tas d'habits, des chaussures dépareillées, des parapluies aux baleines déformées. J'estimais qu'il devait y avoir des millions de détritus dans ce hall, à perte de vue.

« Qu'est-ce que c'est que cette décharge publique au milieu de nulle part ? murmurai-je. Et à quoi correspond ce hall de gare souterrain, jumeau de celui de la surface ? Je ne comprends pas. »

À peine eussè-je prononcé ces mots qu'un bruit mat retentit. Une masse sombre venait de tomber sur les dalles, quelques mètres devant nous. Je m'approchai : c'était un porte-clé en forme de petite fusée. Perplexe, je levai les yeux pour voir d'où il avait pu arriver. Cependant, les lustres n'étaient pas assez puissants pour éclairer les hauteurs du hall, qui disparaissaient dans les ténèbres.

J'appelai à pleins poumons :

« Ohé, il y a quelqu'un ? »

Un écho lugubre me répondit :

« *... y a quelqu'un...*

... a quelqu'un...

... quelqu'un...

... qu'un... »

Jasper haussa les épaules, l'air soudain inquiet :

« Calmos : il n'y a personne d'autre que nous. Pas la peine de faire tout ce raffut... »

Un hurlement féroce avala la fin de sa phrase, glaçant jusqu'à la moelle de mes os. Une sombre silhouette avançait vers nous depuis le tréfonds obscur du hall. Non... Pas *une* silhouette... *Plusieurs.*

Au moins trois, qui marchaient à quatre pattes.

« Des chiens ! m'écriai-je. Ce sont sans doute ceux des agents de sécurité du métro. On s'en sortira avec un sermon pour nous être aventurés sur les voies, mais au moins ils nous reconduiront jusqu'à la surface... On n'a qu'à attendre les agents sans moufter.

– Ces clébards m'ont plutôt l'air d'être enragés, rectifia Jasper dans un souffle rauque. Et puis, ils ont des sales gueules… en trop grand nombre. Viens, on s'arrache ! »

En trop grand nombre ? Que voulait-il dire par là ? Je plissai les paupières. Il n'y avait bien que trois chiens au pelage noir, comme je l'avais estimé à première vue, mais je comptais *beaucoup plus de têtes*. Chaque corps était rattaché à plusieurs gueules : le premier en comptait deux, et les autres trois chacun.

J'eus un haut-le-cœur. Mais les monstres ne me laissèrent pas le temps de me frotter les yeux : ils se mirent soudain à galoper dans notre direction, ventre à terre.

« Cours, Lucy ! » me hurla Jasper.

Il s'élança dans la direction opposée à celle d'où venaient les chiens. Il aurait été suicidaire de rebrousser chemin, puisque nous savions qu'il n'y avait derrière nous qu'une impasse : il fallait trouver un endroit où nous mettre à l'abri quelque part dans le hall.

« Plus vite ! Plus vite ! m'encourageait Jasper.

– Tu sais… pfff… où on va ? haletai-je, ivre de panique.

– Pas du tout. »

Le parcours était semé d'embûches : il nous fallait sans cesse contourner les innombrables tas d'objets qui remplissaient le hall. Même en évitant les plus gros amoncèlements, nos pieds shootaient sans cesse dans les ouvre-bouteilles, les boucles d'oreilles, les pièces de monnaie qui jonchaient les dalles… Derrière nous, les hurlements des molosses recouvraient le claquement de nos souliers contre ce bric-à-brac hétéroclite. Ce n'était pas seulement un trio de chiens qui était lancé à notre poursuite : c'était une meute entière à huit gueules ! Et s'ils nous rattrapaient, ce seraient huit mâchoires qui se planteraient dans notre chair.

« Par là », souffla Jasper, en prenant un virage à quatre-vingt-dix degrés pour s'enfoncer sous une arcade percée dans le mur du hall.

Je m'attendais presque à arriver sur un quai de gare, pareil à ceux qui s'ouvraient dans les flancs du hall principal de Grand Central. Au lieu de quoi, nous débouchâmes sur un sombre corridor, éclairé par des lustres plus espacés. Je sentis quelque chose craquer affreusement sous mes pieds. Je baissai les yeux : c'étaient des os. Nous courions sur un lit de tibias, de fémurs et de crânes fracassés. *Des crânes humains*. Chacun d'eux portait une perforation au milieu du front.

Une terreur sans nom s'empara de moi, me coupant presque la respiration. Étaient-ce les chiens à plusieurs têtes qui avaient tué tous ces gens ? Les malheureux avaient-ils essayé de fuir comme nous ? Ivre de panique, je trébuchai et m'étalai parmi les ossements. Le temps de relever la tête, les monstres n'étaient plus qu'à une vingtaine de mètres de moi. Leurs gueules claquaient dans le vide ; leurs côtes saillaient sur leurs flancs creusés ; de toute évidence, ils n'avaient rien mangé depuis longtemps et ils étaient affamés.

En un éclair, je compris que je n'aurais pas le temps de me relever avant qu'ils soient sur moi. J'ouvris fébrilement mon sac à dos et en sortis le vieux sandwich ramassé la veille dans le train. Je le balançai de toutes mes forces vers les molosses. Ils se désintéressèrent aussitôt de moi pour se jeter sur le casse-croûte, grondant et mordant afin de se l'approprier. Chaque tête semblait se battre à la fois contre ses jumelles rattachées au même corps, et contre les autres. Ce danger était momentanément écarté – pourtant, j'avais l'intuition brûlante qu'une autre menace, plus effroyable encore, était sur le point de fondre sur nous. Comme si une ombre indéfinissable et maléfique s'étendait dans notre direction depuis le tréfonds de ce hall de gare souterrain…

« Lucy, par ici ! » me hurla Jasper.

Je m'arrachai au spectacle de la curée et le rejoignis au bout du couloir. Il se terminait brutalement par un cul-de-sac. Un encadrement de porte aux coins arrondis était sculpté dans le haut mur de pierre. Au moment de mettre ma main sur la poignée, je sentis l'angoisse me tordre l'estomac : et s'il n'y avait rien derrière le panneau, comme tout à l'heure ?...

Mais à mon grand soulagement, le seuil d'une pièce se dessina dans la lueur incertaine qui émanait du corridor. Jasper et moi nous précipitâmes à l'intérieur. La porte se referma brusquement derrière nous, étouffant les hurlements féroces des chiens et la lumière sépulcrale des lustres.

« Je pressentais une menace plus effroyable encore que les molosses... »
RETROUVEZ LE DANGER QUI SE PROFILE DANS L'OMBRE.

11

CUL-DE-SAC

« Des cerbères… »

Ce furent les premiers mots que je parvins à articuler après avoir repris mon souffle. Jasper et moi étions plongés dans l'obscurité totale, mais au moins nous trouvions-nous en sécurité. À présent, je pouvais me remettre à réfléchir. Les souvenirs me revenaient des histoires de mon enfance, ces contes et mythes que me lisait ma mère quand j'étais petite.

« Cerbère est le chien qui garde l'entrée des Enfers, dans la mythologie grecque, me remémorai-je. Un chien à trois têtes. » La conclusion s'imposa à moi, aussi extraordinaire qu'elle puisse paraître : « Jasper, je crois qu'on a pénétré par mégarde dans les Enfers… ou dans un lieu approchant. »

Pas de réponse. Pourtant j'entendais la respiration encore haletante de mon compagnon d'infortune, à côté de moi.

« Ça va ? » m'inquiétai-je.

Je me mis à le chercher dans le noir. Ma main rencontra la sienne. Elle était molle entre mes doigts. Sans doute le choc de l'épreuve l'avait-il profondément ébranlé.

« Il faut que je te dise, lui confiai-je doucement. Cette dame, Rita Perdido, qui m'a donné le pendule… elle m'a parlé d'un endroit en dehors de l'espace et du temps. Les oubliettes : c'est ainsi qu'elle l'a nommé. Elle m'a aussi parlé des croquemitaines qui y vivent. Je pensais que tout ça, c'étaient des salades. Mais après avoir failli servir de pâtée à ces chiens monstrueux, il n'y a plus de doute possible. J'y crois vraiment.

– T'inquiète, Lucy. J'y crois aussi. »

Entendre enfin Jasper me réchauffa le cœur. Mais curieusement, sa voix me laissa un arrière-goût amer. Il y avait quelque chose en elle d'infiniment triste et résigné. Je sentis qu'il se levait dans le noir et faisait quelques pas.

Un déclic retentit – Jasper venait de tourner un interrupteur. Un flot de lumière vive se répandit dans la vaste pièce où nous avions trouvé refuge. Des étagères métalliques s'élevaient contre les murs, chargées d'objets en tout genre : livres, portefeuilles, sacs à main, vêtements empaquetés dans des housses. On aurait dit une sorte de réserve, enfouie en sous-sol.

« On y est arrivés, Jasper ! m'écriai-je. On a retrouvé la civilisation ! »

Mon enthousiasme se heurta à sa mine grave. Il ne semblait pas soulagé d'avoir sauvé sa vie et la mienne.

« Je suis désolé, mais je n'avais pas le choix, me dit-il.

– Pas le choix de quoi ? »

En guise de réponse, il ouvrit la porte qui faisait face à celle par laquelle nous avions pénétré dans la réserve.

« C'est bon, vous pouvez venir, elle a passé le test ! » cria-t-il à travers l'embrasure.

Deux silhouettes se dessinèrent dans l'encadrement de la porte. La première appartenait à un homme chauve d'une cinquantaine d'années, vêtu d'un costume en velours d'un rouge clinquant. La seconde n'était autre que la fille aux piercings, portant toujours son gros casque audio sur les oreilles.

« Tu… tu étais de mèche avec la voleuse ?! » lançai-je à Jasper, partagée entre la colère d'avoir été trompée et l'angoisse d'être tombée dans un traquenard.

Il baissa les yeux et se contenta de répéter :

« Je n'avais pas le choix, je te dis. Golden Gordy m'a demandé de te conduire ici.

– Et tu t'es parfaitement acquitté de ta tâche, Jasper, déclara l'homme chauve. Je suis fier de toi. »

En réalité, il n'y avait ni chaleur ni fierté dans sa voix, juste une froide avidité. Tentée de faire demi-tour, je lorgnai la porte par laquelle j'étais arrivée, couverte de gros clous en fer. Le souvenir des cerbères m'en dissuada.

« Je vous préviens, si c'est un kidnapping vous êtes tombés sur la mauvaise personne », menaçai-je. Je me campai sur mes jambes et ajoutai : « Mes parents sont très influents. Ils vont lancer toutes les polices de New York à ma recherche. »

C'était du bluff, bien sûr. Tante Doris ne lèverait pas le petit doigt pour me retrouver. Mais mes kidnappeurs n'étaient pas censés le savoir.

« La police pourra chercher, elle reviendra bredouille, asséna celui que Jasper avait appelé Golden Gordy. Toi, en revanche, tu vas te mettre à chercher pour moi. Et à retrouver des trésors, car c'est cela que tu es, comme Jasper et Raven : une retrouveuse. »

Raven, c'est comme ça que s'appelait la fille ? Un prénom qui veut dire « corbeau », voilà qui était raccord avec son look gothique. Quant à ce mot étrange, « retrouveuse », il était entré dans ma vie en même temps que Rita Perdido et depuis il me collait aux baskets comme un chewing-gum.

« Je ne trouverai jamais rien pour vous, affirmai-je. Avec vos deux sous-fifres, vous ne valez pas mieux que ces croquemitaines dont on me rebat les oreilles depuis ce matin. Vous êtes des voleurs, vous aussi : d'abord le pendule, puis moi. »

Ces accusations ne parvinrent qu'à faire ricaner Golden Gordy. Une grosse chaîne en or transparaissait à travers le col entrouvert de sa chemise hawaïenne en soie bariolée : sa richesse et son mauvais goût affichés contrastaient avec les frusques délavées de ses acolytes.

« Oh, mais je vois que cette vieille chouette de Rita a commencé à faire ton éducation », se réjouit-il.

Il se fendit d'un sourire aussi rutilant que ses bijoux : la totalité de ses dents était en or. Décidément, cet homme portait sur lui plus de métal précieux qu'une banque entière – il méritait son surnom clinquant de *Golden Gordy*.

« Je devine que c'est cette vieille sorcière à voilette qui t'a parlé des croquemitaines, pas vrai ? renchérit-il. Et je parie qu'elle était sur le point de t'embaucher dans son agence miteuse. Quand Jasper m'a appelé tout à l'heure pour me dire qu'une jeune fille avait rapporté le pendule aux Objets Trouvés, je me suis douté qu'il s'agissait d'une retrouveuse. »

Je fusillai Jasper du regard :

« Tu m'avais dit que tu n'avais pas de téléphone portable !

– Bien sûr que si, répondit Golden Gordy à sa place. Comment crois-tu que je donne mes instructions à Raven et à Jasper ? C'est moi qui leur ai demandé de suivre Rita Perdido à la trace. Cette rombière a beau être détestable, elle a le nez creux : partout où elle passe, il y a de l'argent à se faire. C'est ainsi que Raven l'a pistée hier jusqu'à Sleepy Hollow pour la vente aux enchères de la succession Bower. Ce collectionneur à moitié timbré ne savait même pas qu'il avait de l'or dans les mains. Que dis-je, mieux que de l'or : un pendule adamantin ! Depuis le temps que j'en voulais un ! » Il prit le pendule des doigts de la fille aux piercings et le leva jusqu'à ses petits yeux brillants pour mieux l'admirer. « Ce sont des artéfacts extrêmement rares, dont le secret de fabrication se perd dans la nuit des temps… Les retrouveurs les recherchent avec avidité, car ces instruments sont d'une grande aide dans l'art du retrouvage : ils permettent de naviguer dans les oubliettes les plus labyrinthiques. Voilà pourquoi Rita Perdido a fait le voyage jusqu'à Sleepy Hollow pour se procurer cet objet.

– J'avais prévu de voler la vioque hier à sa descente du train, en profitant de la cohue de Grand Central, déclara Raven. Mais une fois sur le quai, elle s'est aperçue qu'elle avait perdu le pendule. »

La voix de la fille était à l'image de son nez en trompette, de son menton pointu, de ses sourcils en accents circonflexes : aigüe et agressive. Les piercings sur ses lobes d'oreilles, son menton et ses arcades sourcilières étaient aussi pointus que des clous. Une musique énervée s'échappait de son casque, en sourdine.

« Elle est remontée dans le wagon comme elle a pu, c'est-à-dire pas très vite, boiteuse comme elle est, continua Raven. Elle est restée dans le train jusqu'à ce qu'il reparte, sans retrouver le pendule. Je l'ai ensuite suivie aux Objets Trouvés, où on lui a dit qu'il n'y avait pas ce qu'elle cherchait et on lui a demandé de revenir le lendemain. J'ai tenté de la pister pour découvrir l'hôtel où elle logeait ; mais j'ai dû y renoncer, car il m'a semblé qu'elle m'avait repérée dans la rue. C'est pourquoi j'ai demandé au boss d'envoyer Jasper en renfort le lendemain. »

Les paroles de Mme Perdido dans le fastfood me revinrent en tête : « *Les murs ont des yeux et des oreilles.* » J'avais pris ça pour de la paranoïa, mais elle avait raison de se méfier : elle avait reconnu la fille qui l'avait suivie la veille.

« Voilà qui est bien résumé, Raven, dit Golden Gordy. J'ai jugé plus prudent de confier la fin du boulot à Jasper. Il devait se faire passer pour un mendiant, et voler le pendule dès que Rita l'aurait récupéré. Oui, c'était ça le plan, mais une donnée imprévue est venue se mettre dans l'équation : toi, ma chère. » Il pointa sur moi un index orné d'anneaux en or et de bagues serties de pierres précieuses. « Jasper a remarqué que Rita semblait particulièrement intéressée par ta petite personne. Or, avouons-le-nous, tu ne paies pas de mine. C'est donc que cette harpie a vu quelque chose de caché sous ton apparence de collégienne insignifiante… un pouvoir que tu ne soupçonnais sans doute pas toi-même. Le don du retrouvage. »

Je n'aurais su dire ce qui me troublait le plus, entre la goujaterie de ce personnage et la trahison de son disciple. Car Jasper m'avait menée en bateau de bout en bout, je le comprenais maintenant.

« Il m'a téléphoné pour me dire que nous avions peut-être affaire à une jeune retrouveuse, poursuivit Golden Gordy. Pour s'en s'assurer, il fallait que tu passes le test. J'ai chargé Raven de voler le pendule. Et Jasper de faire semblant de la prendre en chasse à tes côtés – avec pour réelle mission d'évaluer tes pouvoirs.

– Vous allez être déçu, car je n'ai aucune faculté particulière, rétorquai-je. À l'instant, j'ai failli me faire dévorer par des chiens à trois têtes, et je n'ai eu la vie sauve qu'en leur balançant les restes de la veille. À ce que je sache, le lancer de vieux sandwich pourri n'est pas un super-pouvoir. »

Je m'efforçais d'afficher de l'assurance. Lorsque cet homme s'apercevrait que je n'avais pas ce don du « retrouvage » que Rita Perdido et lui avaient cru voir en moi, il me relâcherait, n'est-ce pas ?

« Tu te sous-estimes, susurra-t-il. Tu n'es pas une fille comme les autres, puisque tu as réussi à ouvrir le portail sur la voie de la ligne 7.

– Ce n'était pas un portail, mais une porte », précisai-je. Je me souvenais que ce traître de Jasper m'avait laissé tourner la poignée moi-même, prétextant craindre de tomber sur un local électrique. « N'importe qui peut faire ça…

– … mais seuls quelques élus peuvent l'ouvrir sur une oubliette. Vois-tu, si une personne normale avait franchi ce seuil, elle aurait simplement pénétré dans le réduit où les ouvriers du métro rangent leurs pelles et leurs râteaux. Mais toi, parce que tu es une retrouveuse, tu as ouvert le portail sur un univers entier.

– Une porte ou un portail – peu importe comment vous l'appelez – ne peut pas mener à différents endroits en fonction de qui l'ouvre…

– Si, Lucy », affirma Jasper.

C'était la première fois qu'il s'adressait à moi depuis l'irruption de Golden Gordy, mais il n'osait toujours pas me regarder dans les yeux.

« Rappelle-toi, quand tu as voulu faire demi-tour : tu t'es mangé un mur », me dit-il. Son regard fuyait le mien, sous la visière de sa casquette frappée de l'écusson en forme de diablotin des Devils du New Jersey. « C'est parce que les portails ne peuvent être activés par un même retrouveur qu'une fois par jour. Tu nous as fait entrer dans l'oubliette du métro par le portail de la ligne 7, et tu nous en as fait ressortir par le portail de la cave. »

Ses paroles n'avaient aucun sens. Mais le cul-de-sac que j'avais découvert en essayant de retourner sur la voie, tout à l'heure, n'en avait pas davantage… Il n'y avait qu'un moyen d'en avoir le cœur net. Échappant à la vigilance de mes geôliers, je me ruai sur la porte cloutée de la cave et tournai la poignée, prête à affronter à nouveau les cerbères s'il le fallait.

Je me heurtai encore une fois à un mur. Le hall gigantesque, les centaines de lustres, les cerbères : ils avaient tous disparu, comme s'ils n'avaient jamais existé.

12

PRISONNIÈRE

J'avais souvent eu l'impression d'être prisonnière depuis mon arrivée à New York. La salle de bains où j'avais été confinée pendant un an ressemblait à une cellule, avec Doris comme directrice de pénitencier et Nero comme gardien.

À présent, j'étais *vraiment* prisonnière, dans un endroit inconnu, sous le contrôle d'un homme dont j'ignorais tout. Étais-je seulement encore à New York ? Impossible de le savoir. Golden Gordy confisqua ma carte d'identité trouvée dans mon sac à dos et me logea dans une minuscule chambre sans fenêtre. Quant au vieux lit de fer sur lequel je devais dormir, il était encore plus dur et inconfortable que la baignoire de tante Doris. Le seul signe du monde extérieur, c'étaient les pizzas que Golden Gordy commandait tous les jours pour nourrir ses trois « protégés », comme il nous appelait. Il fallait bien qu'elles viennent de quelque part, avec leur petite salade et leur *garlic bread* d'accompagnement. Jasper et Raven allaient les réceptionner quand le livreur sonnait à une lointaine porte d'entrée, dans les hauteurs de la demeure où j'étais séquestrée. Moi, je n'étais pas encore autorisée à quitter le sous-sol : Golden Gordy exigeait que je prouve mon « esprit d'équipe » avant de me laisser libre accès aux lieux.

Je décidai de jouer le jeu. D'une part, parce que je n'avais pas le choix – si je voulais avoir un jour une chance de m'échapper, il fallait que je gagne la confiance de mon geôlier. Et d'autre part, parce que j'étais avide d'apprendre le plus de choses possible sur ce monde fascinant et effroyable que je n'avais fait qu'entrevoir : les oubliettes.

Golden Gordy résolut de m'instruire en la matière, pour que je puisse lui rapporter de l'argent le plus vite possible. Il me confirma ainsi ce que Mme Perdido avait commencé à m'expliquer. Le terme d'« oubliettes » désignait des poches secrètes dans le revers de la réalité, des dimensions parallèles à la nôtre. Jasper et moi avions ainsi pénétré dans la vaste oubliette qui s'étendait sous Grand Central et au-delà. Chaque jour, des dizaines d'objets y pleuvaient – tous ceux qui étaient assez petits pour se glisser dans les failles du monde d'en haut et s'échouer dans le monde d'en bas. Ces orifices infimes ne méritaient pas le nom de *portails*, ils n'étaient pas assez larges pour cela. Ce n'étaient que des *brèches* auxquelles les gens ne prêtaient guère d'attention : la grille d'évacuation d'un caniveau, un trou sur le quai de gare, un interstice entre deux banquettes dans la salle d'attente, le siphon d'un évier des toilettes publiques et tant d'autres fissures minuscules. Les issues assez larges pour laisser entrer un être humain dans l'oubliette étaient beaucoup plus rares, comme le portail de la ligne 7.

Les redoutables cerbères qui vivaient là n'avaient rien d'autre à se mettre sous la dent que les miettes de notre réalité qui tombaient dans la leur – d'où leur aspect famélique et leur férocité. S'ils avaient plusieurs gueules, c'était pour mieux dévorer tout ce qui passait à leur portée : deux, trois, quatre… parfois jusqu'à douze têtes, m'assura Golden Gordy !

« C'est donc cela, les croquemitaines ? lui demandai-je au lendemain de mon arrivée, comme il était venu me faire la leçon dans ma cellule.

– Dans tes rêves ! se gaussa mon grossier instructeur. Ou plutôt, dans tes cauchemars. Car si tu avais croisé un vrai croquemitaine, ma petite, tu ne serais plus de ce monde. » Il prit un air supérieur pour me déballer sa science : « Les cerbères ne sont que des *suppôts*. Vois-tu, les croquemitaines les plus puissants ne sont pas seulement capables de créer de vastes oubliettes, mais aussi des créatures serviles entièrement à leurs ordres. Le croquemitaine de Grand Central régnait sur des dizaines de ces suppôts… qui sont livrés à eux-mêmes depuis qu'il a disparu.

– Il a disparu ? répétai-je d'une voix chevrotante. Vous en êtes vraiment certain ? »

Je repensais en frissonnant à l'intuition qui m'avait assaillie dans l'oubliette : cette impression qu'une ombre maléfique s'étendait jusqu'à Jasper et moi, à laquelle nous avions échappé en nous réfugiant in extremis dans la cave.

« J'en suis sûr à cent pour cent, confirma Golden Gordy. Le croquemitaine du coin a cassé sa pipe il y a une sacrée paye. C'est pourquoi vous pouvez vous aventurer dans son territoire sans risquer de le croiser, Raven, Jasper et toi. »

Je méditai quelques instants ces paroles, puis demandai :

« Les croquemitaines, qui sont-ils exactement ? »

Golden Gordy haussa les épaules :

« Des prédateurs solitaires, aux sens aussi affutés que ceux du plus fin limier. Chacun règne sur sa propre oubliette : un univers bâti à son image, dont la taille va du simple terrier à la ville entière. Pour exister et croître, ils sont contraints de grappiller des morceaux de la surface ; voilà ce dont ils se nourrissent.

– Vous voulez dire qu'ils *mangent* notre monde ? balbutiai-je.

– Ouaip. Si on veut. Ils le grignotent. Mais leurs régimes alimentaires varient. Certains croquemitaines collectionnent obsessionnellement les objets de la surface : on les appelle les *chapardeurs*. D'autres ramènent des prisonniers qu'ils tourmentent sans fin, se délectant de leur peur : on les nomme les *ravisseurs*. Les plus dangereux, toutefois, ne s'alimentent pas d'émotions, mais de chair bien sanguinolente : eux mangent le monde et ses habitants pour de vrai, ce sont les *dévoreurs*. »

Golden Gordy avait lâché ces dernières révélations avec une certaine gourmandise. Il pensait sans doute qu'en me terrorisant, il me ferait comprendre que j'avais de la chance d'être sa prisonnière, plutôt que celle d'un croquemitaine… Je repensai en frissonnant à ma mésaventure dans la salle de bains de tante Doris, à cette présence qui m'avait griffé le pied avant de disparaître dans le placard à balais au moment où j'avais allumé la lampe.

« Est-ce qu'ils s'aventurent parfois chez nous, de la même manière que les retrouveurs peuvent entrer chez eux ? m'enquis-je.

– Cela leur arrive en effet, pour s'approprier ce qui leur tient à cœur. Quand ils veulent quelque chose ou quelqu'un, ils empruntent un portail pour s'en emparer et le rapporter dans leur oubliette. Mais ils doivent redoubler de prudence à chaque incursion dans notre monde. En effet, si un humain surprend un croquemitaine en pleine lumière, ce dernier ressent une terrible douleur, se dématérialise et est renvoyé à son oubliette. Nos regards les blessent et les conjurent. Telle est la malédiction de leur espèce, sans laquelle ils auraient sans doute conquis la Terre depuis longtemps…

C'est pourquoi ils ne se risquent que dans l'obscurité la plus totale. Et c'est aussi la raison pour laquelle très peu de gens croient à leur existence. »

Je hochai la tête et décidai de partager mon expérience avec Golden Gordy – après tout qu'avais-je à y perdre ?

« Je crois que j'ai rencontré un croquemitaine, récemment..., dis-je. Je ne l'ai pas *vu*, mais il a laissé des traces de griffes sur l'armoire où j'avais rangé le pendule. Il semble avoir pénétré dans la salle de bains de ma tante à travers le placard à balais. » Mes paroles me semblaient démentes, on aurait dit celles d'une aliénée. J'ajoutai un détail pour prêter davantage de crédit à mon récit : « Je crois que le chat de ma tante, Nero, a lui aussi senti ce croquemitaine. Il s'est mis dans tous ses états, comme s'il était confronté au diable en personne.

– Les croquemitaines sont attirés par les pendules adamantins comme des pies par ce qui brille, affirma Golden Gordy. Ton visiteur nocturne a dû sentir la présence de l'objet magique dans cette armoire, et il a voulu s'en emparer. » Il émit un gloussement. « Quant au chat de ta tante, la rumeur dit que ces bestioles sont capables de voir les fantômes et de sentir la présence des croquemitaines.

– Un croquemitaine niche donc vraiment dans le placard de ma tante ? »

Golden Gordy poussa un soupir las, comme si j'étais la dernière des imbéciles :

« Tu n'as pas encore pigé, tête de linotte ? Il ne vit pas littéralement *dans l'armoire*, mais *dans l'oubliette* qu'il a creusée derrière. Ce n'est sans doute qu'un croquemitaine mineur, un chapardeur sans envergure pourvu d'une oubliette miniature. J'imagine qu'il n'en était pas sorti depuis des lustres. Ces êtres s'endorment parfois et hibernent pendant des années, jusqu'à ce que quelque chose ou quelqu'un vienne les réveiller. »

Je hochai la tête, me rappelant que tante Doris fermait à clé ses vitrines pleines de figurines en porcelaine, sous prétexte qu'on lui en avait volé, plusieurs années plus tôt. Et si le coupable, c'était le croquemitaine du placard à balais ? Cependant, un détail m'échappait encore. Au risque de m'attirer un nouveau regard condescendant, je posai une autre question :

« Mais si je suis une retrouveuse, comme vous dites, comment se fait-il que je n'aie pas vu cette oubliette miniature quand j'ai ouvert la porte du placard à balais, cette nuit-là ?

– Parce que tu n'as pas utilisé ton pouvoir, pardi !

– Je n'ai pas eu l'impression d'utiliser le moindre pouvoir quand j'ai poussé le portail de la voie 7…

– Et pourtant si : tu étais persuadée que la porte ouvrirait sur une issue, puisque tu avais vu Raven s'enfuir par là. C'est cette certitude qui a permis au portail de fonctionner…

– … mais au contraire, quand j'ai ouvert la porte du placard de la salle de bains, je ne pensais pas vraiment qu'il y aurait autre chose derrière que des balais et des serpillères, complétai-je.

– Voilà, c'est enfin rentré dans ta petite caboche ! s'exclama Golden Gordy, souriant de toutes ses dents en or. C'est la *volonté* des retrouveurs qui leur permet d'ouvrir les portails. Ainsi, ils sont les seuls humains capables d'entrer dans une oubliette de leur plein gré, sans y être entraînés par un croquemitaine. Mais seulement une fois par jour, souviens-t'en. Un même retrouveur doit attendre vingt-quatre heures avant de passer de nouveau par le même portail. Les croquemitaines, eux, peuvent utiliser leurs portails à volonté. Tu piges ? »

Je hochai la tête, m'efforçant d'intégrer ces nouvelles lois qui défiaient la physique et l'entendement.

« Heureusement, les plus grandes oubliettes, comme celle que tu as arpentée, comportent plusieurs portails, ajouta le malfrat. Ce qui permet aux retrouveurs comme toi de rentrer par l'un et de sortir par un autre sans attendre des plombes. »

Je pâlis en pensant à la vastitude de l'oubliette qui s'étendait depuis Grand Central jusqu'à la maison où j'étais retenue prisonnière, et sans doute encore au-delà. Le mini-croquemitaine du placard à balais de tante Doris m'avait juste égratigné la peau ; je n'osais imaginer la puissance mortelle de celui qui avait creusé l'antre gigantesque sous la gare.

« Le croquemitaine de Grand Central, celui qui a disparu… qui était-il ? demandai-je du bout des lèvres.

– On l'appelait le *Poinçonneur de Crânes.* »

Golden Gordy lui-même baissa la voix en prononçant cette expression lugubre.

« Il a façonné son oubliette au début du XXe siècle, sur le modèle de la gare alors en construction, reprit-il. Il a recopié le hall principal, en plus grand, en plus sombre. La *Salle des Pas Perdus* : tel est le nom qu'il a donné à son empire. On désigne parfois ainsi les halls de gare, où les voyageurs piétinent en attendant leur train. Sauf que, dans cette maudite oubliette, les pas se perdaient vraiment pour toujours… les pauvres types que le croquemitaine y a entraînés, au cours des décennies, n'en sont jamais ressortis. Car le dévoreur qui vivait là ne se contentait pas de poinçonner les tickets de ces gus : c'étaient leurs caboches qu'il perforait, pour leur gober la cervelle ! »

Les ossements humains sur lesquels j'avais buté me revinrent en mémoire. Les crânes, je m'en souvenais distinctement, portaient tous une perforation ronde au milieu du front. Comme un trou de machine à poinçonner.

« Vous êtes certain à cent pour cent que le Poinçonneur de Crânes est mort ? chuchotai-je.

– Comme de ma première dent en or ! Le seul vestige de son règne macabre, je te l'ai dit, ce sont ses suppôts : les cerbères. Il les a eux aussi modelés pour singer la surface, imitant les chiens qui accompagnaient les vrais poinçonneurs de tickets à l'époque. »

Je me tortillai sur ma chaise, mal à l'aise. Comment Golden Gordy pouvait-il être si sûr que le monstre était hors d'état de nuire ? Voyant que je m'inquiétais toujours, il ajouta :

« Ne fais pas cette tête ! Si ça peut te rassurer, sache que toutes les portes de cette maison sont lardées de clous de fer. Sous le papier peint, les murs eux-mêmes sont plaqués de feuilles de fer. Ce métal constitue pour les croquemitaines une barrière infranchissable. »

Je méditais quelques instants, tâchant de faire la synthèse de tout ce que j'avais appris. Plus j'en savais sur les croquemitaines, et plus je me persuadais qu'ils étaient liés à la disparition de ma mère. Elle avait dû entrer dans une oubliette, ce soir d'octobre où elle avait disparu. Cela expliquerait pourquoi elle avait laissé derrière elle la bouilloire et la chaîne hifi allumées, alors que le verrou à l'entrée était fermé : elle n'était pas partie *vers l'extérieur*, mais *vers l'intérieur*. Tandis que la valse de Tchaïkovski tournait en boucle, elle avait dû passer à travers un placard, une armoire, une porte de chambre – qu'en savais-je ? Si j'avais le pouvoir d'emprunter les portails, peut-être que Meg Lachance aussi.

« Est-ce que le don du retrouvage est héréditaire ? demandai-je à Golden Gordy.

– C'est le cas, bien qu'il soit fort rare et puisse sauter plusieurs générations. Surtout ces dernières décennies : il y a de moins en moins de retrouveurs. Et encore, la plupart de celles et ceux qui ont le don ne s'en aperçoivent pas toute leur vie durant. Quel gâchis ! Certains basculent un beau jour dans une oubliette par inadvertance. Ils n'y meurent pas forcément, pour peu qu'ils ne tombent pas sur un dévoreur. Mais ils en ressortent rarement. »

L'idée que ma mère ait pu connaître un tel sort me glaça les sangs. Et si elle avait été confrontée à des suppôts aussi redoutables que les cerbères, ou pire, à un croquemitaine de la trempe du Poinçonneur ? Je m'efforçai de chasser de ma tête ces questions sans réponses et les images horribles qui les accompagnaient. Meg avait traversé tant d'épreuves au cours de son existence, c'était une survivante. Si ça se trouvait, elle avait franchi un portail en connaissance de cause. Peut-être savait-elle depuis toujours qu'elle était retrouveuse, et avait-elle pénétré dans une oubliette sous la maison pour affronter ce qui s'y terrait. Oui, mon intuition me disait qu'elle était encore en vie et qu'elle s'était lancée dans une noble mission.

« La raison d'être des retrouveurs est donc de combattre les croquemitaines…, songeai-je à voix haute, admirative. Ce sont les chevaliers des temps modernes. »

Golden Gordy éclata de rire, comme si j'avais sorti la blague du siècle :

« Tu t'es crue dans un conte de fées ? Des chevaliers ? Et pourquoi pas des bouffons à grelots, tant que tu y es ! » Il essuya des larmes d'hilarité au coin de ses yeux et me corrigea : « La "raison d'être" des retrouveurs, comme tu dis, est de voler les voleurs. Pour s'en mettre plein les fouilles. »

L'idée de rendre à leurs propriétaires légitimes ce que les croquemitaines avaient dérobé ne semblait pas l'effleurer.

« Quant à moi, mes parents n'étaient pas retrouveurs et ne m'ont transmis aucun don, se lamenta-t-il. Mais j'ai hérité de mieux encore : un livre qui dévoile tous les secrets du retrouvage. C'est pourquoi je m'associe à de jeunes talents comme Raven, Jasper et toi. » Il me gratifia de son sourire en or massif : « Je suis la tête et vous êtes les jambes, tu captes le concept ? C'est ça, une équipe qui gagne ! »

À cet instant, comme pour illustrer les propos de ce rustre, Raven fit irruption dans ma cellule. Elle était de retour de sa chasse du jour dans la Salle des Pas Perdus.

« Et voilà le travail ! » déclara-t-elle en exhibant un sac rempli de breloques.

L'œil expert de Golden Gordy identifia aussitôt la pièce la plus précieuse : une grosse montre au cadre doré et au bracelet en peau de python.

« Une Rolex vintage ! s'exclama-t-il avec gourmandise. En or, en plus ! Tu me gâtes, ma chère Raven, tu me gâtes ! Celle-là, je vais la garder pour moi, l'or me va si bien au teint. Il faudra juste que je fasse changer le bracelet, car la boucle est cassée. »

Il retourna la montre et fit la moue :

« *Bobby et Betsy* ? Beurk. Un coup de ponceuse à métaux sur le revers du cadran et ce petit bijou sera comme neuf. »

L'image du vieux monsieur à la veste de tweed me transperça le cœur. La montre qu'il réclamait avec tant d'insistance au bureau des Objets Trouvés était en réalité tombée dans la Salle des Pas Perdus, avant d'échouer entre les mains de Golden Gordy. Ce pauvre homme ne reverrait jamais le cadeau de fiançailles de son épouse décédée. Pire : leurs noms, qu'elle avait fait graver pour immortaliser leur amour, disparaitraient eux aussi. Mon kidnappeur n'était pas seulement un recéleur d'objets volés, il était aussi bien pire que cela : un cruel voleur de souvenirs.

13

UNE ÉQUIPE QUI GAGNE

Golden Gordy avait beau faire mousser son esprit d'équipe, il n'y avait sous son toit aucune équité ni aucun partage. En échange de leur pitance, Raven et Jasper avaient pour mission de risquer chaque jour leur vie dans la Salle des Pas Perdus pour en rapporter ce qu'ils pouvaient y glaner. Golden Gordy revendait le butin au marché noir. Au fond, le travail qu'il imposait à ses protégés n'était pas si différent de celui que ma tante exigeait de moi… Il n'y avait pas si longtemps, je m'étais résignée à obéir aux quatre volontés de tante Doris car j'avais peur qu'elle m'envoie à l'Assistance publique et me coupe à jamais la possibilité de revoir ma mère. Quel chantage Golden Gordy pouvait-il bien exercer sur ses deux autres recrues ? Impossible de le savoir. Raven était aimable comme une porte de prison, son casque toujours vissé sur les oreilles pour créer une barrière musicale entre les autres et elle. Même lors des repas, dans la salle à manger au sous-sol, elle s'alimentait en silence, noyant ses tranches de pizzas sous des flots de sauce piquante. Quant à ce traître de Jasper, j'avais décidé de ne plus lui adresser la parole.

Jusqu'au matin où, sept jours après mon arrivée, le maître des lieux nous obligea à faire équipe à nouveau. Il nous avait réunis tous les deux dans son bureau, au rez-de-chaussée. C'était une pièce très haute sous plafond, ornée de moulures. Voilà qui me donnait une idée plus précise de l'endroit où j'étais retenue prisonnière : une vaste demeure d'époque, datant sans doute du XIXe siècle. Cette maison de maître, aux parquets cirés et aux murs lambrissés, devait coûter les yeux de la tête.

Après une semaine passée à la lumière des lampes électriques, j'aperçus un rayon de soleil qui filtrait à travers les volets intérieurs du bureau. Était-ce la ville ou la campagne, derrière ces persiennes ? Impossible de le dire. Quant à la lourde porte d'entrée de la maison, que j'avais brièvement aperçue face à un escalier en bois sculpté qui montait vers les étages, elle était équipée de quatre jeux de verrous.

« Lucy, tu sais maintenant suffisamment de choses pour accomplir ta première mission de retrouvage », décréta mon geôlier.

Il était installé à un secrétaire en ébène qui paraissait très lourd et très cher, où trônait le gros ordinateur dans lequel il répertoriait l'inventaire de ses biens. À côté de la cheminée au cadre orné de mosaïques, un coffre-fort accueillait les objets les plus précieux

– le blindage était bien sûr couvert de plaques de fer pour tenir les croquemitaines à distance. D'après ce que j'avais compris, c'était là qu'avait atterri mon pendule. Mais la pièce maîtresse du bureau était sans conteste le gigantesque aquarium récifal rempli d'eau de mer, qui courait contre tout le mur du fond. Dans la pénombre tamisée, l'éclairage aux néons bleus donnait un aspect phosphorescent aux algues, aux coraux et aux poissons rares qui dérivaient lentement. On aurait dit une oubliette, un monde silencieux clos sur lui-même, avec ses propres lois…

« Tu as prouvé que tu formais un duo de choc avec Jasper, poursuivit l'homme aux dents d'or, m'arrachant à la contemplation de l'aquarium. Il t'accompagnera afin de te protéger. »

… et de me surveiller, ajoutai-je mentalement. Mais je ravalai tout sarcasme. La moindre possibilité de quitter la maison de Golden Gordy était bonne à prendre – même si, pour cela, il me fallait me coltiner un mouchard. Une fois débarrassée de lui, je pourrais me lancer à la recherche de ma mère.

« Je compte sur toi, Lucy, me dit solennellement Golden Gordy. Si tu reviens avec quelque chose d'intéressant, tu auras double ration de pizza ce soir. Soyons fous : je t'offrirai même une glace au parfum de ton choix. » Il s'esclaffa, content de lui : « Tu es décidément bien tombée en arrivant chez moi. Ce n'est pas avec Rita Perdido que tu aurais eu droit à toutes ces bonnes choses. La vieille chouette ne se nourrit que de thé. »

Je m'efforçai de lui sourire avec gratitude :

« Merci, monsieur Gordy. Je ferai de mon mieux.

– J'y compte bien », dit-il en jouant avec la montre en or à son poignet.

C'était la Rolex rapportée par Raven, pourvu d'un nouveau bracelet au cuir encore raide.

« Peut-être que si vous me rendiez mon pendule, il pourrait m'aider à me repérer ? suggérai-je. Et à vous rapporter des objets aussi précieux que cette montre ? »

Il me tança comme si j'étais une gamine pourrie gâtée :

« Tut-tut ! Ne sois pas trop gourmande, contente-toi de la pizza et de la glace. Le pendule adamantin n'est plus à toi. Sa manipulation est complexe et ne convient pas à une débutante : je l'ai confié à Raven, qui est bien plus expérimentée. Grâce à lui, elle va pouvoir s'aventurer dans le tréfonds secret de la Salle des Pas Perdus, et retrouver enfin ce que je cherche depuis des années : le légendaire trésor du Poinçonneur de Crânes ! Elle est partie il y a plusieurs heures déjà. Quant à toi, Lucy, commence par t'attaquer à une tâche plus modeste. »

Il attrapa une lampe-torche au coin de son bureau et me la tendit, ainsi qu'une pile de rechange à glisser dans mon sac à dos. Il nous remit ensuite à chacun un casque de chantier pour nous protéger de la chute des objets dans la Salle des Pas Perdus, et une batte de baseball en fer plaqué pour nous défendre en cas de mauvaise rencontre.

« Maintenant, au boulot ! » s'exclama-t-il.

Il nous escorta jusqu'au débarras dans la cave. C'était la première fois que j'y retournai depuis mon arrivée, et pour cause : son accès était fermé à double tour, et seul le geôlier en possédait la clé. La pièce voûtée me parut plus vaste encore que la première fois. Je remarquai aussi un large canapé en cuir pleine fleur, installé devant un écran de télévision géant flambant neuf – tout un luxe que notre bienfaiteur s'était payé sur le dos de ses larbins.

Il se frotta les mains, faisant tinter ses multiples bagues :

« Allons, mes chers, rapportez-moi des merveilles ! À ton retour, Jasper, tu me feras le plaisir d'aller dans le jardin : la haie a besoin d'être taillée. Et repasse aussi un coup de cirage sur le parquet du deuxième étage, tant que tu y es. »

À ces mots, il se laissa tomber dans son canapé XXL comme un sac de patates, attrapa la télécommande et alluma le poste sur une chaîne sportive.

Cette fois, ce fut Jasper qui ouvrit le portail. Un courant d'air froid, sentant le salpêtre, pénétra dans le séjour : derrière la porte apparut le corridor ténébreux au sol jonché d'ossements.

« Refermez vite, on se les gèle ! grogna Golden Gordy depuis son canapé, sans tourner la tête. Je ne tiens pas à attraper la crè… »

La porte se referma dans un claquement sonore, étouffant la fin de sa phrase.

« Il va bien falloir qu'on se parle », déclara soudain Jasper.

Cela faisait plusieurs minutes que nous marchions dans la pénombre du corridor, éclairés par nos lampes-torches. Je n'avais pas décroché la mâchoire, me concentrant pour ne pas buter sur les os. Mon seul but, une fois arrivée dans la Salle des Pas Perdus, était de trouver un portail à travers lequel m'enfuir. Il me fallait recouvrer ma liberté dès que possible, pour ensuite avoir une chance de retrouver ma mère.

« Cette expédition ne m'amuse pas plus que toi, se lamenta Jasper. Mais je n'ai pas le choix. Tu es la seule disponible, maintenant que Gordy a mis Raven sur un autre job, avec ton fichu pendule. Elle et moi, on formait une équipe qui gagne… »

Ce fut la goutte d'eau qui fit déborder le vase.

« Une "équipe qui gagne", encore cette expression débile ? On peut dire que Golden Gordy vous a bien siphonné le cerveau, parce qu'il empoche tout, et vous ne gagnez rien à part deux pauvres boules de glace qui se battent en duel. Tu as quoi, quatorze ans ?

– Quinze comme toi, rétorqua-t-il, piqué au vif.

– Eh ben, ton soi-disant bienfaiteur te traite encore comme un gamin de dix piges ! »

Le visage de Jasper se rembrunit sous la visière de sa casquette. Je sentis que je l'avais vexé. Mais il fallait que je le secoue pour lui faire prendre conscience des choses et, je l'espérais, provoquer enfin chez lui un instinct de rébellion.

« Calmos, maugréa-t-il. Tout ce que je dis, c'est que si on ne coopère pas, on est morts. Raven a beau avoir un caractère de chien, c'était une partenaire fiable depuis quatre ans et je me sentais en sécurité avec elle.

– Il fallait y réfléchir avant de m'attirer dans ce traquenard. Je n'ai pas demandé à être détroussée par ta copine et toi.

– Je t'ai expliqué que je n'avais pas le…

– On a toujours le choix ! aboyai-je. Change un peu de disque, au lieu de t'apitoyer sur ton sort. » Je palpai la batte accrochée par un anneau à ma ceinture. « Nous avons ces armes : qu'est-ce qui nous empêche de neutraliser notre employeur ?

– Il a toujours un flingue sur lui, dans le revers de sa veste…

– Il n'aurait pas eu le temps de s'en servir, tout à l'heure quand il était affalé devant sa télé. Sa tête dépassait du canapé comme un buzzer attendant d'être enfoncé.

– Le Poinçonneur de Crânes n'a qu'à bien se tenir, voici la Défonceuse de Crânes ! railla Jasper. Sache que Gordy s'est juste détourné un instant, mais il nous écoutait attentivement. Le regard des surfaciens perturbe l'ouverture des portails. » S'apercevant que je ne connaissais pas ce terme, il précisa : « *Surfaciens* : c'est comme ça qu'on appelle ceux qui n'ont pas le don du retrouvage, et qui ne peuvent pas d'eux-mêmes quitter la surface. Les gens normaux, quoi : 99,99 % de la population. Si Gordy avait assisté à la scène, il nous aurait été bien plus difficile d'accéder à l'oubliette. »

Encore cette histoire de regard, comme celui qui conjurait les croquemitaines lorsqu'ils étaient surpris hors de leur monde… Décidément, les oubliettes et leurs habitants suivaient des lois étranges.

« Ça ne répond pas à ma question, insistai-je. Les occasions n'ont pas dû manquer, pendant les quatre ans précédant mon arrivée, pour que Raven et toi mettiez votre cher logeur hors d'état de nuire. Ce type est un gangster, il est allé jusqu'à confisquer vos papiers ! Il vous garde comme ses poissons dans son aquarium. À moins que ça vous plaise d'être ses prisonniers ? – et même, ses esclaves. Tu n'as même pas bronché quand il t'a ordonné de faire du jardinage et du ménage gratis ! »

Cette fois, ce fut au tour de Jasper de se refermer comme une huître. Il n'était manifestement pas prêt à me révéler la nature du pacte qui le liait à son exploiteur. Sentant que je ne pouvais l'interroger directement sur ce sujet, je décidai d'aborder la question de biais :

« Golden Gordy semble savoir énormément de choses sur le retrouvage, pour quelqu'un qui n'est pas un retrouveur lui-même, murmurai-je. Il m'a dit qu'il avait hérité d'un livre sur le sujet. »

Jasper poussa un soupir :

« Hérité, mon œil ! Avant de se lancer dans le recel d'objets oubliés, Gordy était un simple cambrioleur. Un jour, il est entré par effraction dans une maison abandonnée : celle où nous vivons à présent. En dévalisant la cave, il est tombé sur un vieux manuscrit. Il s'agissait du journal intime du retrouveur qui vivait là jadis – un certain Pythagoras Klein. Ce dernier avait consigné dans les pages toutes ses connaissances sur les croquemitaines. Il expliquait aussi avoir acheté cette maison après avoir découvert que la porte de la cave ouvrait sur la plus vaste oubliette qu'il avait jamais vue de toute sa carrière : un gouffre, juste sous Grand Central…

– … la Salle des Pas Perdus », lâchai-je dans un souffle.

Jasper hocha gravement la tête :

« D'après l'enquête menée par Pythagoras, les premiers crimes du Poinçonneur de Crânes remontent aux débuts du métro new-yorkais. C'est à cette époque que l'ogre a commencé à sortir de son oubliette pour aller capturer des proies humaines. D'abord, quelques ouvriers affectés au creusement des tunnels ont commencé à disparaître. Puis, au fil des années, des dizaines de voyageurs se sont mystérieusement volatilisés. Le portail de la ligne 7 a sans doute été l'un des premiers, mais plusieurs autres se sont ouverts à mesure que s'étendaient les ramifications de l'oubliette. Autant de bouches avides pour happer le plus de proies possible… comme les premiers habitants de notre maison, que le Poinçonneur a enlevés voilà bien longtemps, avant que Pythagoras rachète la demeure. »

Je méditai ces paroles, horrifiée à l'idée du drame qui avait dû se dérouler jadis dans les murs où j'habitais désormais. Qui étaient les malheureux qui nous avaient précédés ici ? Est-ce que leurs os faisaient partie de ceux qui blanchissaient pour l'éternité sur les dalles de la Salle des Pas Perdus ?

« Après être devenu le nouveau propriétaire de la maison, Pythagoras a décidé d'affronter le Poinçonneur de Crânes, reprit Jasper. La dernière entrée dans son journal, en date du 3 mars 1985, raconte qu'il s'apprête à partir à l'assaut de la Salle des Pas Perdus avec son épée de fer. Je pense qu'il est arrivé à zigouiller le croquemitaine cannibale, car Raven et moi n'avons jamais croisé le Poinçonneur de Crânes lors de nos virées. Mais ce courageux retrouveur y a sans doute laissé sa peau… »

Jasper et moi observâmes quelques secondes de silence, en mémoire de cet inconnu qui s'était sacrifié voilà longtemps pour libérer New York de l'un de ses monstres les plus sanguinaires. Devant nous, le corridor s'éclaircissait à mesure que nous approchions de la Salle des Pas Perdus et de ses lustres. Je frissonnais en songeant au combat dantesque qui avait dû s'y dérouler jadis.

« Pythagoras Klein a utilisé son don de la manière la plus noble qui soit, et nous gâchons le nôtre pour enrichir un escroc…, finis-je par murmurer. Je ne pense pas qu'il aurait approuvé. Et je suis sûre qu'il ne m'aurait pas fait tant de cachoteries : il m'aurait révélé l'adresse de la maison où je suis enfermée. »

À nouveau, cette tête de mule de Jasper se buta :

« J'ai promis au boss de ne rien te dire. C'est lui qui décidera quand tu seras mûre pour le savoir. »

Je réfrénai l'envie de lui déballer ses quatre vérités. Je devais le ménager, afin de soutirer davantage d'informations. Il me fallait faire vite, car les parois du couloir s'élargissaient, indiquant que nous étions sur le point d'atteindre le hall principal.

« Et le journal de Pythagoras, que Gordy garde dans son coffre, est-ce qu'il contient aussi les instructions pour se servir d'un pendule adamantin ? » l'interrogeai-je.

Il me jeta un regard sous la visière de sa casquette, qu'il avait gardée sous son casque de chantier :

« Je n'en sais rien. Gordy ne m'a permis que d'en lire quelques pages, celles qui avaient trait à la Salle des Pas Perdus, pour que je puisse mieux m'y repérer. Jusqu'à la semaine dernière, je n'avais jamais vu de pendule adamantin. J'imagine que Raven va devoir apprendre à s'en servir par elle-même. Elle nous racontera ce soir au dîner. » Un sourire gourmand se dessina sur ses lèvres : « Pour la glace que Gordy a promis de nous offrir, est-ce que tu pourras choisir pistache ? S'te plaît. »

J'avais beau avoir toutes les raisons du monde d'en vouloir à Jasper, cette humble requête m'émut. Dans son existence servile, la perspective d'un dessert était un rayon de soleil. Qui étais-je pour le juger ?

« Va pour la pistache, concédai-je. C'est aussi mon parfum préféré. Je me demande juste comment tu gardes la ligne avec ce régime de *junk food* à tous les repas. »

Il bomba le torse et plia le bras pour me montrer son biceps :

« Tu m'as vu courir l'autre jour : je me dépense à fond quand je suis en chasse. Et je brûle la glace encore plus vite que je la boulote. Mère Nature m'a doté d'un métabolisme d'athlète. Le jour où je sortirai d'ici, je crois que j'ai mes chances pour intégrer l'équipe des Devils ! »

Devant son enthousiasme, j'eus un pincement au cœur. Il parlait de sa libération, mais je sentais qu'il était encore complètement sous l'influence de Golden Gordy. Ce serait moi qui m'enfuirais en premier, et peut-être que je ne le reverrais jamais plus.

14

PROSPECTION

« Nous voilà dans la Salle des Pas Perdus, déclara soudain Jasper. À partir de maintenant, mieux vaut baisser d'un ton. »

La galerie venait en effet de déboucher sur l'immense hall que nous avions arpenté la semaine précédente, avec ses lustres grésillants et ses colonnes qui semblaient s'étendre à l'infini. Quant au sol, il était toujours jonché de tas d'objets perdus, à perte de vue.

« On est coincés ici pour vingt-quatre heures, si je comprends bien ? dis-je à voix basse, prenant brusquement conscience que nous allions devoir échapper aux cerbères pendant tout ce temps.

– Respire. On n'aura pas à se supporter l'un et l'autre pendant aussi longtemps. On fera demi-tour dès qu'on aura rempli nos sacs à dos.

– Mais… je croyais que tu ne pouvais pas rouvrir le portail avant un jour et une nuit ?

– Yep. Mais toi, tu le pourras. »

Jasper me rappela que la limite des vingt-quatre heures s'appliquait à chaque retrouveur. Lui devrait en effet attendre deux tours de cadran avant de rouvrir le portail de la cave. Mais moi, je pouvais pousser la porte à tout moment – et alors, il n'aurait qu'à me suivre.

« Tant que tu ne hurles pas, comme l'autre jour, les clébards nous laisseront chiner tranquilles, m'assura-t-il.

– J'appelais à l'aide, chuchotai-je, outrée. Tu aurais pu me dire de ne pas hausser la voix.

– Tu ne m'en as pas laissé le temps. Alors je te le dis maintenant : mets-la en veilleuse. Marche sur les dalles comme sur des œufs. Que tes pas perdus soient aussi silencieux que ceux d'une ballerine. Si on est suffisamment discrets, on ne verra pas l'ombre d'un cerbère. Allons, maintenant, on arrête de se faire des nœuds au cerveau, on se concentre sur notre tâche et on pense fort à la glace à la pistache. »

Joignant le geste à la parole, il se mit à arpenter le vaste hall, penché vers le sol tel un pêcheur de palourdes sur une plage à marée basse. Je l'imitais, n'ayant pour l'instant rien de mieux à faire. Je me promettais juste de me jeter sur la première porte venue pour tenter ma chance.

Des gemmes aux couleurs chatoyantes attirèrent soudain mon regard :

« Regarde, un gisement de pierres précieuses, chuchotai-je. On est drôlement vernis. »

Jasper s'approcha et ramassa une poignée de perles.

« Tu as fumé la moquette ? me dit-il. Ce ne sont que des billes de verre. »

Il approcha sa lampe de sa main. En effet, c'étaient calots multicolores, des agates et des hélices. Quand j'étais petite, j'avais parfois joué aux billes avec les autres enfants de Grayfall. On creusait un trou dans la terre – le pot – et on donnait des pichenettes à nos billes respectives pour les y faire rentrer.

« Des gamins ont dû perdre leur butin, quelque part là-haut, dit Jasper en levant les yeux vers la voûte enténébrée. À moins qu'ils aient tous tiré au pot. Ben justement, manque de pot pour eux : le trou menait droit à la Salle des Pas Perdus. »

Cette idée me laissa pantoise. À ce stade, j'avais théoriquement compris la connexion des différentes oubliettes avec le monde des humains, mais chaque nouvel exemple me plongeait dans la stupéfaction. C'était si… étrange. Angoissant. Et aussi, d'une certaine façon, *magique*.

« Viens, me dit Jasper après avoir délicatement reposé les billes sur les dalles pour qu'elles ne fassent pas de bruit. Cherchons ailleurs. »

Nous nous remîmes en route, remontant le hall baigné par la lumière tremblotante des lustres. Parfois, une forme tombait dans le lointain, venant s'ajouter aux collines d'objets perdus : des scories de la surface. J'avais l'impression d'évoluer sur le plancher sous-marin d'un océan très profond, là où s'échouent les débris de tous les naufrages… et tous les trésors envoyés par le fond. Les objets les plus légers virevoltaient doucement, telles des feuilles mortes. Les plus lourds chutaient en ligne droite et émettaient un bruit sourd en percutant les dalles. Je comprenais maintenant pourquoi certaines étaient ébréchées, et j'étais bien contente d'avoir mon casque pour me protéger. Cependant, ce n'était pas tant le risque de me prendre un projectile sur la tête qui m'inquiétait, que l'absence d'issue. Et si le portail de la ligne 7 était le seul à des lieues à la ronde ? Comment ferais-je pour le retrouver par moi-même ? Jasper ne m'y aiderait sûrement pas, lui qui était à la botte de Golden Gordy… Plus j'y pensais, et plus je me disais que le pendule adamantin devait être la solution. L'instrument magique pourrait sans doute m'indiquer le chemin. Il fallait que je le récupère. Et que j'apprenne à m'en servir.

« Tu es venue pour faire une promenade de santé ou quoi ? chuchota Jasper au bout d'un moment. Je trouve que tu n'es pas très appliquée. Regarde ce que j'ai déjà ramassé, moi. »

Il exhiba le contenu de son sac à dos : un tas de téléphones portables brisés par leur chute et une paire d'escarpins à semelles rouges.

« Des téléphones bousillés et des vieilles godasses, c'est ça ton butin ? dis-je.

– Pfff ! souffla-t-il. Je te signale que les batteries et les pièces détachées des téléphones ont une valeur marchande. Quant aux “godasses”, ce sont des Louboutin dont Golden Gordy tirera un bon prix. J'imagine qu'une dame les a enlevées pour se délasser les pieds, dans un train qui la ramenait de sa soirée… dommage pour elle, les Louboutin ont atterri ici. Et tu as failli passer à côté. On voit que tu n'y connais rien, espèce de touriste. »

Mon honneur fut piqué au vif. Moi, une touriste de la chasse aux objets perdus, alors que depuis un an j'écumais les trains de Grand Central pour le compte de tante Doris ? Le fan des Devils allait voir ce qu'il allait voir ! J'allais les épater, lui et son employeur. Golden Gordy finirait par reprendre le pendule à Raven pour me le confier. Alors, je pourrais enfin localiser un portail, m'enfuir une fois pour toutes… et retrouver ma mère.

Forte de cette résolution, je passai en mode « chasseuse ». J'ouvris grand mes yeux et surtout mes oreilles. Plutôt que d'avancer à l'aveuglette dans la faible luminosité des lustres, dalle par dalle, je décidai d'écouter : le bruit de la chute des objets pouvait me fournir de précieuses informations sur leur valeur… J'auscultai ainsi l'infinité de la Salle des Pas Perdus, jusqu'à ce que je perçoive un son métallique, cristallin comme celui d'une cloche.

« Par là, intimai-je à Jasper, en désignant la travée d'où était venu le tintement.

– Il n'y a jamais rien dans ce coin, c'est le plus pourri du secteur, lâcha-t-il. Ma parole, tu as autant de flair qu'une taupe enrhumée. »

Ignorant ses sarcasmes, je continuai mon chemin en direction de la source du bruit. Comme l'avait dit Jasper, il y avait moins de tas d'objets dans cette région-là, et la perspective des dalles était presque plate. Peut-être cette partie de la Salle des Pas Perdus était-elle connectée à un endroit de la surface moins peuplé, où les gens perdaient moins de choses ? Je persévérai néanmoins, suivant mon intuition.

« Non seulement tu ne vas rien rapporter, mais en plus tu vas nous mettre en retard, ou pire, gémissait mon coéquipier, n'osant hausser la voix. On s'éloigne de plus en plus du portail de la cave.

– Là, regarde. »

Je pointai le doigt sur un point qui brillait dans la pénombre. Cet éclat argenté, étincelant à la lueur des lustres, suffit à faire taire Jasper. Il me suivit sans moufter. L'objet se précisait à mesure que nous nous en approchions. Une longue forme tubulaire… Des trous couverts de clés… Une embouchure biseautée… C'était une flûte traversière en argent, qui paraissait miraculeusement intacte après sa chute.

« Jackpot ! chuchotai-je en posant mes mains sur l'instrument. L'été dernier, j'ai trouvé un harmonica plaqué argent dans le métro et ma tante l'a revendu plus de deux-cents dollars. Alors une flûte traversière, tu imagines ! Ce n'est pas deux boules de glace que Mister Bling-Bling va nous offrir : ce sont des seaux entiers. »

La perspective du festin ne semblait pas réjouir Jasper.

« Lucy, attention… », murmura-t-il d'une voix blanche.

Il prit sa batte et la serra dans son poing.

« Un cerbère ? » dis-je, craignant d'avoir partagé mon enthousiasme trop bruyamment.

Je me retournai lentement, dans la direction où pointait le regard de Jasper. Ce n'était pas un chien à plusieurs têtes qui nous observait trente mètres plus loin, dans la pénombre de la travée, mais une créature humanoïde.

Un croquemitaine.

15

NURSE BISTOURI

La première chose qui me frappa, ce fut la taille du croquemitaine. Il n'était pas gigantesque, à la mesure des images que je m'étais faites en écoutant les récits de Golden Gordy, mais à peine plus grand que moi.

Dans la pénombre de la travée, il m'était difficile d'en distinguer davantage que les contours. Le monstre se tenait dans un coin sombre, loin des lustres. Il n'était qu'une silhouette blanchâtre dans les ténèbres.

« Tu… tu crois que c'est le Poinçonneur de Crânes ? bredouilla Jasper.

– Le Poinçonneur est censé être mort, tu me l'as rappelé il y a un instant », répondis-je, le souffle court.

Je plissai les paupières pour tenter d'arracher des détails à l'obscurité. On aurait dit qu'une sorte de drap blanc recouvrait la créature. Un linceul ? Avions-nous affaire à une espèce de… fantôme ?

« On fait quoi ? » chuchotai-je.

Mes mains tremblaient. Elles étaient moites, et une sueur froide coulait le long de ma colonne vertébrale.

« Je ne sais pas, balbutia Jasper. C'est le premier croquemitaine que je rencontre de ma vie. »

Après quatre ans à arpenter la Salle des Pas Perdus, sa connaissance de ces êtres se résumait aux seules informations glanées dans le journal de Pythagoras Klein…

Le calme de notre adversaire évoquait celui d'un prédateur jaugeant sa proie avant de passer à l'attaque. Mais était-ce bien à nous qu'il en voulait ? Étions-nous face à un dévoreur, un ravisseur, ou un simple chapardeur ?

« Peut-être qu'il glane juste des objets perdus, comme nous, murmurai-je, m'efforçant de maîtriser le tremblement de ma voix. Cette flûte a dû lui taper dans l'œil. »

Je me baissai lentement et reposai l'instrument au sol, prenant garde d'éviter tout geste brusque. Puis je reculai de quelques pas, tout en continuant de faire face au croquemitaine – dans les Catskills, ma mère m'avait appris qu'il ne fallait jamais tourner le dos aux bêtes sauvages, lynx ou coyotes, qu'on y croisait parfois.

Jasper m'imita, refluant peu à peu. Comme s'il n'attendait que cela depuis le début, le croquemitaine se mit en route. Ses pas faisaient tinter les dalles de pierre. Pour chaque mètre que nous cédions, il en faisait un autre dans notre direction.

Ou plutôt, *elle*.

Tandis que la créature s'avançait sous un lustre, les détails de sa physionomie se précisèrent. Elle n'était pas vêtue d'un linceul comme je l'avais cru, mais d'une longue blouse blanche jaunie par le temps, épousant les courbes d'un corps féminin. L'étoffe usée tombait presque jusqu'au sol, laissant apercevoir des souliers blancs à talons. Quant au visage, il était dissimulé derrière un long rideau de cheveux, de la même teinte que la blouse. Un étroit chapeau pâle était posé sur la tête échevelée. Ce calot portait la seule trace de couleur dans cette apparition spectrale : une croix rouge.

« Cette croix…, balbutia Jasper. On dirait celle des ambulances…

– … ou des infirmières, dans l'ancien temps », complétai-je dans un souffle.

Voilà ce que nous avions face à nous : une infirmière sans visage, tout droit sortie d'un film d'épouvante.

Elle finit par parvenir à la flûte que j'avais posée par terre. Elle s'accroupit jusqu'à ce que ses longs cheveux aux pointes fourchues balaient le sol, sans pour autant dévoiler son visage. Une main gantée de latex, pareille à celle d'un chirurgien, émergea de la manche élimée de la blouse et ramassa la flûte.

« Vite, on s'arrache », me glissa Jasper, profitant de ce que l'inquiétante créature examinait sa trouvaille.

Une pensée soudaine me retint de décamper : et si cette habitante des profondeurs avait croisé la route de Meg Lachance ? Les cerbères étaient incapables de parler, mais elle était peut-être douée de langage, et je ne pouvais pas laisser passer cette occasion.

« Cette flûte est pour vous, Madame, lançai-je. Nous vous la cédons bien volontiers. »

J'avais haussé la voix juste assez pour qu'elle m'entende – mais pas suffisamment, je l'espérais, pour rameuter les molosses.

Je sentis Jasper frémir à mes côtés.

« T'es complètement givrée ? » siffla-t-il dans un filet de voix vibrant de stress.

La croquemitaine leva la tête vers moi. Sa face restait entièrement cachée derrière ses cheveux. Pouvait-elle seulement me voir derrière cette masse capillaire ? Et pouvait-elle me comprendre ? J'ignorais si elle parlait anglais.

« Je recherche une femme, dis-je précipitamment. Je crois qu'elle s'est perdue dans une oubliette, il y a un an de ça, du côté des Catskills. Ça vous dit quelque chose ? »

La créature demeura muette comme une tombe, aussi immobile que tout à l'heure. Je me souvins soudain que Golden Gordy m'avait parlé des sens affutés des croquemitaines et j'ajoutai :

« Je suis la fille de cette femme : m'aiderez-vous à la retrouver ? Votre flair pourrait me conduire à elle. Je vous paierai en échange de votre aide. Je peux vous offrir davantage que la flûte… » Je lorgnai les souliers de la créature ; ils semblaient fort usés, à l'image du reste de sa tenue : « Vous méritez d'être mieux chaussée, et nous avons justement là une paire d'escarpins comme neufs. »

Jasper laissa échapper un gémissement de détresse :

« Après avoir crié comme une poissonnière la dernière fois, voilà que tu marchandes comme une épicière… et avec *mes* Louboutin, en plus.

– Je te le revaudrai au centuple si on retrouve ma mère, lui promis-je. Regarde : je crois que la croquemitaine m'a comprise ! »

En effet, l'infirmière leva la flûte devant ses cheveux, à l'endroit où devait se trouver son nez. Je perçus un bruit de reniflement : elle humait le parfum de cet objet que j'avais tenu un instant plus tôt.

« Elle est en train d'identifier mon odeur, murmurai-je, le cœur gonflé d'espoir. Je sens probablement comme ma génitrice, c'est de famille. Le coup des Louboutin a marché : la croquemitaine va m'aider à remonter la piste ! »

À peine eussè-je prononcé ces mots que l'infirmière releva brusquement la tête. Ses cheveux s'écartèrent pour la première fois, tels deux pans de rideau au théâtre. Derrière eux apparut un demi-visage blafard. Le bas, du menton jusqu'au nez, était couvert par un masque chirurgical. Le haut, pâle comme de la craie, était percé de deux globes laiteux : des yeux sans pupille.

Deux mots filtrèrent à travers le masque chirurgical :

« Petite Lucy… »

Je sentis mon sang se figer dans mes veines. Cette voix… On aurait dit une stridulation d'insecte. Mais plus encore que son timbre, ce qu'elle venait de prononcer me paralysa. Je sentis se hérisser tous les poils de ma peau. *Comment cette créature pouvait-elle connaître mon nom ?*

« Oui c'est ainsi que je m'appelle : Lucy Lachance », parvins-je à articuler, en chevrotant. « Ma… ma mère, elle, se nomme Margaret Lachance. Savez-vous où elle est ? »

En guise de réponse, l'infirmière laissa tomber la flûte. L'instrument percuta les dalles dans un tintement sonore. La croquemitaine se remit en marche dans notre direction.

« Il y a une semaine que nous te cherchons, petite Lucy », gronda-t-elle. Elle se mit à chantonner d'un ton strident, crissant comme une craie sur un tableau :

« *Un, deux, trois,*
Nurse Bistouri est là pour toi. »

Nurse Bistouri ? Était-ce d'elle-même qu'elle parlait ainsi, à la troisième personne ? Son nom me glaçait ; et plus encore, la manière dont elle prononçait le mien avec gourmandise.

« Notre oubliette est tout près de celle-ci, tout près…, siffla-t-elle tout en continuant à s'approcher. Nous avons senti ta présence quand tu es entrée ici. Alors, nous avons quitté notre demeure et nous nous sommes risquée à la surface. Oh, ce vilain soleil ! Ouille, cette lumière qui fait si mal ! Nous avons fureté, fouiné, fouillé, jusqu'à trouver un portail pour pénétrer dans la Salle des Pas Perdus. Mais tu avais disparu, petite

Lucy… jusqu'à aujourd'hui. » L'infirmière émit un ricanement aigrelet, puis reprit sa lugubre comptine :

« Quatre, cinq, six,
elle te ligotera comme une saucisse. »

Je déglutis douloureusement. Contrairement à ce que j'avais naïvement pensé, cette créature n'était pas en quête d'objets perdus : c'était moi qu'elle traquait. Comment ? Pourquoi ? Et que me voulait-elle ? Une semaine plus tôt, lors de ma première incursion dans la Salle des Pas Perdus, j'avais eu l'intuition qu'un danger plus redoutable que les cerbères planait sur moi. L'ombre que j'avais sentie, c'était la sienne, j'en étais sûre !

« Nurse Bistouri te retrouve enfin, après toutes ces années », susurra-t-elle.

« Sept, huit, neuf,
elle te fendra le crâne comme un œuf. »

« Vous… vous devez faire erreur, bredouillai-je, horrifiée. Je ne vous ai jamais vue avant aujourd'hui.

– Oh que si ! Notre doux visage est l'un des premiers que tu as vus en venant au monde, petite Lucy. Tu sembles avoir oublié ta rencontre avec Nurse Bistouri. Mais pas nous. Nous nous rappelons aussi le serment que nous avons prêté au Seigneur des Ronces, voilà quinze ans de cela : celui de te capturer. Nurse Bistouri va tenir sa promesse. »

« Dix, onze, douze,
Ton sang rougira sa blouse ! »

Le Seigneur des Ronces ? Maintenant, je ne pouvais plus prétendre qu'il n'existait pas, qu'il n'était qu'une invention de maman poule pour me dissuader de m'aventurer dans la forêt le soir ! Le vertige me prit. Le souvenir cauchemardesque du jour de la disparition de ma mère me submergea. Était-ce le Seigneur des Ronces que j'avais entendu dans le grenier, faisant craquer les lattes du parquet sous son poids ? Était-ce son odeur de soufre que j'avais sentie ?

J'eus à peine conscience de voir la croquemitaine se mettre à courir vers moi, ses talonnettes frappant les dalles immémoriales, les pans de sa blouse claquant furieusement derrière elle.

Jasper m'attrapa la main et m'arracha à la stupeur :

« Prépare-toi à sprinter : j'ai toujours détesté les infirmières et les piqûres ! »

Nous bondîmes dans le hall principal. Comme une semaine plus tôt avec les cerbères, Jasper ouvrait la voie. Je n'avais pas assez de souffle pour lui demander si le portail de la cave était encore loin : toute ma respiration était happée par la course.

« Nurse Bistouri t'a laissé échapper une fois, petite Lucy, mais pas deux ! rugissait la créature lancée sur nos talons. Nous t'attraperons ! Nous t'enfermerons dans notre oubliette, le Bloc Opératoire ! Nous te nourrirons par perfusion – juste assez pour te garder en vie, aussi longtemps que le Seigneur des Ronces le voudra. Oh, oui, il sera très satisfait de nous ! »

Elle se mit à chanter comme une folle, reprenant sa comptine infernale depuis le début :

« Un, deux, trois,
Nurse Bistouri est là pour toi.
Quatre, cinq, six,
Elle te ligotera comme une saucisse.
Sept, huit, neuf,
Elle te fendra le crâne comme un œuf.
Dix, onze, douze,
Ton sang rougira sa blouse ! »

Soudain, elle se tut. Je crus un instant qu'elle avait renoncé à nous poursuivre. Mais aussitôt, un tintement métallique étrange retentit. Je ne pus m'empêcher de jeter un coup d'œil par-dessus mon épaule. Nurse Bistouri avait sorti de sa blouse une clochette cuivrée reliée à un manche – le genre d'instrument qu'utilisaient les malades, jadis, afin d'appeler les infirmières depuis leur lit. Mais ce soir, ce n'était pas pour réclamer des soins qu'elle venait de tinter…

Presque aussitôt, des silhouettes sombres déboulèrent des corridors adjacents : une douzaine de cerbères. C'était Nurse Bistouri qui les avait appelés avec sa clochette maléfique, j'en étais sûre. Jasper et moi n'avions plus aucune issue pour fuir : les bêtes faméliques nous coupaient toute retraite. Si la plupart avaient deux ou trois têtes, j'en identifiai une qui en possédait cinq !

En pleine panique, j'ouvris mon sac à dos et en sortis la part de pizza que j'avais économisée du déjeuner, précisément en cas de mauvaise rencontre. Je la lançai le plus loin possible, comme je l'avais fait avec mon sandwich une semaine plus tôt. Les têtes trop nombreuses suivirent le vol plané de la margherita avec supplément pepperoni. Mais alors que les cerbères hésitaient à se lancer vers la pizza, la clochette tinta à nouveau. Ils se figèrent. Leur nouvelle maîtresse venait de les rappeler à l'ordre : pointant son index ganté de latex dans notre direction, elle leur indiquait que nous étions la seule pâture envisageable.

Les mâchoires écumantes de bave se tendirent vers nous. L'odeur pestilentielle émanant des noirs pelages me satura les narines. La terreur me fit chavirer le cœur.

Mais au moment où les gueules allaient se refermer sur nous, l'infirmière aux yeux laiteux agita sa clochette pour la troisième fois et leva la main pour ordonner aux molosses de retenir leurs morsures. Les cerbères semblaient comprendre le langage des gestes : ils s'immobilisèrent aussitôt, pareils à des chiens de faïence. Nurse Bistouri passa entre eux. Sans même accorder un regard à Jasper, elle se dirigea droit sur moi :

« Vivante…, marmonnait-elle dans sa barbe, comme pour elle-même. Le Seigneur des Ronces la veut vivante… »

De si près je pouvais mieux détailler les rides qui striaient son front crayeux. Ses yeux morts ressemblaient à ceux d'un maquereau sur l'étalage d'un poissonnier. Il émanait d'elle une puissante odeur de désinfectant industriel, une odeur d'hôpital. Quant à la croix rouge sur son calot… elle semblait dessinée avec… du sang ?

Elle plongea la main dans la profonde poche de sa blouse et en sortit un épais rouleau de tulle. Il était impossible de me dérober : les cerbères me cernaient de toute part.

« Sois une bonne patiente et tiens-toi tranquille, petite Lucy, dit-elle en commençant à dérouler le tulle autour de mes épaules. Plus tu te débattras et plus Nurse Bistouri serrera fort. » Elle fut agitée d'un rire dément, puis se mit à déblatérer avec le ton obsessionnel des êtres habitués à parler tout seuls : « Hi ! Hi ! Hi ! *Quatre, cinq, six, elle te ligotera comme une saucisse !* La petite Lucy est notre prisonnière, désormais. Nous la mettrons en cage dans le Bloc Opératoire, tout comme sa mère est encagée au Pays des Ronces. Kowr-Dreyn saura nous récompenser pour notre loyauté, lui qui perce, déchire et perfore… Lorsque son règne viendra, il complètera notre collection de lames… Oh, oui, il a dans son trésor des haches bien effilées et des scies bien pointues, dont Nurse Bistouri saura faire bon usage ! »

La croquemitaine déraillait. Mais dans son discours dément, une lueur d'espoir fit palpiter mon cœur : à l'en croire, ma mère était en vie ! J'aurais voulu lui en demander davantage ; mais, à cet instant, Jasper dégaina sa batte en fer et l'abattit sur la nuque de l'infirmière. Cette dernière lâcha sa clochette et tomba à genoux.

« Maudits ! hurla-t-elle, se relevant déjà. Nurse Bistouri va vous égorger tous les deux ! »

Elle glissa à nouveau la main dans la poche de sa blouse et en sortit l'instrument dont elle avait emprunté le nom : un long bistouri tranchant. À l'éclat meurtrier qui semblait s'être allumé au fond de ses yeux laiteux, je devinais que, cette fois, rien ne la retiendrait de nous tailler en morceaux. J'empoignai le manche de la clochette et la secouai frénétiquement.

Les gueules des cerbères se redressèrent.

Dans le même mouvement, la nurse infernale fondit sur moi en vociférant.

J'eus à peine le temps de faire un pas de côté : au lieu de me crever l'œil, le bistouri m'entailla profondément la joue. Réprimant un hurlement de douleur, je pointai mon index sur notre adversaire, comme je l'avais vu faire quelques instants plus tôt.

Tels des tournesols attirés par le soleil, les cerbères se tournèrent tous vers Nurse Bistouri. Les mâchoires se remirent à claquer. Les côtes efflanquées, à haleter. Je ne vis pas la suite, car Jasper et moi avions déjà repris nos jambes à notre cou.

16

LA PLUS DOUCE DES SAVEURS

« Une clochette, c'est tout ? » maugréa Golden Gordy.

Il semblait aussi déçu par mon butin que tante Doris, quand je lui avais remis le pendule une semaine plus tôt. Comme ma logeuse naguère, il ignorait la vraie valeur de l'objet que je tenais dans ma main.

« Ce n'est pas n'importe quelle clochette, plaida Jasper. Elle permet de commander les cerbères ! »

Lui et moi étions en nage, encore essoufflés par la course folle qui nous avait ramenés jusqu'au portail de la cave. La main sur ma joue pour stopper le saignement, je ne pouvais m'empêcher de jeter des regards anxieux à la porte que nous avions claquée derrière nous. Est-ce que ses clous de fer seraient assez puissants pour retenir l'infirmière démoniaque, si cette dernière en réchappait ?

« Les cerbères ne peuvent pas être commandés, grogna Golden Gordy, guère convaincu. Les suppôts ne répondent qu'au croquemitaine qui les a créés, et en aucun cas aux êtres humains.

– Mais la clochette n'appartenait pas à un humain, rétorquai-je. Nous l'avons prise à une croquemitaine.

– N'importe quoi ! aboya Golden Gordy. Le Poinçonneur de Crânes est mort depuis des lustres.

– Cette croquemitaine-là venait d'une autre oubliette. Elle nous a même donné son nom : Nurse Bistouri. »

Elle nous avait aussi dit qu'elle me connaissait depuis toujours, mais cela, je ne le répétai pas à Golden Gordy. Il n'avait pas besoin de le savoir, et d'ailleurs j'aurais été incapable de le lui expliquer, car je n'avais aucun souvenir d'avoir déjà croisé l'infirmière...

Il me jeta un regard torve et grimaça, s'apercevant que j'étais blessée. Je m'attendais à une parole de réconfort, au lieu de quoi il me réprimanda :

« Tu es en train de saloper la moquette, petite cochonne ! »

Outrée, je m'apprêtais à répliquer, mais Jasper fut plus rapide :

« Je vais nettoyer tout ça, Gordy, assura-t-il. Et pour éviter que Lucy fasse plus de dégâts, je pense qu'il faut la soigner – je crois que la blessure est profonde. »

Notre geôlier croisa les bras sur sa large poitrine :

« Si tu penses l'emmener à l'hosto, tu peux oublier.

– Non, bien sûr que non. Je vais m'en occuper moi-même. »

Golden Gordy renifla.

« OK, concéda-t-il. Je vous laisse un quart d'heure. Puis vous viendrez me retrouver dans mon bureau pour éclaircir cette histoire de prétendue croquemitaine. Si vous me racontez des salades, je vous préviens, ce n'est pas seulement la glace qui va passer à l'as. Vous serez privés de toute nourriture pendant une semaine. »

Une fois réfugiés dans la salle de bains, Jasper et moi, je laissai exploser ma colère :

« Quelle ordure, ce type ! On risque nos vies pour lui, et il parle de nous priver de dessert comme si on était des mioches désobéissants !

– Calme-toi », me dit Jasper. Il tamponna du liquide désinfectant sur ma joue, m'arrachant une grimace de douleur. « Tiens-toi tranquille si tu veux que je te recouse proprement.

– Recoudre ? hoquetai-je. Sans anesthésie ? »

Il hocha la tête :

« Ben ouais. Tu as entendu le boss : pas d'hosto. Rassure-toi, c'est moi qui reprise les chaussettes de Gordy et de Raven. Il paraît que j'ai des doigts de fée. »

Il ouvrit la trousse à pharmacie sous mes yeux horrifiés. Mais au lieu d'en sortir une aiguille et du fil, il déchira l'emballage d'un gros pansement, qu'il appliqua sur ma joue.

« C'est une suture adhésive, m'informa-t-il avec un clin d'œil.

– Tu m'as flanqué la frousse avec ton histoire de chaussettes ! C'est ta bouche qu'il faudrait coudre, tiens. »

J'émis un ricanement, qui tira douloureusement sur ma joue. Mais je m'en fichais : ça faisait du bien de rire, après avoir frôlé la mort de si près dans l'oubliette.

« C'est pas trop tôt ! gronda Golden Gordy au moment où nous pénétrâmes dans son bureau aux volets fermés. Maintenant, Lucy, fais voir cette clochette. »

Je lui remis le bibelot.

« Et vous voulez me faire croire que ce machin appartenait à une croquemitaine ? » maugréa-t-il en l'approchant de ses petits yeux suspicieux pour mieux l'examiner.

Nous déployâmes toute notre force de persuasion pour tenter de le convaincre que nous avions réellement croisé une créature capable de voyager entre les oubliettes… et lui avions dérobé cet objet.

« Je vous jure que c'est la vérité, dis-je entre mes dents.

– Il n'y a qu'un seul moyen de le savoir. »

Il se leva, se dirigea vers le feu nourri qui flambait dans la cheminée et y balança la clochette.

« Eh, attention ! » m'écriai-je.

Je me jetai en avant pour sauver le précieux objet, mais Gordy me stoppa net d'un coup de tisonnier. Le lourd accessoire en bronze s'enfonça dans mes côtes, m'arrachant un cri de douleur. Ma blessure, sous le pansement tout neuf, me relança. Ma vision se troubla, brouillant les poissons multicolores qui flottaient dans le grand aquarium à côté de la cheminée.

« À toi de faire attention à ce que tu dis, susurra le maître des lieux. N'oublie pas à qui tu t'adresses. Car ma bonté a des limites. »

L'image de logeur débonnaire qu'il aimait à se donner avait brusquement disparu derrière une froide colère. Dans ses prunelles cruelles, je lus qu'il n'hésiterait pas à me briser la nuque avec ce même tisonnier, si j'avais un jour l'audace de lui désobéir ou de m'enfuir.

Je reculai d'un pas, choquée, et rejoignis Jasper. Il n'osait piper mot, mais posa sa main sur la mienne pour me réconforter. Au bout de longues minutes, Golden Gordy saisit des pinces à feu et les plongea dans les flammes pour en sortir la clochette. Je n'en croyais pas mes yeux : le métal avait perdu sa couleur cuivrée pour devenir transparent comme du verre… ou du diamant.

« Cette clochette n'est pas en cuivre ni en laiton, murmurai-je.

– En effet, elle est en adamantine, répondit Golden Gordy, son visage frémissant d'avidité à la lueur du feu. D'après le livre que je possède, il s'agit du métal mythique dans lequel sont forgés les objets magiques. La croquemitaine à qui vous l'avez chipée, cette Nurse Bistouri, ne devait pas être n'importe qui.

– Elle a mentionné le nom d'un autre croquemitaine plus puissant encore, dis-je précipitamment. Le Seigneur des Ronces… Savez-vous qui il est, et où il habite ? »

Golden Gordy haussa les épaules :

« Mon livre n'en parle pas. Inconnu au bataillon. »

Je me gardai de révéler à Golden Gordy que le Seigneur des Ronces avait demandé à Nurse Bistouri de me capturer. Je ne lui dis pas non plus qu'il retenait ma mère prisonnière. Pourquoi ce croquemitaine en avait-il après moi ? Qu'est-ce que Meg Lachance avait fait pour l'offenser ? Ces questions, il faudrait que je les résolve par moi-même…

« Tout comme cette clochette, ton pendule est aussi en adamantine, déclara Golden Gordy, sans se douter de tout ce qui bouillonnait dans mon esprit. Je m'en suis assuré en le soumettant au test des flammes. »

Il se pencha vers moi, à nouveau tout sourire, mielleux jusqu'au bout de ses dents en or :

« Excuse-moi d'avoir douté de toi, chère Lucy. Tu es décidément une retrouveuse très douée, toi qui m'as rapporté deux artéfacts adamantins en tout juste une semaine ! Pour te récompenser, on va remplir le congélateur de glaces pour un mois. »

Le ventre encore douloureux du coup que j'avais reçu, je m'efforçai de sourire. Je n'en avais rien à faire, de la glace : je n'étais pas gourmande comme Jasper, et toute friandise offerte par ce monstre ne pouvait avoir dans ma bouche qu'un goût de cendres. La satisfaction d'avoir gagné sa confiance était bien plus douce.

« Est-ce que je pourrai aller choisir les glaces avec vous au supermarché ? demandai-je. Et peut-être aussi des déguisements d'Halloween. C'est dans tout juste une semaine : on devrait fêter ça tous ensemble, comme une "équipe qui gagne", vous ne pensez pas ? »

Je pensais attendrir Golden Gordy avec la carte de la famille recomposée. Mais ce vieux renard ne se laissait pas amadouer si facilement.

« Il est encore un peu tôt pour que tu quittes la maison, estima-t-il. Je ne voudrais pas que tu t'envoles, un oiseau rare comme toi ! Procédons par étapes, jusqu'à ce que je sois sûr de pouvoir te faire confiance à cent pour cent. D'ici quelques semaines, si tu te tiens à carreau, je te laisserai aller t'occuper du jardin avec Jasper. Et dès ce week-end, tu nettoieras mon aquarium.

– Mais..., protestai-je.

– Pas de "mais". C'est un sacré honneur que je te fais, car cet aquarium est un petit bijou qui vaut aussi cher qu'une voiture de sport. Viens donc l'admirer. »

Il m'entraîna devant le gigantesque cube de verre éclairé au néon. De près, le spectacle était plus magnifique encore. Et plus anxiogène aussi. Comment ne pas me reconnaître dans ces poissons qui dérivaient en rond, dans le silence, sans aucun espoir de s'échapper ?

« Regarde ! » s'écria soudain Golden Gordy.

Je m'attendais à ce qu'il me montre l'un de ses prisonniers à écailles flamboyantes ; mais c'est un petit crustacé qu'il pointa du doigt, tout en bas sur le sable iridescent.

« Ce bernard-l'hermite a grandi et il est en train de changer de coquille…, souffla-t-il en baissant la voix, comme si la créature pouvait l'entendre à travers le verre épais. C'est un spectacle pas courant, tu es drôlement vernie. »

Je vis en effet le crustacé s'extraire de la coquille pointue qu'il occupait, à l'aide de ses pinces couvertes de carapace. Le bas de son corps, en revanche, ressemblait à une sorte de ver flasque… Il rampa à toute allure sur le sable, jusqu'à une coquille vide plus grande que celle qu'il venait de quitter. Il se dépêcha d'y enfouir son abdomen vulnérable : en quelques secondes, il n'y avait plus que ses pinces qui dépassaient.

« Que c'est moche quand c'est de sortie ! » rigola Golden Gordy.

Je me retins de lui dire qu'il n'était pas plus gracieux, lui qui se cachait dans sa maison blindée de fer comme un crustacé au ventre mou dans sa coquille…

À cet instant un claquement retentit derrière les murs du bureau : celui de la porte d'entrée. J'entendis les trois jeux de verrous tourner, barricadant à nouveau la seule issue de la maison qui donnait sur l'extérieur. Le parquet résonna d'un bruit de pas furieux. Et Raven déboula dans le bureau.

Elle était de retour après sa prospection. Elle avait pénétré à l'aube dans la Salle des Pas Perdus par le portail de la cave, puis elle en était ressortie trois heures plus tard par celui de la ligne 7 et s'était tapé un long trajet en bus pour rentrer à la maison. Je devinai que sa pêche dans l'oubliette n'avait pas été bonne : sous son éternel casque audio, son visage déjà peu amène en temps normal était plus revêche que jamais. Du gros son sourdait de ses écouteurs, batteries rageuses et guitares électriques saturées.

« Ça ne marche pas, ce truc ! » déclara-t-elle, criant à cause de la musique.

Elle balança un objet brillant sur le bureau – *mon pendule.*

« Raven ! aboya Golden Gordy. Éteins-moi ça tout de suite !

– Quoi ? » grogna-t-elle.

En guise de réponse, Gordy lui arracha son casque.

« Et tes manières, espèce de sauvage ? la gronda-t-il. Pas étonnant que tu ne sois pas fichue de faire fonctionner le pendule, avec ce tintamarre dans les oreilles. Tu étais censée me rapporter le trésor du Poinçonneur de Crânes, et tu ne ramènes que ta mauvaise humeur.

– J'aime travailler en musique, c'est mon droit », rétorqua Raven. Elle avait beau être peu sympathique, on ne pouvait lui enlever le courage de tenir tête au malfaiteur. « Ce n'est pas de moi que vient le problème : c'est de ce machin. Je parie que la nouvelle vous a refilé de la camelote. »

La nouvelle : c'est ainsi qu'elle s'obstinait à m'appeler, alors qu'elle connaissait parfaitement mon prénom. Quant au pendule, je ne l'avais refilé à personne – c'était elle qui me l'avait volé.

« Ce pendule adamantin est authentique, le test du feu l'a prouvé, trancha froidement Golden Gordy. As-tu bien suivi à la lettre les instructions du journal de Pythagoras Klein ?

– Exactement comme vous me l'avez dit. J'avais le pendule dans une main et votre gourmette dans l'autre, pour faire office de balise. » Elle sortit de sa poche un bracelet en or et le laissa tomber sur le bureau, à côté du pendule. « Je me suis concentrée de toutes mes forces pour que ce stupide pendule me mène à davantage d'or. Mais il est resté immobile. »

Je buvais les paroles de Raven. Ainsi, le fameux journal contenait une des leçons que Rita Perdido avait promis de m'enseigner… et que je venais d'apprendre par la bouche de la princesse des grimaces.

« Il faut une balise pour faire fonctionner le pendule ? demandai-je innocemment.

– C'est ce qu'explique le journal de Pythagoras, me répondit Golden Gordy. Je n'ai aucune raison d'en douter, car toutes les informations que j'y ai glanées jusqu'à présent se sont révélées justes. Le texte stipule que le retrouveur doit tenir une balise pour activer le pendule : un objet similaire à ce qu'on recherche, ou un effet personnel d'une personne disparue – voire, mieux encore, un peu de sa matière organique.

– Ça ne marche pas, se contenta de répéter Raven d'un air buté.

– C'est que tu ne t'es pas assez appliquée, maugréa Golden Gordy. Pas de glace pour toi… ni de musique. Je confisque ton casque jusqu'à nouvel ordre. Tu ferais mieux de prendre exemple sur Lucy : au train où elle va, elle te dépassera bientôt comme retrouveuse en chef de notre maisonnée. »

Raven me jeta un regard venimeux sous sa frange aile de corbeau. Je n'avais aucune envie de la détrôner dans la hiérarchie de cette prison – ce que je voulais, c'était m'en échapper ! Et son échec allait peut-être m'en fournir le moyen…

« J'ai une suggestion à faire, monsieur Gordy, dis-je, jouant les fayottes au risque d'enrager encore davantage ma rivale.

– Une suggestion ? répéta-t-il en levant le sourcil.

– Rita Perdido m'a dit que le pendule m'avait choisie pour être sa nouvelle propriétaire. Peut-être qu'il fonctionnera mieux dans ma main que dans celle de Raven ?

– Ferme-la, Quatre-Doigts, aboya Raven. Comment veux-tu que ça marche mieux dans ta main d'handicapée ?… »

Golden Gordy l'arrêta d'un geste :

« C'est toi qui vas la fermer, Raven. Je t'ai assez entendue pour ce soir. »

Il saisit la gourmette en or et la plaça dans ma main gauche, puis il posa le pendule dans ma main droite. Je ressentis aussitôt le picotement familier… et le petit cône métallique s'éleva dans les airs, pointant en direction de Golden Gordy lui-même. Pas étonnant, avec tout l'or dont il était couvert, jusqu'à son râtelier !

« Ça fonctionne ! s'exclama-t-il. À moi le trésor du Poinçonneur ! »

Au comble de l'excitation, il se mit à frapper dans ses mains, faisant tinter ses bagouses. Ses yeux pétillaient, anticipant le butin.

« Il est trop tôt pour emprunter à nouveau le portail de la cave, il faut attendre vingt-quatre heures, dit-il à regret. Mais dès demain, tu retourneras dans la Salle des Pas Perdus. » Il me gratifia d'un grand sourire jaune étincelant. « Décidément, tu portes bien ton nom, Lucy Lachance : tu es un vrai porte-bonheur ! »

Sur ce, il reprit la gourmette, la clochette et le pendule. Il enferma le tout à côté de son journal si mal acquis, dans le coffre en fer dont lui seul connaissait le code.

Dix parfums de glace assortis. Telle était la mesure de la gratitude de Golden Gordy. Afin de tout caser, il avait fallu faire de la place dans son congélateur encombré de nourriture pour poissons surgelée. Pour ne pas le décevoir, je me forçais à goûter chacune d'entre elles, même si j'avais mal au cœur dès la cinquième. Raven, elle, ne daigna pas en absorber la moindre cuillerée, prétextant qu'elle préférait la sauce piquante aux sucreries pour gamins. Elle aurait sans nul doute quitté la table où nous étions réunis tous les quatre pour aller bouder dans sa chambre, si le maître des lieux n'avait exigé sa présence pour ce repas de fête. Quant à Jasper, il s'était emparé du pot de glace à la pistache et s'empiffrait comme s'il n'avait pas mangé depuis des lustres.

Tout en dégustant à minuscules bouchées mon sorbet à la mangue, j'échafaudais un plan dans ma tête. J'avais toujours dans mon sac à dos le peigne de ma mère, avec ses cheveux. J'aurais sans doute pu utiliser cet objet comme balise, pour faire pointer le pendule en direction de l'endroit où elle était enfermée : le mystérieux Pays des Ronces évoqué par Nurse Bistouri. Mais il aurait été imprudent de m'aventurer seule dans cette oubliette inconnue, dont j'ignorais tout. Il me fallait un allié si je voulais avoir une chance de sauver ma génitrice. Ou plutôt *une alliée* : Rita Perdido. J'avais l'intuition qu'elle saurait m'aider à venir à bout du Seigneur des Ronces, qui qu'il fût.

« La nourriture est-elle à ton goût ? me demanda Golden Gordy, m'arrachant à mes pensées.

– C'est délicieux », prétendis-je.

Je sentais déjà sur ma langue une saveur plus douce encore que la mangue : celle de la liberté.

17

L'ÉCHAPPÉE

« Si Nurse Bistouri est encore vivante, elle risque de s'en prendre à nous dès l'instant où on entrera dans la Salle des Pas Perdus… », murmura Jasper.

Golden Gordy nous avait tirés du lit de bonne heure. J'avais pris un gros petit-déjeuner pour me donner des forces et rempli mon sac de victuailles en prévision de ma fugue. Jasper, lui, n'avait rien mangé du tout – à son teint verdâtre, je devinai qu'il n'avait pas digéré ses excès de la veille. À présent, nous nous tenions devant la porte de la cave.

Golden Gordy donna une tape dans le dos de Jasper :

« Montre un peu plus de courage, mon vieux, prends exemple sur Lucy ! Cette nurse s'est fait dévorer par les cerbères, vous me l'avez dit vous-mêmes. Et avec la clochette, vous ne craignez rien. »

Je hochai la tête comme une bonne petite soldate :

« Oui, monsieur Gordy. »

J'avais beau afficher un air volontaire, la comptine de l'horrible infirmière avait tourné dans mes cauchemars pendant une bonne partie de la nuit. *Un, deux, trois, Nurse Bistouri est là pour toi…* J'espérais bien qu'elle ne serait plus jamais là pour moi ni pour quiconque. Mais si je devais l'affronter pour la deuxième fois, au moins serait-ce avec de nouvelles armes : la clochette adamantine, qui avait retrouvé sa couleur cuivrée en refroidissant, était accrochée à ma ceinture à côté de ma batte en fer.

« Allons maintenant, Lucy, prends ça et tâche de faire mieux que Raven, me dit Gordy en me confiant sa gourmette en or massif. Rapporte-moi une fortune ! »

Comme la veille, il alla s'asseoir dans le canapé pour nous permettre d'activer le portail. J'allumai ma lampe-torche, tournai la poignée et passai le seuil, bien décidée à le franchir pour la dernière fois de mon existence. Le vent frais des profondeurs vint me gifler les joues – et refermer la porte derrière Jasper et moi dans un claquement sonore. Nous nous engouffrâmes dans le boyau obscur.

« Bon, on va par où, championne ? » me lança Jasper dès que nous parvînmes aux abords du grand hall.

Je sentais qu'il m'en voulait de l'entraîner dans une aventure hasardeuse. Jusqu'à présent, il avait réussi à survivre dans des régions familières de la Salle des Pas Perdus. Il n'était pas enchanté de devoir en explorer une partie inconnue.

« Ce n'est pas moi qui ai décidé de cette expédition : c'est ton cher Gordy, lui rappelai-je.

– C'est ça. Au fond, tu es comme Raven : tout ce qui t'intéresse, c'est de te faire mousser auprès du boss. » Il se mit à imiter la voix de Golden Gordy : « *Tu es un vrai porte-bonheur, Lucy Lachance.* Pfff !... Porte-bonheur, je ne sais pas, mais porte-poisse, ça, c'est sûr. Allez, sors le pendule et la gourmette de ta poche, qu'on en finisse. »

Je m'exécutai. À peine eussè-je pris le pendule dans ma main droite que je ressentis le picotement désormais familier. Je laissai pendre le cône d'adamantine au bout de sa chaînette et saisis la gourmette d'or dans ma main gauche.

Le pendule se mit à tourner et se stabilisa bientôt dans une direction. Comme si une force magnétique invisible l'attirait là-bas : la présence d'une grande quantité d'or.

« Allons-y avant que les cerbères rappliquent », déclara Jasper.

Nous nous mîmes en route, foulant les dalles millénaires sans chercher à voir quelles miettes du monde d'en haut y étaient tombées pendant la nuit. Nous étions à la recherche d'un trésor bien plus conséquent – ou du moins, c'est ce que croyait Jasper.

« Stop, lui dis-je une fois que nous fûmes trop loin pour qu'il puisse facilement faire demi-tour et alerter Gordy.

– Comment ça "stop" ? Le pendule tend toujours devant nous. On n'est pas arrivés à destination.

– En ce qui me concerne, si. Je ne ferai pas un pas de plus pour Chicots-d'Or. Tiens, voilà sa gourmette si tu veux la lui rapporter comme un bon toutou. »

Je balançai le bijou à Jasper. Aussitôt, le pendule retomba : sans balise, il ne pointait plus nulle part.

« Qu'est-ce que c'est que ce numéro ? s'indigna Jasper. Si on rentre bredouille, Gordy va nous tuer !

– Je ne compte pas rentrer. Nos chemins se séparent ici. Je dois retrouver ma mère.

– De mieux en mieux ! railla-t-il. Si tu voulais tellement aller au Pays des Ronces, tu n'avais qu'à te laisser saucissonner par Nurse Bistouri hier, car elle avait l'air d'y avoir ses entrées.

– Je n'ai pas l'intention d'y aller seule. Je vais d'abord demander l'aide de cette femme que tu as vue la semaine dernière à Grand Central, Rita Perdido. C'est une retrouveuse aguerrie qui saura relever le défi – pas un poltron qui ne pense qu'à se goinfrer. Je parviendrai bien à localiser le portail de la ligne 7 sans toi, va. »

Je vis Jasper poser la main sur la batte qui pendait à sa ceinture. Mais il n'était pas Raven, cette fille sans scrupule prête à tout pour satisfaire son maître : en une semaine à nous côtoyer, une sorte de connivence s'était établie entre nous. Un début d'amitié ?

« Ne m'oblige pas à me battre, murmura-t-il.

– Et toi, ne m'oblige pas à lâcher les cerbères sur toi », rétorquai-je en touchant le manche de la clochette adamantine.

Sous la visière de sa casquette, le visage de Jasper se tordit dans une expression de détresse. Plus que jamais, je mesurais à quel point ce garçon était déchiré, obligé de faire les quatre volontés d'un homme qu'il haïssait secrètement.

« Tu pourrais fuir avec moi, lui proposai-je en m'efforçant de sourire à la lueur des lustres. J'ignore de quoi mon avenir sera fait, mais tout vaut mieux que de rester croupir dans la cave de ce type. »

Loin de le soulager, cette offre sembla le plonger dans des affres plus douloureuses encore. Ses lèvres se mirent à trembler. Je sentais que son cœur voulait me suivre. Mais sa raison l'en empêchait. Pourquoi ?

« Rien ne te retient, insistai-je.

– Si, lâcha-t-il dans un souffle rauque. Ta mère est la personne au monde qui compte le plus pour toi, pas vrai ? Moi, c'est mon grand-père, et il est entièrement à la merci de Golden Gordy. »

Cette révélation me laissa sans voix.

« Tu veux dire… qu'il est lui aussi prisonnier chez Gordy ? » finis-je par balbutier.

Je passai mentalement en revue toutes les pièces de la maison que je connaissais, pour essayer d'imaginer où le vieil homme pouvait être retenu.

« Il n'est pas prisonnier de la maison, mais c'est tout comme », lâcha Jasper.

Il poussa un long soupir. Je sentais qu'il était enfin prêt à s'ouvrir. Je posai doucement ma main sur son épaule pour l'y encourager.

« Mes parents sont morts quand j'avais six ans, commença-t-il, la tête baissée, les yeux cachés derrière la visière de sa casquette. Un accident de voiture, lors d'un voyage à Singapour où ils étaient allés visiter des cousins éloignés. Grand-père Chen était déjà âgé quand je suis arrivé chez lui, et il n'était pas bien riche. Mais j'ai été vraiment heureux dans sa maisonnette de Jersey City. Il m'a appris tant de choses, c'était un vrai puits de science ! Une fois par mois, il cassait la tirelire pour m'emmener voir jouer les Devils. Jusqu'au jour où il a commencé à perdre la tête – et à perdre ses souvenirs. Au début, c'étaient de simples moments d'étourderie ; puis, au fil des semaines, il s'est mis à commettre des erreurs de plus en plus graves. Il prenait les rues en sens inverse au volant de sa vieille voiture ; il laissait le gaz allumé à la maison ; il s'habillait le soir pour aller à la quincaillerie où il ne travaillait plus depuis des années. Ça me terrifiait pour lui, mais aussi pour moi : si l'Assistance publique du New Jersey découvrait la situation, je craignais qu'on me place en famille.

– Oh, Jasper... », murmurai-je.

Mieux que quiconque, je compatissais avec sa détresse. C'était aussi la peur de l'Assistance publique qui m'avait soumise au bon vouloir de tante Doris depuis mon arrivée à New York.

« Un jour, l'inévitable est arrivé, poursuivit-il. Les services sociaux sont venus, parce que Grand-Père ne payait plus ses factures. Ils l'ont emmené à l'hospice, et moi au foyer d'accueil de Jersey City. J'avais onze ans. Le seul souvenir que j'ai pu emporter, c'est cette casquette, que Grand-Père m'avait offerte au dernier match des Devils qu'on était allés voir ensemble. »

Il leva la main à ce couvre-chef qui ne le quittait jamais, sous son casque de chantier. Je comprenais maintenant pourquoi. En grandissant, il avait dû desserrer la lanière pour que la casquette reste à sa taille.

« Dès que les assistantes sociales ont eu le dos tourné, je me suis enfui dans les sous-sols du foyer, reprit-il. Je n'avais qu'une obsession : me cacher, disparaître. J'ai poussé la porte d'un placard pour m'y réfugier. Derrière, il y avait un couloir escamoté. Quand j'ai pris peur et que j'ai voulu faire demi-tour, il était trop tard : il n'y avait plus qu'un mur sans issue là où j'étais passé quelques instants plus tôt.

– Sans le savoir, tu as franchi un portail ouvrant sur la Salle des Pas Perdus… », devinai-je.

Il hocha la tête dans la pâle lueur des lustres. Je savais déjà que l'oubliette du Poinçonneur de Crânes était vaste, mais j'ignorais qu'elle s'étendait au-delà des limites de New York, jusque que sous la ville de Jersey City sur l'autre berge de la rivière Hudson ! J'imaginais la panique du jeune Jasper, de se retrouver dans ce lieu sépulcral juste après avoir été arraché à son grand-père adoré.

« J'avais trop les chocottes pour crier, et même pour pleurer, se remémora-t-il. C'est ce qui m'a sauvé. Parce que si j'avais appelé à l'aide, ce sont les cerbères qui m'auraient répondu et je ne serais pas là aujourd'hui pour te parler. »

Le silence qui nous entourait était d'autant plus poignant que, quatre ans plus tôt, Jasper s'y était heurté. Un calme absolu et pourtant si fragile, qu'un seul mot prononcé trop fort pouvait faire exploser en déluge d'aboiements…

« Je me suis mis à marcher à l'aveuglette, poursuivit-il, le regard dans le vague, perdu dans ses souvenirs. Le cimetière d'objets… Les ossements et les crânes poinçonnés… Je ne savais plus si tout ce que je voyais était réel ou si je rêvais. Et puis, soudain, je suis arrivé à une porte. Je l'ai poussée… et je me suis retrouvé dans la cave de Golden Gordy.

« Au début, il s'est montré gentil avec moi, il m'a nourri et m'a offert une chambre. Il m'a promis qu'il sortirait mon grand-père de l'hospice pour le mettre dans une maison de retraite dernier cri dans le Maine, où on savait s'occuper de gens comme lui, qui perdent la mémoire. Toutes ces promesses étaient calculées. Il avait compris ce que je ne savais pas encore moi-même : que j'étais un retrouveur. Et il comptait bien utiliser mon talent pour compléter celui de la fille qui logeait déjà chez lui.

– Est-ce que Raven est aussi arrivée par hasard à travers le portail de la cave ?

– Je ne sais pas. Tu as vu qu'elle n'est pas très causante. Les litres de sauce piquante qu'elle ingurgite chaque soir ont peut-être fini par lui cramer le cerveau. »

Cerveau cramé ou pas, j'étais certaine qu'elle ne se serait jamais confiée à moi comme Jasper venait de le faire. Le laisser derrière était encore plus douloureux, après avoir recueilli son témoignage.

« Il faut que tu viennes avec moi, dis-je en lui prenant la main. On retrouvera ton grand-père, je te le promets. On… »

Il eut un hoquet. Je sentais qu'il retenait ses larmes.

« Tu ne comprends pas, murmura-t-il. Contrairement à ta mère, je n'ai pas à *retrouver* Grand-Père Chen. Je sais très bien où il est, je te l'ai dit : dans le Maine, où Golden Gordy m'autorise à aller lui rendre visite une fois par an. Ça fait d'ailleurs un moment que j'attends la prochaine visite. » Il soupira. « J'aurais déjà pu m'enfuir avec Grand-Père si j'avais voulu. Mais pour aller où ? Il a besoin de soins coûteux et constants que je ne suis pas en mesure de lui offrir.

– Peut-être… peut-être que Mme Perdido trouvera une solution ? bafouillai-je. Si elle est prête à m'aider, pourquoi pas toi ? »

Il releva la tête et plongea ses yeux dans les miens. J'y lus une tristesse profonde, une gravité qui tranchait avec le fanfaron qu'il jouait d'habitude.

« Je ne peux pas tout risquer sur un "peut-être", Lucy, me dit-il. Gordy est un homme dangereux. S'il s'aperçoit de ma disparition, non seulement il arrêtera aussitôt de payer la maison de retraite de Grand-Père, mais il s'arrangera pour le faire disparaître. Il me l'a dit. » Il secoua la tête d'un air résigné et ajouta : « Je n'ai pas le luxe de la liberté. Il faut que je continue d'écumer les oubliettes, de tailler les haies du jardin, de faire le ménage dans la maison – le tout avec le sourire, en disant merci à Gordy pour son "hospitalité". Mais toi, tu peux l'envoyer promener. Envole-toi. Il me flanquera certainement une rouste si je reviens seul, et il me privera de dessert pour l'éternité, mais je survivrai. De toute façon, après l'indigestion d'hier soir, je ne peux plus voir une glace en peinture. »

Un pâle sourire se dessina sur son visage, encore plus déchirant à mes yeux que lorsqu'il était au bord des larmes. Il se sacrifiait pour moi. Pour que je sois libre. Mais je ne réussissais pas à lâcher sa main. C'était trop dur.

Il parut le remarquer et ajouta :

« Ah, vous les filles, vous ne savez jamais ce que vous voulez ! Un coup tu étais prête à me planter là comme une andouille, et maintenant tu t'aperçois que tu es tombée sous mon charme irrésistible. »

Ce n'étaient que des paroles en l'air, des paroles légères, pour faire passer le goût amer que nous avions tous deux dans la bouche. Cependant, Jasper ne manquait pas de charme. Quand il souriait, il y avait dans ses yeux espiègles une étincelle qui me donnait envie de sourire aussi.

« Console-toi : tu vas encore pouvoir profiter un peu de ma présence irremplaçable, puisque je vais t'accompagner jusqu'au portail de la ligne 7, ajouta-t-il en me décochant un clin d'œil. Golden Gordy n'aura pas besoin de le savoir.

– Merci, Jasper. Du fond du cœur. »

18

ADIEUX ET RETROUVAILLES

Jasper et moi reprîmes notre chemin en silence, le cœur gros. Il marchait devant, refaisant d'instinct ce chemin qu'il avait parcouru tant de fois au cours des trois dernières années, et que j'aurais mis des heures à retrouver sans son aide. Nos gorges étaient trop nouées pour articuler la moindre parole. Jasper n'était pas juste un orphelin comme moi : c'était aussi le seul ami que je rencontrais depuis un an. La perspective de le quitter m'attristait profondément.

Tandis que nous progressions ainsi en silence, les dalles de la Salle des Pas Perdus semblaient composer devant nous les cases d'un échiquier géant, jonché d'objets. Tétines de bébé et dentiers de vieillard ; poupées et balles de tennis ; livres et paquets de cigarettes ; accessoires de cuisine et outils de bricolage… c'était comme un tableau, le patchwork de la nature humaine. À mi-parcours, nous vîmes des ombres se profiler entre les hautes colonnes. Je reconnus aussitôt les silhouettes efflanquées de trois cerbères. Je saisis la clochette accrochée à ma ceinture et l'agitait énergiquement. Les suppôts se figèrent aussitôt, à une trentaine de mètres de nous. Je leur désignai du doigt une arcade ouvrant sur un corridor, pour leur dire d'aller voir là-bas si nous y étions. La queue entre les jambes, ils s'exécutèrent servilement.

Alors que nous nous apprêtions à quitter le hall, un objet attira mon regard parmi les tas épars : un animal en peluche. Situé en haut d'un tas de bric-à-brac, il avait dû tomber récemment dans la Salle des Pas Perdus. Je m'approchai et le ramassai.

« Qu'est-ce que tu vas faire de ce poney ? me demanda Jasper.

– Pas un poney : un lama », rectifiai-je.

Jasper plissa les yeux :

« Ah ouais, tu as raison… Original. Surtout avec cet œil décousu. Mais ça ne répond pas à ma question. Tu es en train de retomber en enfance ou quoi ?

– T'inquiète, j'ai passé l'âge des doudous. Mais je connais un petit garçon, là-haut, qui a sans doute du mal à s'endormir depuis qu'il a perdu celui-là… »

Le souvenir du garçonnet en pleurs sur le quai m'était revenu à la vue de cette modeste peluche. La rapporter à la surface ne rachèterait pas tous les larcins que j'avais commis depuis un an. Mais c'était toujours ça.

Nous finîmes par quitter le hall et parvînmes à la porte par laquelle j'étais entrée dans l'oubliette pour la première fois.

« Donne-moi une boucle de tes cheveux, dis-je à Jasper.

– Euh… pour de vrai ? hoqueta-t-il, un peu gêné. Je plaisantais, tu sais, quand je disais que tu étais tombée sous mon charme. » Il hésita, les yeux brillants sous la visière de sa casquette : « À moins que… ? »

Sa voix se suspendit et je ne trouvais pas la mienne pour répondre tout de suite. Le silence écrasant de la Salle des Pas Perdus me parut s'étirer à l'infini entre nous, ponctué seulement par un tempo rapide. Les battements de mon cœur.

« Il ne s'agit pas d'un souvenir amoureux, Casanova, dis-je précipitamment, pressée de combler le blanc. C'est la balise qui me permettra de remonter jusqu'à toi, quand j'aurai trouvé un moyen de vous sauver des griffes de Golden Gordy, ton grand-père et toi. »

Il prit un petit canif dans son sac, tira une mèche noire de sous sa casquette et la trancha. Puis il me remit les cheveux, que je glissai soigneusement dans ma poche.

« Donne-moi aussi l'adresse de la maison de Golden Gordy, lui demandai-je. Ainsi je pourrai venir à ta rescousse par la surface comme par la cave.

– 13 End Road, Haven, New Jersey. »

Je sortis un stylo-bille et écrivis l'adresse sur le revers de ma main gauche. Puis je tendis la main droite à celui qui était vraiment devenu un ami.

« Je reviendrai te chercher », lui jurai-je solennellement.

Comme je voyais qu'il hésitait à me serrer la main pour ne pas me faire mal, je le rassurai :

« Tu peux y aller. Les quatre doigts qui restent sont tenaces.

– Tenaces comme toi, sourit-il en me prenant la main pour sceller notre pacte. On ne se connaît pas depuis longtemps, mais j'ai compris de quelle trempe tu es faite. Tu es aussi coriace que l'équipe des Devils du New Jersey tout entière : n° 1 de la division métropolitaine pendant trois saisons consécutives ! »

Je devinais confusément qu'il aurait voulu m'en dire davantage. M'offrir un compliment plus subtil que cette comparaison à une équipe de hockey. Mais la pudeur le retenait. En revanche, il ne pouvait pas retenir les battements de son cœur, que je sentais pulser dans sa paume serrée contre la mienne. De plus en plus vite. Comme le mien.

Je détachai mes doigts des siens et posai ma main sur la poignée de la porte.

« Fais attention à ne pas te faire écraser, de l'autre côté, me glissa Jasper d'une voix émue.

– T'inquiète, ce n'est pas au programme.

– Adieu, Lucy Lachance.

– *Au revoir*, Jasper Tan », rectifiai-je.

Je tournai la poignée. Ce matin-là, la porte ne s'ouvrit pas sur un mur de pierre : le portail avait eu le temps de se recharger depuis la dernière fois que je l'avais franchi. Le tunnel de la ligne 7 s'étendait devant moi, avec ses loupiotes de sécurité.

Je franchis le seuil et me retournai aussitôt pour un dernier regard…

Clac !

Trop tard.

La porte s'était aussitôt refermée, dans un claquement sec comme le couperet d'une guillotine. Même si j'avais voulu faire demi-tour, ce n'était plus possible avant vingt-quatre heures. Je pris une profonde inspiration, emplissant mes narines de cette odeur de caoutchouc brûlé propre au métro new-yorkais. Puis je me mis en route vers le quai, vers la surface – vers la vie.

Le quai de la station était tellement bondé que personne ne sembla remarquer cette fille échevelée qui surgissait du tunnel : moi. Je me frayai un passage entre les badauds, absorbés par leurs lectures, leurs musiques, leurs conversations. S'ils s'étaient doutés du monde terrifiant qui s'étendait sous leurs pieds, ils en auraient lâché de stupeur téléphones et journaux.

Je fis un crochet rapide par le bureau des Objets Trouvés, pour y déposer le lama en peluche (j'aurais bien aimé y laisser aussi la Rolex du vieux monsieur, mais malheureusement elle était toujours au poignet de Golden Gordy). Puis je remontai les escalators les uns après les autres jusqu'à la gare ferroviaire de Grand

Central, en surface. La structure du hall principal, avec ses colonnes et ses lustres si semblables à ceux de la Salle des Pas Perdus, me mit mal à l'aise. Je fus soulagée de sortir enfin à l'air libre sur la 45e Rue. Après une longue semaine passée dans l'ombre des oubliettes et dans la demeure calfeutrée de Golden Gordy, l'éclat du soleil me brûla les yeux. La rumeur de la ville, avec ses cris, ses klaxons, ses sirènes et ses crissements de frein, me donna le vertige. Je m'assis sur un banc public et sortis deux objets de mon sac à dos : dans ma main droite, le pendule ; dans la gauche, la carte de visite de Rita Perdido.

Je laissai la chaînette d'adamantine pendre dans le vide et me concentrai de toutes mes forces : *S'il te plaît, pendule, mène-moi à cette femme !*

La magie opéra : le petit cône métallique s'éleva dans les airs, pointant vers le sud – vers la gare que je venais de quitter. Je me mis à la longer en descendant par Park Avenue. Ma tête bourdonnait de questions. Rita Perdido était-elle encore à New York ? Logeait-elle dans un hôtel en bas de Manhattan ? Si ça se trouvait, elle était repartie dans l'une des deux succursales de son agence : à Miami en Floride ou, plus loin encore, à Santiago du Chili… et le pendule pointait vers l'hémisphère Sud.

Tandis que je me tourmentais ainsi, je me rendis subitement compte que je venais de dépasser la gare et que le pendule pointait maintenant… vers le nord. Comme s'il voulait que je rentre dans Grand Central.

Une intuition soudaine me saisit – ou plutôt, un souvenir, les dernières paroles que la retrouveuse m'avait criées dans le McDo avant que je me lance à la poursuite de Raven : *Rejoins-moi ici, Lucy, je t'attendrai le temps qu'il faudra !*

Je m'engouffrai à nouveau dans la gare et courus jusqu'au fastfood. Une silhouette noire se tenait sur l'une des banquettes, gantée et chapeautée, droite comme une statue voilée de résille devant son gobelet rempli de thé fumant.

Rita Perdido !

Dans la position où je l'avais laissée huit jours plus tôt ! À cet instant précis, dans le fond de mon cœur, je sus que je pouvais faire complètement confiance à cette femme et compter sur elle jusqu'au bout.

« Eh bien, tu as mis le temps, rouspéta-t-elle alors que je m'asseyais face à elle.

– J'ai été retenue ! m'exclamai-je, hors d'haleine.

– Je vois ça, dit-elle en lorgnant le gros pansement sur ma joue.

– Vous ne devinerez jamais ce qui m'est arrivé. Sous la voie 7, il y a… »

L'index ganté de dentelle de Rita s'écrasa sur ma bouche, m'empêchant d'en dire davantage.

« Pas ici, souffla-t-elle à travers sa voilette opaque. Tu me raconteras tout à l'hôtel. »

Elle se leva lentement, par à-coups, tel un automate rouillé. J'eus l'impression d'entendre craquer ses articulations.

« Prête-moi ton bras, veux-tu bien ? » me demanda-t-elle.

Je le lui présentai, et elle s'y appuya de tout son poids. En mon absence, sa santé déjà précaire semblait s'être un peu plus dégradée. Je la soutenais ainsi, à pas de tortue, jusqu'à l'hôtel où elle logeait.

C'était un établissement de taille moyenne comme il en existe des centaines à New York, situé non loin des voies. L'enseigne en lettres scintillantes prêtait à sourire : le Brightview, quel drôle de nom pour une tour étroite coincée entre d'autres buildings, avec des vis-à-vis de tous les côtés... Sur le parvis, un flot continu de taxis jaunes amenait et emportait des dizaines de touristes venus des quatre coins du monde pour passer quelques jours à « Big Apple ». Ici, Raven ne pourrait jamais retrouver ma trace.

« Veuillez rajouter un lit d'appoint pour ma nièce, demanda Rita à la réception.

– Bien sûr, madame Perdido », répondit la réceptionniste sans poser davantage de questions, ni me demander mes papiers.

Je compris que Rita était une habituée. Elle se dirigeait déjà vers l'ascenseur, quand un esclandre retentit à l'autre bout du bureau de réception. Une cliente au visage très maquillé s'emportait contre l'homme en costume de l'autre côté du comptoir :

« ... Je suis sûre que la femme de chambre a volé mon bracelet ! Je l'avais laissé à côté du lavabo avant de partir déjeuner, j'en suis certaine. Un bracelet de chez Tiffany !

– Madame, je vous assure que notre personnel est honnête…

– Alors comment expliquez-vous qu'à mon retour, la chambre était faite et le bracelet avait disparu ?

– Il a peut-être glissé ? suggéra le réceptionniste. Avez-vous bien regardé au sol ? »

Le visage de la cliente devint aussi éclatant que son rouge à lèvres :

« Évidemment que j'ai regardé partout ! Vous me prenez pour une buse ? J'exige que vous appeliez la police.

– Je peux vous indiquer l'adresse du commissariat le plus proche, pour une déclaration d'objet perdu…, proposa le réceptionniste, affichant un sourire de plus en plus figé.

– Pas perdu : volé ! » explosa la cliente.

Chacun campait sur ses positions, absolument sûr de lui. Et chacun, j'en avais l'intuition, était dans son droit. Aucun des deux ne pouvait soupçonner qu'une espèce de voleurs surnaturels était capable de se faufiler d'un autre monde jusque dans le nôtre…

« Allons, cesse de rêvasser, me lança Rita, m'arrachant à la scène. Je suis fourbue et j'ai hâte de me poser. »

19

LA GUILDE

« Madame Perdido, je ne vous remercierai jamais assez de m'avoir attendue », lui dis-je une fois que nous nous fûmes réfugiées dans sa chambre.

– Souviens-toi : je t'ai dit de m'appeler simplement Rita », me reprit la retrouveuse, de sa voix rauque et un peu cassée.

Elle me fit asseoir sur le canapé et prit place sur la grande malle dans laquelle elle devait transporter ses affaires quand elle était en voyage. L'unique fenêtre de la pièce donnait sur un mur de briques rouges, à moins d'un mètre du carreau. Cette chambre à coucher ressemblait à une chambre forte.

« Un mentor ne laisse jamais tomber son disciple, affirma Rita Perdido. Et mon instinct me disait que tu finirais par revenir. »

Elle m'expliqua que, pendant une semaine, elle s'était levée tous les matins à l'aube pour aller s'installer au McDo, ne le quittant qu'à la fermeture le soir bien après la tombée de la nuit.

« L'autre jour, tu es partie en trombe sans rien laisser derrière toi qui puisse me servir de balise, me dit-elle. Je n'ai pas pu utiliser mon propre pendule adamantin pour te localiser. C'est pourquoi j'ai décidé de venir t'attendre dans ce restaurant. »

Je me souvins qu'en effet, Rita Perdido possédait elle aussi un pendule. Elle était comme moi. J'étais comme elle. Je me décidai à lui raconter tout ce que j'avais vécu lors de ma captivité chez Golden Gordy.

« La Salle des Pas Perdus possède donc quelques portails encore opérationnels..., murmura-t-elle à la fin de mon récit.

– Vous étiez au courant de son existence ?

– Cette oubliette figure dans les archives. Mais on n'a plus entendu parler du Poinçonneur de Crânes depuis des décennies. Ce que tu m'as raconté confirme qu'il a bien été détruit. La preuve irréfutable en est ta rencontre avec cette autre croquemitaine dont tu m'as parlé, cette Nurse Bistouri. »

Les vers de l'affreuse comptine résonnèrent dans ma mémoire : *Dix, onze, douze, ton sang rougira sa blouse...* Je portais instinctivement la main à ma joue. Sous le pansement, il me sembla que la plaie se ravivait.

« Il faut changer ce bandage, décréta Rita Perdido. Une blessure causée par un croquemitaine doit être nettoyée tous les jours, car elle s'infecte facilement. »

Elle se leva péniblement et je la suivis dans la salle de bains. La tablette de marbre était chargée d'une quantité phénoménale de crèmes cosmétiques, baumes et poudriers. Je n'aurais jamais imaginé une telle coquetterie chez une femme qui cachait son visage en permanence.

Je grimaçai quand elle décolla le pansement, sous lequel l'estafilade avait coagulé. Je m'attendais à souffrir davantage pendant les soins, mais, même habillés de leurs gants de dentelles, les doigts de la retrouveuse se révélèrent particulièrement délicats.

« Cette croquemitaine, Nurse Bistouri, vous la connaissez ? lui demandai-je tandis qu'elle nettoyait doucement ma plaie avec une gaze stérile.

– Non. Ce que je sais en revanche, c'est qu'un croquemitaine ne peut s'aventurer dans une oubliette qui n'est pas la sienne tant que le créateur de cette dernière est encore vivant. C'est donc la confirmation que le Poinçonneur de Crânes a bien été anéanti. »

Une image me revint en mémoire : celle de l'aquarium de Golden Gordy, et de la mue étrange à laquelle j'avais assisté.

« Les croquemitaines sont comme des bernard-l'hermite…, pensai-je à voix haute. Ils peuvent voyager d'une coquille à une autre, mais seulement si elles sont vides.

– On peut voir ça ainsi, confirma Rita Perdido. En effet, les croquemitaines n'hésitent pas à venir parasiter les oubliettes abandonnées par leurs congénères. »

Je hochai doucement la tête :

« En matière de parasite, j'en connais un autre : Golden Gordy s'en donne à cœur joie pour piller la Salle des Pas Perdus, maintenant que le Poinçonneur de Crânes n'y est plus. » Je marquai une pause, puis ajoutai : « Au fait… il a mentionné votre nom et semble vous connaître. »

Pour ne pas froisser Rita Perdido, j'omis de mentionner qu'il l'appelait *la vieille chouette*.

« Nos chemins se sont déjà croisés, confirma-t-elle. Ce surfacien sans scrupule a essayé de s'introduire à l'assemblée annuelle de l'ARG, il y a trois ans.

– L'argh… ?

– L'American Retrievers Guild. Gordy cherchait à y recruter des associés. Je l'ai éconduit comme il se doit. »

J'écarquillai les yeux, incrédule :

« Il existe une Guilde de retrouveurs ?

– Oui, en effet, et c'est elle qui tient les archives dont je te parlais à l'instant. Ainsi, nous pouvons garder la trace des oubliettes et des croquemitaines connus à travers le continent américain. Mais cette organisation n'est plus que l'ombre de ce qu'elle était jadis. » Elle saisit un petit pot sur la tablette et m'ordonna : « Tourne un peu la tête, que j'y voie clair. »

Contrairement à ce que j'avais cru, les nombreux récipients alignés dans la salle de bains n'étaient pas uniquement des produits de beauté. Il y avait aussi là le nécessaire de survie d'une retrouveuse aguerrie…

À l'aide d'un coton-tige, Rita Perdido se mit à badigeonner ma joue d'onguent cicatrisant tout en continuant de parler :

« Les retrouveurs déclarés se font de plus en plus rares. La plupart sont vieillissants, comme moi. D'autres meurent dans l'exercice de leurs fonctions, comme ce Pythagoras Klein dont je vais rapporter le nom au bureau de la Guilde, afin qu'il soit ajouté à la liste des héros tombés au champ d'honneur. » Au ton las de mon interlocutrice, je devinai que cette liste était déjà bien longue. « Nous sommes de moins en moins nombreux, se lamenta-t-elle. Je le constate à chaque assemblée que nous organisons en secret dans une ville différente tous les ans...

– Mais une telle organisation est d'utilité publique ! m'écriai-je. Elle devrait être connue de tous, ouvrir une collecte, récolter des fonds. Pourquoi ce secret ? »

Rita Perdido poussa un long soupir qui fit trembler sa voilette :

« Parce que les retrouveurs se sont toujours méfiés des surfaciens, à juste titre. Depuis la nuit des temps, nous rapportons les objets et les gens qui ont été volés par les croquemitaines. Mais nous restons discrets sur nos méthodes. Si tu savais combien d'entre nous ont été brûlés pour sorcellerie au fil du temps ! La persécution a culminé pendant la peste noire, au XIVe siècle, quand on nous a accusés de répandre la maladie... À cette époque, que nous appelons le Grand Acharnement, les trois quarts de nos ancêtres sont morts et presque toutes nos archives ont été détruites. Depuis, nous avons choisi l'anonymat. »

Ce tableau apocalyptique me fit frissonner. Mais tout de même, le XIVe siècle me semblait fort loin. On ne brûlait plus les sorcières de nos jours.

« On n'est plus au Moyen Âge, lui rappelai-je.

– ça ne change rien. L'Inquisition d'autrefois a été remplacée par la CIA. Les quelques retrouveurs qui sont tombés entre les griffes des gouvernements ont été soumis à des expériences qui te donneraient des cauchemars. Tel est le prix du retrouvage : nous devons l'exercer en silence. Mes propres aïeux ont ainsi vécu dans le secret pendant des générations, se transmettant le don de père en fils, de mère en fille. Ils se sont aussi passé ce nom, *Perdido*, qui leur a été attribué dans un lointain passé, parce qu'ils parvenaient à retrouver les choses perdues. »

La vieille femme s'ébroua, s'arrachant au souvenir de ses ancêtres. Elle sortit un pansement neuf de sa trousse de toilette et l'appliqua sur ma blessure nettoyée.

« De nos jours, la plupart des retrouveurs modernes se font passer pour des détectives privés, précisa-t-elle. C'est pourquoi j'ai créé l'agence Perdido. Souvent, il s'agit juste de plonger dans les oubliettes pour reprendre ce qui a été volé. Mais parfois, nous devons risquer notre vie pour neutraliser les croquemitaines les plus dangereux.

– En les forçant à sortir dans la lumière ? suggérai-je.

– Non. Rappelle-toi ce que tu as appris : les surprendre à la surface ne les tue pas, mais les renvoie seulement à leur oubliette. C'est là-bas, chez eux, qu'il faut les combattre pour les éliminer définitivement. Et il n'y a que deux méthodes pour mettre ces monstres hors d'état de nuire.

« La première méthode, la plus longue et fastidieuse, est celle de l'*enfermage*. Il s'agit de condamner patiemment tous les portails qui mènent à une oubliette. Privée d'accès à la surface, cette dernière sombre peu à peu dans les abysses, jusqu'à ce qu'il soit impossible au croquemitaine qui y habite d'ouvrir un nouveau portail vers notre monde. Il demeure alors éternellement prisonnier de son propre domaine.

« La seconde méthode est plus radicale, plus rapide, mais aussi plus dangereuse : c'est l'*enferrage*. Il s'agit d'affronter directement le croquemitaine en combat singulier à l'épée de fer, pour le détruire. C'est ce qu'a fait Pythagoras Klein, et il en a payé le prix ultime. »

Je méditai quelques instants ces paroles. Le destin de Pythagoras, héros anonyme qui n'apparaîtrait jamais dans aucun manuel scolaire ni sur aucun monument aux morts, illustrait bien le sacrifice des retrouveurs… Cependant, j'avais l'impression que l'exposé de Rita Perdido n'était pas tout à fait complet :

« Excusez-moi, Rita, mais il me semble que vous avez oublié de mentionner une troisième méthode pour venir à bout d'un croquemitaine. »

Elle eut un geste d'agacement ; manifestement, elle n'aimait pas être contredite.

« Qu'est-ce que tu racontes ? fit-elle d'un ton irrité. Tu penses me faire la leçon, à moi ? Tu as tant à apprendre, toi qui ne sais rien.

– Je sais tout de même que Nurse Bistouri n'a pas apprécié les morsures des cerbères. Je suis à peu près sûre qu'ils l'ont tuée. Or, leurs crocs n'étaient pas en fer, que je sache. »

Il y avait une pointe d'impertinence dans mon intonation, que je regrettai aussitôt. Mais, contre toute attente, Rita Perdido me félicita :

« Tu raisonnes bien, Lucy. C'est une qualité précieuse pour une retrouveuse. En effet, c'est juste, les croquemitaines et leurs suppôts peuvent se tuer entre eux. » Elle assortit aussitôt son compliment d'un rappel à l'ordre : « Mais ça ne change rien à ce que je t'ai enseigné : les retrouveurs, eux, n'ont que deux moyens de lutter contre les habitants des profondeurs. Enfermage ou enferrage. Mets-toi bien ça dans la tête si tu veux faire long feu dans mon agence. »

J'opinai du chef, un peu penaude, et décidai de caresser cette vieille dame ombrageuse dans le sens du poil :

« J'imagine que votre agence compte de nombreux membres, n'est-ce pas ?

– Détrompe-toi, répondit-elle gravement. Nous ne sommes plus que deux. Goliath et moi.

– Comment deux personnes peuvent-elles faire tourner vos trois succursales ? m'étonnai-je.

– C'est bien le problème. Goliath est basé à Paris, et je partage mon temps entre Miami et Santiago. À mon âge et dans mon état, faire ainsi le grand écart m'est de plus en plus pénible. Mais il faut bien continuer de lutter contre les croquemitaines, qui ne nous laissent aucun répit. Alors je m'accroche tant que je le peux, avec la conscience amère de faire peut-être partie des toutes dernières générations de retrouveurs… »

Il y avait dans la voix de Rita une anxiété que je ne lui connaissais pas et qui me fit frissonner. Si elle faisait vraiment partie des derniers retrouveurs, alors Jasper, Raven et moi aussi. Voilà pourquoi Golden Gordy nous considérait comme des « oiseaux rares », pourquoi il avait pris le risque de s'introduire à l'assemblée annuelle de l'ARG : il cherchait avidement à s'adjoindre les services d'une espèce de limiers en voie de disparition. Mais la diminution du nombre de retrouveurs en activité avait une conséquence bien plus grave que l'appauvrissement d'un exploiteur dans son genre. Comme l'avait rappelé Rita, les croquemitaines, eux, ne connaissaient pas de crise démographique… À mesure que les rangs des nôtres se clairsemaient, la possibilité de récupérer les choses et les gens perdus s'éloignait. Les oubliettes et leurs habitants gagnaient mécaniquement en puissance.

Comme en écho à mes pensées, la dame voilée de noir se mit à réfléchir à voix haute :

« Pourquoi est-il si difficile de faire de nouvelles recrues ? Pourquoi le don du retrouvage semble-t-il se perdre depuis quelque temps ? Peut-être parce que les jeunes de ton âge passent leur vie le nez dans les écrans, avec leurs maudits téléphones. Ils ne font plus attention au monde qui les entoure. Difficile de retrouver son chemin, quand on n'est pas capable de se trouver soi-même ! » Elle émit un rire sans joie. « La maîtrise de l'art du retrouvage est longue et difficile. Elle réclame discipline, abnégation et des années d'apprentissage sous la houlette d'un mentor chevronné. La nouvelle garde n'a pas la trempe des retrouveurs de jadis. Les jeunes d'aujourd'hui sont paresseux, si facilement distraits et si rétifs à l'autorité. »

Le discours de cette femme sur l'autorité était un peu rance. Quant à la soi-disant paresse des jeunes d'aujourd'hui… il n'appartenait qu'à moi de lui prouver qu'elle se trompait.

« Lors de notre rencontre, vous m'avez invitée à rejoindre votre agence, lui rappelai-je. Pourtant, vous avez une bien piètre opinion de la jeunesse…

– La jeunesse a bien des torts, mais elle possède au moins une qualité : l'énergie, concéda-t-elle. Moi, je suis âgée et malade. Je ne peux plus porter mon agence toute seule. Et Goliath… a d'autres problèmes. Il me faut recruter la relève. C'est maintenant ou jamais. »

De nouveau, il me sembla déceler dans les paroles de mon interlocutrice une tension, une urgence. Certes, j'avais remarqué qu'elle s'essoufflait rapidement. Mais c'était la première fois qu'elle reconnaissait être malade. De quoi souffrait-elle ? Si elle ne me le disait pas spontanément, ce n'était pas à moi de le lui demander.

« Eh bien, c'est d'accord, déclarai-je. Je suis prête à ce que vous soyez ma *mentore*, comme vous le dîtes. Je vous obéirai. Mais à une condition : que vous m'aidiez à retrouver ma mère. »

Il me sembla discerner un froncement de sourcils entre les mailles serrées de la voilette.

« Tu marchandes ? grommela-t-elle.

– Ce n'est pas du marchandage, mais un échange de bons procédés. Et puis, je suis sûre que Meg est une retrouveuse, elle aussi. Je pense qu'elle a déjà affronté le Seigneur des Ronces dans le passé, car elle me mettait en garde contre lui quand j'étais petite. Elle attendait sans doute que je sois plus grande pour tout me révéler. Si nous parvenons à la sauver, ça fera une recrue de plus pour votre agence, qui en manque cruellement. »

La dame en noir hocha la tête et me tendit sa main gantée de dentelle, afin de sceller mon entrée dans l'agence Perdido :

« C'est d'accord. Mais je te préviens : les chances de retrouver ta mère vivante sont minces. Nous partirons dès aujourd'hui.

– Vous savez où se trouve le Pays des Ronces ? demandai-je, pleine d'espoir.

– Je n'en ai jamais entendu parler. Ce doit être une oubliette très ancienne, enfouie trop loin sous la surface pour que le croquemitaine qui y règne puisse remonter dans notre monde facilement. Il faudra que j'en informe la Guilde.

– La Guilde, justement, insistai-je. Même si ce pays ne vous dit rien, il figure peut-être dans les archives de votre organisation. Après tout, vous ne pouvez pas les connaître par cœur. »

Rita Perdido sortit de la salle de bains et je lui emboitai le pas. De retour dans la chambre, elle fouilla dans son grand cabas de cuir, dont elle semblait ne jamais se séparer. Je me demandai quels objets bizarres il contenait, hormis son pendule adamantin. Elle en sortit un livre relié de cuir noir sans titre ni inscription aucune, qu'elle se mit à compulser tout en marmonnant :

« *Pays des Rats*... *Pays du Remords*... *Pays des Reflets Brisés*... Non, il n'y a pas de *Pays des Ronces* référencé dans la dernière édition des archives de la Guilde. » Elle marqua une courte pause, puis ajouta : « Ne m'as-tu pas dit que Nurse Bistouri avait utilisé un autre terme pour parler du Seigneur des Ronces ?

– Oui. Une seule fois. Elle l'a appelé *Kowr-Dreyn*, ou quelque chose comme ça... si j'ai bien compris. »

Rita Perdido rangea le registre de la Guilde dans son cabas et en sortit un objet inattendu : un téléphone portable. Avec son grand chapeau à voilette, sa robe à jupons, ses bottines à talons, elle semblait tellement embaumée dans le passé qu'un tel appareil paraissait anachronique entre ses mains. Surtout après la diatribe qu'elle venait de me sortir sur les jeunes collés à leurs écrans ! Remarquant ma surprise, elle précisa :

« Un retrouveur digne de ce nom doit utiliser tous les outils à sa disposition. Les plus anciens – comme le pendule adamantin –, et les plus modernes – comme Internet. »

Ses doigts gantés de dentelle fine se mirent à courir sur l'écran.

« Les mots que tu m'as rapportés semblent venir de la langue cornouaillaise…, murmura-t-elle au bout de quelques minutes.

– Cornoua-quoi ? hoquetai-je.

– Les Cornouailles sont le comté le plus à l'ouest de l'Angleterre. Il s'agit d'une région reculée, qui a conservé ses propres légendes et croyances depuis la lointaine époque des Celtes. D'après ce que je lis, "Kowr" signifie "géant" en cornique, et "Dreyn" veut dire "ronces". "Seigneur des Ronces" peut donc passer pour une traduction de "Kowr-Dreyn"… » Elle se remit à pianoter sur son téléphone. « Voyons si une créature mythologique portant ce nom est référencée sur les sites consacrés au folklore cornouaillais… *Kowr-Mor-An*, le Géant de sous les vagues… *Mor-Kowr*, le Serpent de mer géant… Hum, non, il n'y a pas de *Kowr-Dreyn* ici. »

Je me penchai au-dessus de l'écran du téléphone. Il affichait une page de l'office de tourisme des Cornouailles. *Un pays féérique pour vos vacances !* promettait le site. Il recensait les différentes créatures légendaires du pays, assorties d'illustrations colorées. Il y avait plusieurs géants, qui avaient plus l'air un peu nigauds que vraiment dangereux. Mais aussi des lutins espiègles creuseurs de tunnels, les *spriggans*. Et de charmantes petites fées aux délicates ailes de papillons, les *pixies*.

« Rien de tout cela ne ressemble à des croquemitaines ou à leurs suppôts, dis-je, déçue. On dirait des personnages tout droit sortis d'un Disney.

– Notre enquête doit se poursuivre sur le terrain », décréta Rita Perdido.

Elle ferma la page de l'office de tourisme et pianota un numéro sur son téléphone.

« Allô, Goliath ? dit-elle après trois sonneries. Ici Rita. Je ne serai pas joignable dans les prochains jours. Tu peux annoncer au client du dossier Baudelaire que nous avons besoin d'un mois supplémentaire avant de revenir vers lui… »

Je tendais l'oreille, tâchant de percevoir la voix de l'interlocuteur de Rita. D'après ce qu'elle m'avait dit, ce Goliath était son mystérieux associé parisien… et donc, par extension, mon nouveau collègue au sein de l'agence Perdido. Mais j'avais beau retenir ma respiration, je ne parvenais à rien entendre.

« C'est ça, conclut Rita. Facture-lui le premier tiers d'avance. Oui… Dix-mille euros… À bientôt. »

Elle raccrocha, éteignit son téléphone et le fourra dans son cabas.

« Vais-je bientôt rencontrer Goliath ? lui demandai-je. Depuis les Cornouailles, nous ne serons pas loin de Paris.

– Tu vas un peu vite en besogne, me rabroua-t-elle. Les Cornouailles ne sont pas au programme pour l'instant.

– Mais…, hoquetai-je. Vous venez de dire que nous devions mener l'enquête sur le terrain…

– Je ne parlais pas des Cornouailles. Une fois là-bas, que faire ? Autant chercher une aiguille dans une botte de foin ! » Elle secoua la tête. « C'est de ce côté-ci de l'Atlantique qu'il faut commencer notre enquête : là où ta mère a été vue pour la dernière fois – et où, selon toute évidence, se trouve le portail pour le Pays des Ronces. Chez toi, dans les Catskills. »

20

RETOUR À LA MAISON

Nous prîmes la route sur le coup de seize heures. Rita Perdido avait loué une voiture dans une agence de Manhattan. Assise à l'avant à côté de la conductrice, je profitai du voyage pour lui raconter plus précisément les détails de ma captivité. Elle se montra particulièrement intéressée par la clochette adamantine, un objet dont elle ignorait jusqu'à présent l'existence.

« Peut-être nous sera-t-elle utile dans le Pays des Ronces, si nous arrivons à y pénétrer », estima-t-elle.

Je décidai de l'interroger sur l'origine des artéfacts adamantins :

« Qui les a forgés ?

– Je l'ignore. Les retrouveurs de l'ancien temps le savaient peut-être ; mais c'est un mystère qui s'est perdu, comme tant d'autres, suite au Grand Acharnement. »

Je méditai ces paroles, tout en regardant l'autoroute défiler à travers le pare-brise. Les voitures qui roulaient à côté de la nôtre emportaient leurs passagers vers mille destins. Celui des retrouveurs me paraissait être le plus sombre de tous.

« Dans le passé, les nôtres étaient persécutés, et aujourd'hui ils sont contraints de vivre dans l'ombre, songeai-je à voix haute. Nous n'exerçons pas un métier très gratifiant.

– Seuls les esprits moyens cherchent la gratification dans le regard des autres, asséna Rita Perdido, ses mains gantées fermement posées sur le volant. Les grandes âmes, elles, n'œuvrent pas pour la reconnaissance publique. Elles se satisfont de la certitude d'accomplir ce qui est juste, sans attendre de médailles ni de lauriers. Tu comprendras en grandissant, toi dont le passé n'est pas des plus reluisants. »

Il y avait une pointe de condescendance dans sa voix. Comme si elle doutait de ma moralité et se plaçait sur un piédestal bien au-dessus de moi.

« Vous vous présentez comme une justicière, dis-je. Alors, pourquoi n'êtes-vous pas intervenue ce matin quand la cliente et le réceptionniste s'écharpaient à propos de ce bracelet volé ? Je suis sûre que c'est un croquemitaine qui l'a pris.

– Tout porte à le croire. D'autant que le Brightview accueille un chapardeur dans les étages inférieurs. Il se fait appeler le Groom du Bas.

– En tant que retrouveuse accomplie, vous auriez pu essayer de récupérer le bracelet, lui fis-je remarquer. À la fois pour rendre son bien à cette dame et pour dédouaner la femme de chambre qu'elle accusait à tort. »

Sans se laisser ébranler par mon réquisitoire, la conductrice mit son clignotant et quitta l'autoroute pour s'engager sur une voie secondaire.

« Ce n'est pas parce qu'on sert la justice qu'on peut corriger toutes les injustices du monde, affirma-t-elle. Un retrouveur doit savoir choisir ses combats. Il doit se concentrer sur le retrouvage des objets vraiment inestimables, des disparus qui méritent une seconde chance, des souvenirs utiles à l'humanité. Il s'agit d'évaluer là où notre intervention fera vraiment la différence…

– … et là où le client sera prêt à payer le plus cher, pas vrai ? ajoutai-je du tac au tac. Vous prétendez n'attendre aucune récompense, mais vous vous faites tout de même rémunérer pour vos services. Et à bon prix, d'après ce que j'ai compris de votre conversation avec votre associé parisien à propos de ce dossier Baudelaire. »

Elle grommela sans détacher son regard de la route :

« Voilà que tu espionnes les conversations des autres ?

– Je n'ai rien espionné du tout. Cette conversation, vous l'avez tenue devant moi, avec vos comptes d'apothicaire et votre paiement du premier tiers…

– Bien sûr que je me fais payer, rétorqua-t-elle en haussant les épaules. Il faut bien manger. D'autant plus que j'ai trois succursales à faire tourner, avec tous les frais que cela implique. Je n'ai aucune honte à gagner ma vie… contrairement à toi, qui volais la tienne. »

Cette accusation me fendit le cœur. Parce qu'elle était basse. Parce qu'elle était vraie. Rita Perdido savait appuyer là où ça faisait mal.

« Je… je savais très bien que ce que je faisais était illégal, quand je ratissais les trains pour tante Doris, répondis-je, toute penaude. Mais je n'avais pas le choix. C'était ça ou la rue.

– On a toujours le choix, ma petite. »

Et vlan, une nouvelle leçon de morale dans les dents ! Elle était d'autant plus cuisante que j'avais employé les mêmes mots pour reprocher à Jasper d'avoir « choisi » de m'entraîner dans le piège tendu par Golden Gordy. Décidément, ma mentore était une femme étrange. Un moment, elle me semblait bienveillante et protectrice ; celui d'après, sévère et implacable. Elle avait le don de me prendre au dépourvu. Là, dans cette petite voiture qui nous emmenait au cœur des montagnes, je me sentais jugée et j'éprouvais le besoin de me justifier.

« Vous vous souvenez de ce petit garçon qui avait perdu son lama en peluche, la semaine dernière sur le quai de la gare ? lui dis-je, la voix étranglée. Figurez-vous que j'ai découvert ce jouet dans la Salle des Pas Perdus et que je l'ai déposé au bureau des Objets Trouvés, avant de vous rejoindre au McDo. Je n'ai pas fait ça pour une "médaille" ou des "lauriers". Juste pour rendre le sourire à un enfant, même si je savais que je ne le reverrais jamais. »

À peine eussè-je fini de rapporter cet épisode que je m'en voulus aussitôt. Rita allait m'accuser de me faire mousser en racontant un acte généreux et de quémander cette « reconnaissance » qui était pour elle le propre des âmes faibles.

Mais la voix qui filtra à travers la voilette s'était radoucie :

« Je sais bien que tu as bon fond, Lucy, et je serais honorée que tu rejoignes mon agence. Tu as le cœur pur. C'est à mes yeux la plus précieuse qualité d'une retrouveuse. Et c'est le premier article de la charte de la Guilde : toujours travailler au service de l'humanité, et jamais seulement pour son profit personnel. Il faut être animé d'un feu sacré pour s'astreindre à la laborieuse mission qui est la nôtre : rapiécer peu à peu le monde, en allant reprendre un par un les morceaux qui en ont été arrachés. »

Les compliments de ma mentore étaient encore plus inattendus que ses reproches. Et d'autant plus marquants.

« Comme tu l'as lu sur ma carte de visite, je me spécialise dans les causes perdues, ajouta-t-elle doucement. Des pertes déchirantes que tous les autres enquêteurs ont échoué à élucider, et qui laissent un grand vide dans le monde et dans le cœur. La disparition de ta mère coche toutes ces cases. »

Pendant le reste du trajet, elle me raconta différents cas récemment résolus par son associé et elle de chaque côté de l'Atlantique : des « causes perdues » où l'agence Perdido intervenait en dernier recours. Ainsi, des musées faisaient parfois appel à elle pour traquer une œuvre mystérieusement évaporée ; des particuliers, pour retrouver un bijou à la valeur sentimentale ancestrale ; des familles, pour enquêter sur la disparition d'un grand-parent ou d'un enfant. À chaque fois qu'elle parvenait à restituer un bien, l'agence Perdido devait inventer une explication pour éviter de trahir le secret du retrouvage. Lorsqu'il s'agissait d'une personne rescapée d'une oubliette, il fallait convaincre cette dernière qu'elle n'avait fait qu'un mauvais rêve, parfois même lui faire prescrire des antidépresseurs, avant de la rendre à l'affection de ses proches. Ainsi, retrouvage après retrouvage, l'agence Perdido « rapiéçait peu à peu le monde », pour reprendre les termes de sa fondatrice…

La nuit était complètement tombée lorsque nous arrivâmes aux abords de Grayfall. Rita Perdido roulait plus lentement. La route d'altitude était rendue glissante par un tapis de feuilles mortes. Les hauts sapins semblaient tendre leurs bras épineux vers nous. À mesure que nous nous enfoncions dans la forêt enflammée par l'automne, je sentais mon cœur se serrer. C'était la première fois que je revenais dans la région de mon enfance depuis un an.

Soudain, au détour de la route en lacet, ma maison apparut dans la lumière des phares. Elle était identique au souvenir que j'en avais gardé, avec son toit en tôle d'où émergeait le conduit de cheminée. La seule différence notable était ce panneau planté sur la pelouse couverte de feuilles mortes, que personne n'avait songé à ratisser : À VENDRE.

« On dirait que tante Doris s'est décidée à mettre notre maison en vente…, dis-je, le cœur gros. Car c'est elle qui dispose des biens de sa sœur en son absence.

– Ton ancienne demeure n'a pas encore trouvé de repreneur, constata Rita Perdido. Voilà qui va nous faciliter la tâche. Personne ne viendra nous déranger. » Elle gara la voiture devant la maison, puis ajouta : « Une fois à l'intérieur, suis scrupuleusement mes ordres. Je connais les gestes et les rituels pour faire face aux plus dangereux croquemitaines. »

Rita Perdido sortit de la voiture et marcha jusqu'à la porte d'un pas lourd. Elle boitait – je l'avais déjà remarqué auparavant, mais en ce crépuscule, dans cette forêt profonde, je compris réellement à quel point son corps était abîmé par des années de retrouvage. Cependant, elle avait gardé une grande dextérité : elle le prouva en crochetant la serrure avec une longue épingle tirée de son grand chignon.

« On dirait que vous avez fait ça toute votre vie, dis-je, épatée.

– Depuis le plus lointain passé, les retrouveurs sont passés maîtres dans l'art la serrurerie, affirma-t-elle. Nos prédécesseurs ont appris à fabriquer les verrous les plus subtils, pour fermer les portails… et les techniques les plus efficaces, pour en forcer l'accès. » Elle passa sa main sur les décorations de fer incrustées dans la porte. « Cette armature en fer forgé ne trompe pas. Voilà bien la marque d'une maison de retrouveuse.

– Mes parents ont rénové ce chalet quand ils l'ont acheté, avant ma naissance ! m'écriai-je. Maintenant que j'y pense, toutes les fenêtres sont aussi en fer. Je comprends pourquoi : ma mère voulait protéger sa famille des atteintes des croquemitaines. »

Je me tus soudain en me rendant compte que toutes ces précautions n'avaient pas empêché la malheureuse de disparaître. Rita Perdido poussa la porte, qui s'ouvrit en grinçant. L'intérieur était plongé dans les ténèbres, mais une odeur familière me remplit les narines : celle de la tarte à la citrouille. Un an après, l'arôme s'attardait encore, tel un souvenir qui ne voulait pas passer. Je sentis mes yeux s'humecter.

« Allons, entrons », m'intima la vieille retrouveuse.

Cela avait beau être mon ancien chez-moi, j'avais l'impression d'être une cambrioleuse. Je me sentais honteuse d'y entrer par effraction. Ma mentore n'avait pas ces scrupules. Elle tourna l'interrupteur et le plafonnier s'illumina.

« L'électricité n'a pas été coupée, remarqua-t-elle. Sans doute pour que les agents immobiliers puissent faire leurs visites. »

Elle se dirigea vers la cuisine et mit la bouilloire en marche.

« Est-ce qu'il y a besoin d'eau bouillante pour effectuer le rituel contre les croquemitaines ? demandai-je, intriguée.

– Non. Mais pour faire du thé, il en faut. Et je ne compte pas me mettre en chasse dès ce soir. Nous allons d'abord passer une bonne nuit de sommeil – en laissant bien sûr toutes les lampes allumées. »

Ce contretemps me contraria :

« Mais ma mère nous attend !

– Elle a attendu un an déjà, quelques heures de plus ne changeront rien pour elle. En revanche, elles peuvent tout changer pour nous : il vaut mieux être pleinement reposé avant de se lancer dans une mission de retrouvage. »

La mort dans l'âme, j'ouvris un tiroir et en sortis un assortiment de sachets. Rita Perdido choisit avec gourmandise un assemblage au parfum matcha-yuzu. Le thé était décidément son péché mignon. Tandis que la décoction infusait, elle me demanda de lui décrire précisément l'état dans lequel j'avais retrouvé la maison, le soir de la disparition de ma mère.

« Il nous faut déterminer où se situe le portail, m'expliqua-t-elle. Ça peut être n'importe quelle porte de pièce, de placard, voire même de lave-linge.

– Pas la peine de fouiller toute la maison, lui glissai-je. Je suis à peu près certaine que le portail se trouve au grenier. »

Je baissai instinctivement la voix pour lui raconter ce maudit soir d'octobre où ma mère s'était volatilisée.

Je lui décrivis de mémoire la scène que j'avais découverte en rentrant des cours un an plus tôt : la maison fermée de l'intérieur ; la bouilloire et les lampes allumées ; la chaîne hifi qui jouait en boucle la valse du *Lac des cygnes* ; et cette présence maléfique que j'avais sentie dans les ténèbres du grenier.

Je m'attendais à ce qu'elle y monte directement, mais un détail de mon récit avait retenu son attention :

« Cette valse de Tchaïkovski, est-ce qu'elle signifiait quelque chose de particulier pour Meg ? m'interrogea-t-elle.

– Je ne sais pas…

– As-tu le disque ? »

J'extirpai le CD de mon sac à dos, le sortis de l'enveloppe de papier où je l'avais soigneusement glissé pour éviter qu'il se raye, et le lui tendis.

« Et le boîtier ? demanda-t-elle.

– Je n'ai pas eu le temps de l'emporter, quand les services sociaux m'ont envoyée chez tante Doris. J'imagine qu'il est toujours ici. »

Je me dirigeai vers l'étagère où ma mère rangeait sa collection de CD.

« Là ! dis-je en saisissant le boîtier en plastique du *Lac des cygnes*. Mais je ne vois pas en quoi cela va nous avan… »

Les mots moururent dans ma bouche au moment où j'ouvrais le couvercle. Il y avait une photo à l'intérieur : celle de ma mère et de mon père, Aurélien Lachance, cet homme que je n'avais jamais connu ailleurs que dans les albums jaunis. Ils paraissaient tous deux incroyablement jeunes. Dans les bras l'un de l'autre, ils dansaient en se regardant amoureusement. Elle portait une magnifique robe blanche, et lui un élégant costume ajusté à son corps athlétique. Maman avait coutume de dire que je ressemblais à mon père. Je n'y avais jamais fait vraiment attention. Mais sur cette image, c'était flagrant. Ses cheveux d'un brun cuivré, ses yeux bleu outremer, et les fossettes de chaque côté de son sourire : j'avais l'impression de lui avoir tout emprunté. Quelques mots avaient été griffonnés au dos de la photo : *Souvenir de notre mariage, la valse avec laquelle nous avons ouvert le bal.*

Les doigts tremblants d'émotion, je remis la photo à Rita Perdido.

« Voilà un indice intéressant, estima-t-elle. Regarde la date inscrite sur la photo : ta mère s'est mariée un 20 octobre, il y a seize ans. Et c'est un 20 octobre qu'elle a disparu sans laisser de trace. La date anniversaire de son mariage. J'imagine que ce soir-là, prise d'un élan de nostalgie, elle a joué en boucle la valse des noces pour raviver ses plus précieux souvenirs. »

Le raisonnement de Rita Perdido était sensé. Cependant, je peinais à voir où elle voulait en venir.

« Oui, ma mère a peut-être eu le blues, mais quel est le lien avec sa disparition ? demandai-je.

– Tu m'as dit que tu la soupçonnais d'être une retrouveuse. Eh bien moi, je soupçonne qu'elle est partie retrouver ton père dans une oubliette. »

Cette hypothèse me coupa le souffle.

« Mais c'est impossible…, articulai-je. Mon père est mort dans une avalanche, peu après ma naissance.

– C'est ce qu'on t'a raconté. Mais est-ce la vérité ? As-tu seulement vu le corps de ton père, après cet accident ?

– Non…, avouai-je. Ma mère m'a dit qu'on avait juste retrouvé ses bâtons de marche et son sac à dos… Elle m'a raconté que son corps avait dû terminer dans un ravin inaccessible. »

À l'époque, petite fille, j'avais accepté cette version des faits sans broncher. Mais maintenant que j'y repensais, cela me paraissait louche. Pouvait-on vraiment conclure au décès de quelqu'un sans identifier son cadavre ? Des années plus tard, quand la police m'avait confiée à tante Doris, sur le bordereau de placement, il était écrit « père et mère disparus ». J'avais cru que, dans le cas de mon père, « disparu » voulait dire « mort ». Peut-être que la signification était toute autre.

« Et si ta mère avait tenté de te préserver d'un secret trop lourd pour une enfant ? renchérit Rita Perdido. Et si ton père n'avait pas été emporté par cette avalanche, mais capturé par un croquemitaine trop puissant pour que Meg Lachance aille le sauver…

– … et si, quatorze ans après, rongée par le remords, elle avait décidé malgré tout de tenter l'impossible ? » complétai-je du bout des lèvres.

Ce scénario, tout fantasmagorique qu'il fût, se tenait. Il expliquait pourquoi Maman m'avait parlé du Seigneur des Ronces quand j'étais petite : il ne s'agissait pas d'un monstre sorti de son imagination, mais du démon bien réel qui avait enlevé mon père.

« Je me pose une question…, songeai-je à voix haute.

– Le questionnement est le début de la sagesse, dit sentencieusement Rita Perdido en soufflant sur son thé.

– Les retrouveurs comme vous, comme moi et sans doute comme ma mère, sont censés aller repêcher dans les choses et les personnes volées par les croquemitaines, n'est-ce pas ?

– En effet.

– Mais en même temps, il faut être retrouveur pour passer un portail. Alors, comment ramener un surfacien des oubliettes ?

– Avec de la volonté et beaucoup de pratique. Chez Golden Gordy, tu as pu noter, j'imagine, que les portails n'aiment pas rester ouverts bien longtemps. »

Je hochai la tête :

« Celui de la voie 7 et celui de la cave se refermaient à chaque fois derrière moi comme des mâchoires sur une proie.

– Eh bien, un retrouveur aguerri parvient à maintenir ces mâchoires ouvertes un peu plus longtemps. À la manière d'un dompteur qui, à la force de ses bras, empêche la gueule d'un lion de se refermer. Ces quelques secondes permettent de laisser passer une personne ou deux. »

Je méditai ces paroles. Si mon père était encore en vie et que ma mère avait essayé d'aller le chercher, peut-être n'avait-elle pas eu la force de maintenir le portail ouvert au retour pour le laisser passer ? Et peut-être avait-elle préféré rester avec lui dans l'oubliette, plutôt que d'en ressortir seule ?

Tandis que je me faisais des nœuds au cerveau, Rita Perdido termina tranquillement de boire son thé. Elle reposa la tasse sur la table et déclara :

« Bien. Nous avons un motif à la disparition de Meg : aller retrouver Aurélien. Nous avons un lieu : le grenier. C'est là que nous commencerons nos recherches demain matin. Pour l'heure, il est temps d'aller au lit. »

Cette nuit-là, contre toute attente, je dormis d'un sommeil de plomb dans ma chambre d'enfant. C'était comme si mon corps savait instinctivement qu'il lui fallait emmagasiner des réserves avant l'expédition qui nous attendait.

Quand je descendis dans la cuisine, le lendemain matin peu après l'aube, Rita Perdido était déjà debout. Habillée de pied en cap, son chapeau à fleurs de tissu épinglé sur son chignon, elle sirotait un thé fumant en soulevant à peine sa voilette. J'eus l'impression étrange qu'elle était restée là toute la nuit.

« Bien dormi, Lucy ? me lança-t-elle. Avale quelque chose. J'ai rassemblé ici tout ce qui n'est pas périmé. » Elle désigna un paquet de biscottes sous cellophane et un pot de confiture de mûres que j'avais confectionnée jadis avec ma mère. « Mange vite. Ce n'est pas le moment de paresser. Le Pays des Ronces nous attend ! »

21

UN INQUIÉTANT PORTAIL

Mon estomac plein de biscottes se serra comme un poing au moment où Rita Perdido poussa la porte du grenier. Derrière, la volée de marches était plongée dans l'obscurité complète, comme un an plus tôt. Mais contrairement à l'automne dernier, j'étais bien mieux équipée. Ma mentore m'avait remis une lampe-torche plus massive encore que celles de Golden Gordy. Elle en avait tiré une seconde de son cabas, qui décidément paraissait sans fond. Nous gravîmes ainsi les marches craquantes, perçant les ténèbres de nos faisceaux aussi puissants que les phares d'une voiture.

En haut, le grenier m'apparut encore plus encombré que dans mon souvenir. Je reconnus le filet de badminton, les couvertures dans leurs housses et mille autres objets entassés là par ma mère. Mon regard s'arrêta sur la pile de valises renversées : elles étaient toujours dans l'état où je les avais laissées en fuyant. Les agents immobiliers en charge de la vente de la maison ne s'étaient pas donné la peine de ranger le grenier, et sans doute ne l'avaient-ils même pas fait visiter aux rares clients susceptibles d'acheter cette bicoque perdue au milieu de la forêt.

« Le croquemitaine que j'ai entendu il y a un an : c'est lui qui a renversé ces valises…, chuchotai-je.

– Reste à savoir d'où il a bien pu sortir », rétorqua Rita Perdido.

Elle ne semblait guère impressionnée. Tout cela était de la routine à ses yeux de retrouveuse aguerrie. Elle ouvrit méthodiquement les différentes armoires. À chaque fois qu'elle tirait sur une poignée, je retenais mon souffle, m'attendant à voir surgir une oubliette ; mais les meubles ne renfermaient que des étagères remplies d'habits soigneusement pliés. Nous finîmes par nous frayer un passage jusqu'au fond du grenier, là où je ne m'étais encore jamais aventurée et où s'entassaient les vieilleries qui ne servaient jamais. Il s'agissait principalement des costumes de théâtre rangés dans des malles en carton bouilli, telles des dépouilles couchées dans des tombeaux : le cimetière où Margaret Lachance, l'étoile éphémère de Broadway, avait enseveli sa carrière de comédienne avortée.

« Peut-être que le portail ne se trouve pas dans le grenier, finalement, murmurai-je. Et si nous utilisions nos pendules pour tenter de trouver la porte par laquelle est passée ma mère ?

– Si elle n'est plus à la surface, nos pendules ne feront que tourner sans se fixer dans aucune direction. Ils nous seront utiles une fois que nous serons dans l'oubliette du Pays des Ronces, mais en aucun cas pour trouver le portail qui y mène. »

Je méditai ces paroles, me rappelant la manière dont mon pendule avait tournoyé sans fin au-dessus de l'atlas de tante Doris… parce que ma mère ne se trouvait dans aucun pays répertorié dans ses pages.

« Lucy ! m'appela soudain Rita Perdido, m'arrachant à mes pensées. Regarde ce que j'ai déniché. »

Je baissai les yeux, m'attendant à voir une énième boîte remplie de costumes. Mais non, c'était un coffre d'aspect bien plus robuste que les malles en carton… et bien plus ancien. Il mesurait un mètre cinquante de côté et était assez large pour qu'on puisse y coucher un corps recroquevillé. Le bois sombre dans lequel il était façonné évoquait d'ailleurs un cercueil. Mais le plus étrange, c'étaient les ferronneries baroques qui le recouvraient intégralement, dessinant des arabesques alambiquées sur toute sa surface.

« On dirait des ronces… », balbutiai-je.

Les morceaux de fer forgé incrustés dans le bois s'enroulaient en spirales couvertes d'épines pointues. Il y en avait des dizaines, sur toutes les faces du meuble, créant un labyrinthe de fils barbelés… une forêt de ronces.

« Lucy, réponds-moi : as-tu déjà vu ce coffre ? me demanda la dame en noir.

– Non… je ne montais presque jamais au grenier. C'était la chasse gardée de ma mère. »

Cette macabre découverte me faisait froid dans le dos. La prise de conscience que le coffre avait sans doute toujours été là sans que je le sache, au-dessus de ma chambre d'enfant, m'horrifiait davantage encore.

« Je crois que nous avons trouvé le portail vers le Pays des Ronces, murmura Rita Perdido.

– Je ne comprends pas… Je pensais que les portails étaient des endroits fixes. Comme celui de la ligne 7 du métro, ou de la cave de Golden Gordy.

– C'est presque toujours le cas. Il existe toutefois des exceptions : des portails mobiles. On peut les déplacer à travers le monde de la surface, mais ils conduisent toujours à une même oubliette. Mon instinct me dit que nous sommes face à l'une de ces raretés… et qu'elle ouvre sur le tréfonds des Cornouailles. »

Cette affirmation me laissa sans voix. Je peinais à imaginer comment le coffre pouvait conduire à une oubliette située à des milliers de kilomètres de là, enfouie en Angleterre. Pourtant, Rita Perdido semblait sûre de ce qu'elle avançait. Elle promena sa main gantée le long des épines :

« Dans un lointain passé, le propriétaire de ce coffre l'a fait blinder de fer forgé pour éviter que des créatures innommables n'en sortent sans son consentement. Quant à ce décor de ronces inquiétantes, c'est sans doute pour dissuader les imprudents de soulever le couvercle. Précaution supplémentaire : cet épais verrou. Mais je crois que quelqu'un l'a ouvert. Regarde, une clé est encore fichée dans la serrure. »

En effet, la tige d'une longue clé en fer massif saillait du meuble. L'anneau imitait la forme d'un crâne de cerf.

« Pourquoi… un cerf ? murmurai-je.

– Je l'ignore », répondit Rita Perdido.

Elle dirigea le halo de sa lampe-torche sur la clé pour mieux l'observer. Les bois du cerf se rejoignaient pour former l'anneau. Mais le plus inquiétant était ses yeux : deux pierres jaunes enchâssées dans le fer, au fond desquelles la lumière de la lampe-torche se perdait.

« Des topazes, murmura Rita Perdido. Celui qui a construit ce coffre et cette clé n'a pas lésiné sur la dépense.

– Ni sur les avertissements, ajoutai-je en frissonnant. Les ronces autour du coffre, et maintenant cette horrible tête, semblent crier une seule et même chose : n'ouvrez pas ! »

Rita Perdido approcha sa lampe-torche un peu plus encore. Je remarquai une petite étiquette attachée à l'anneau. J'y déchiffrai quelques mots écrits à la main :

« Les retrouveurs ont pour usage d'étiqueter les portails, afin d'avertir leurs collègues sur ce qui se trouve derrière, expliqua ma mentore.

– Et les étoiles ? demandai-je du bout des lèvres, me doutant de la réponse.

– Elles indiquent la dangerosité du croquemitaine. La notation de cinq étoiles correspond au risque maximum. »

Je sentis une sueur froide couler le long de ma colonne vertébrale.

« Ma mère a forcément lu cette étiquette, pensai-je à voix haute. Elle était donc consciente du danger. Elle savait qu'il était périlleux d'aller chercher mon père. Si elle a malgré tout franchi le pas, peut-être qu'elle avait une arme, un atout, quelque chose que nous ne connaissons pas ? »

Je m'attendais à ce que Rita Perdido me dise des paroles réconfortantes. Mais elle se contenta de secouer sa tête enveloppée de résille, d'un air désolé.

« Je suis navrée, Lucy, mais je crois que ta mère a agi imprudemment, sans prendre aucune précaution.

– Vous ne pouvez pas en être certaine, protestai-je.

– Hélas, si. »

Elle passa sa main sur le bloc de serrure massif. De gros engrenages dépassaient, aux dents émoussées par le temps.

« Rappelle-toi ce que je t'ai dit hier : je suis calée en matière de serrures. Je peux t'affirmer sans aucun doute possible que celle-ci est dotée d'un mécanisme automatique – lorsque le couvercle du coffre se referme, il se verrouille automatiquement. Or, ta mère a laissé la clé à l'extérieur. Même si elle avait voulu faire demi-tour, elle n'aurait pas pu rouvrir le couvercle de l'intérieur. Le coffre l'a happée, comme sans doute son mari quatorze ans plus tôt. » Elle posa sa main sur mon bras. « Je suis désolée, Lucy. Je crois bien que tes deux parents sont prisonniers du Seigneur des Ronces. »

Horrifiée, j'étais incapable de détacher mes yeux du meuble maudit. À en croire Rita Perdido, cet objet issu du fond des âges m'avait volé non seulement ma mère, mais aussi mon père. Il me semblait sentir une puissance maléfique émaner du coffre, même fermé. Ce poids de plomb m'écrasait l'âme et me faisait perdre tout espoir.

« Si le Seigneur des Ronces est si puissant, alors nous n'avons aucune chance de le vaincre, dis-je dans un filet de voix, sentant mon cœur rétrécir dans ma poitrine.

– Ne baisse pas les bras. Les retrouveurs dignes de ce nom doivent faire preuve de persévérance. Les plus beaux retrouvages ne nous tombent pas tout cuits dans le bec : il nous faut aller les arracher à la sueur de notre front. J'en sais quelque chose. »

Il y avait dans les paroles de la vieille femme une gravité qui m'impressionna. Quels trésors perdus, dans quels abysses, était-elle allée retrouver au cours de sa longue carrière ? Et avait-elle encore la force, à son âge, de tenter cette nouvelle plongée en enfer ?

Comme si elle lisait dans mes pensées, elle ajouta :

« J'ai affronté mon lot de croquemitaines, va. Un de plus ne me fait pas peur. Il s'agit juste d'employer un protocole de retrouvage qui a fait ses preuves. »

Elle posa sa lampe-torche sur le coffre et mis ses mains sur mes épaules pour s'assurer qu'elle avait toute mon attention :

« Écoute-moi bien, Lucy. Grave dans ta mémoire les trois directives que je vais te donner maintenant, et tout se passera bien.

« *Premièrement,* suis scrupuleusement mes indications et ne prends pas d'initiatives – souviens-toi que tu es encore en phase d'apprentissage. Jusqu'à présent, tu n'as eu affaire qu'à l'oubliette d'un croquemitaine disparu. Le Pays des Ronces sera une autre paire de manches que la Salle des Pas Perdus. Celui qui y règne est autrement plus dangereux que le chapardeur du placard à balais de ta tante, et même que Nurse Bistouri. Je peux t'assurer qu'il ne fuira pas devant toi : rappelle-toi que, lorsqu'ils sont chez eux, les croquemitaines ne craignent pas le regard des humains.

« *Deuxièmement,* laisse-moi parler et ne t'exprime que si je t'y invite. J'ai l'habitude de négocier avec les croquemitaines. Quand on réussit à leur arracher une promesse, ils sont obligés de la tenir. Or, tout porte à croire que le Seigneur des Ronces appartient à la classe des ravisseurs. Ce sont les plus retors de tous les croquemitaines, les plus difficiles à contraindre à un serment.

« *Troisièmement*, et c'est là le plus important, ne t'éloigne jamais à plus de trois mètres de moi, quoi qu'il arrive. Je jouis en effet d'une sorte d'immunité aux attaques des croquemitaines et de leurs suppôts, pour laquelle j'ai payé un prix terrible. Les personnes de mon entourage immédiat peuvent en bénéficier elles aussi. Tant que tu resteras près de moi, tu ne craindras rien. »

J'opinai du chef, n'osant demander à la retrouveuse comment elle avait acquis cette mystérieuse immunité… ni le « prix terrible » qu'elle avait payé pour cela.

« Une dernière chose, ajouta-t-elle. Tu m'as dit que Nurse Bistouri avait réussi à remonter ton sillage depuis son oubliette jouxtant la Salle des Pas Perdus. Les habitants des profondeurs sont des prédateurs au flair très développé. Il convient de masquer ta présence avec un parfum neutre. » Elle fourra sa main dans son cabas et en sortit un pendentif en forme de petite sphère percée de trous minuscules, qu'elle passa autour de mon cou. « Ce bijou renferme de la mandragore, une racine qui a pour vertu de troubler l'odorat des croquemitaines et de leurs suppôts. J'en porte moi aussi en permanence. »

Je reniflai, humant l'odeur vaguement amère qui s'élevait du petit bijou. Cette protection me rassurait un peu, de même que la clochette adamantine accrochée à ma ceinture. J'espérais qu'elle serait aussi efficace pour éloigner les suppôts du Pays des Ronces que les cerbères de la Salle des Pas Perdus.

« Es-tu prête ? me demanda une dernière fois Rita Perdido.

– Oui. Plus que jamais. Allons sauver ma mère.

– À la bonne heure ! Voilà la détermination que je veux entendre chez une retrouveuse de l'agence Perdido. »

J'eus l'impression que Rita Perdido me signifiait que cette mission était aussi mon premier test de future employée. Il fallait que je retrouve la disparue, oui, mais aussi que je me montre digne de rejoindre les rangs de l'agence.

Bien décidée à faire mes preuves, je m'apprêtai à ouvrir le coffre barbelé, mais Rita me retint :

« Laisse-moi faire. Ainsi, si pour une raison quelconque je reste bloquée chez le Seigneur des Ronces, tu pourras toujours faire demi-tour et repasser par ce portail sans attendre vingt-quatre heures. » Elle lorgna mes poignets et ajouta : « Je vois d'ailleurs que tu ne portes pas de montre. Il faudra t'en acheter une à notre retour. Au même titre que le pendule adamantin, une montre en parfait état de marche fait partie des instruments du bon retrouveur. »

À ces mots, elle saisit l'anneau de la clé fichée dans la serrure et donna deux tours.

Clic-clac.

Puis elle posa ses mains gantées de chaque côté du couvercle, aux seuls endroits où les épines n'affleuraient pas. Elle rassembla ses forces pour le soulever, laissant échapper un grognement sous l'effort : cet énorme morceau de bois massif, entièrement clouté de fer forgé, devait peser des dizaines de kilos… Le coffre s'ouvrit en grinçant, centimètre par centimètre, telle la lourde dalle d'un caveau. Une odeur douceâtre de décomposition en émana : celle d'un cimetière à la fin de l'automne. À l'intérieur, il n'y avait ni costumes de théâtre ni photos jaunies. À la place, des marches de pierre descendaient dans les ténèbres.

Rita Perdido souleva sa jupe noire et enjamba le rebord du coffre pour s'engager dans l'escalier. Je me dépêchai de la suivre – surtout, ne pas m'éloigner d'elle ! Le couvercle du coffre se referma dans un claquement sourd.

Suivi d'un cliquètement sonore :

Clic-clac.

Je levai les yeux, hagarde. Une trappe métallique se dessinait au-dessus de ma tête. Le revers du couvercle était entièrement doublé de fer. Une serrure apparaissait dans le blindage, jumelle de celle de la surface : elle s'était automatiquement fermée à double tour.

« Ne t'inquiète pas, j'emporte la clé dans ma poche, annonça Rita Perdido. Ce sera à toi de t'en servir quand, je l'espère, nous reviendrons avec ta mère… et peut-être aussi ton père. »

22

LE PAYS DES RONCES

L'escalier n'en finissait pas de s'enfoncer dans les profondeurs. Si puissantes qu'elles fussent, nos lampes-torches n'en voyaient pas le bout. Elles n'éclairaient que davantage de marches. Ces dernières vrillaient en colimaçon autour d'une interminable colonne. Plus nous descendions et plus le remugle d'humus en décomposition se précisait.

L'atmosphère était devenue presque irrespirable lorsque nous posâmes enfin le pied sur la terre ferme. Encore que le mot « ferme » ne soit pas le plus approprié : mes semelles s'enfoncèrent de plusieurs centimètres en émettant un bruit spongieux. Je baissai les yeux et dirigeai le faisceau de ma lampe-torche vers le sol. Il était jonché de feuilles mortes en divers états de décomposition.

« Nous sommes dans une caverne, déclara Rita Perdido. Mais la sortie n'est pas bien loin, à en juger par ces feuilles. »

La retrouveuse se pencha et ramassa un peu d'humus, qu'elle glissa dans une fiole en verre.

« Voilà qui fera office de balise sur le chemin du retour, pour retrouver l'escalier qui mène au portail », m'expliqua-t-elle en rangeant la fiole dans son cabas.

En quelques enjambées, nous parvînmes à une bouche rocheuse à travers laquelle s'engouffrait la brise, charriant les feuilles mortes qui tapissaient la caverne. Ma guide baissa la tête pour sortir. Je la suivis en serrant la poignée de ma batte en fer, que j'avais conservée à ma ceinture : *Meg, me voilà !*

Mais à l'extérieur, il n'y avait ni mère, ni croquemitaine, ni rien de ce que je m'étais confusément attendue à trouver. Nous étions au cœur d'une forêt d'automne, baignée par le clair de lune. Je ne savais pas ce qui était le plus aberrant, entre cet astre qui n'aurait jamais dû briller en ces profondeurs et les incroyables entrelacs de ronces qui s'enroulaient autour de chaque arbre. Dans la pénombre, les troncs des châtaigniers ressemblaient à des corps suppliciés. Leurs branches, à des bras appelant à l'aide. Le sifflement de la bise évoquait une lamentation lancinante, comme si ces pauvres arbres gémissaient sous la torture.

« Pas de doute, nous sommes bien arrivées à destination, décréta ma nouvelle employeuse. Ces ronces envahissantes sont la signature du croquemitaine qui règne ici.

– Mais comment peut-il y avoir une lune, un ciel, après les centaines de marches que nous avons descendues ? » demandai-je.

Rita Perdido tourna vers moi son visage voilé. Dans la nuit, sa résille était complètement impénétrable. Tout autour de nous, des feuilles mortes tombaient lentement, en pluie continue.

« Ce ciel n'est pas celui de la surface, qui est le seul véritable, me dit-elle. Regarde au-dessus de ta tête : il y a bien une lune ronde, mais aucune étoile. Cette voûte factice est une création du Seigneur des Ronces, tout comme cette forêt infestée d'épines : un arrière-monde à son image. J'ignore encore les dimensions de cette oubliette, mais mon intuition me dit qu'elle doit être vaste. Allons, ne tardons pas. Sors ton pendule. »

Je ne me fis pas prier – plus tôt nous aurions retrouvé celle que nous étions venues chercher, plus tôt nous pourrions quitter cet endroit lugubre. Je pris dans ma main gauche un écheveau de cheveux appartenant à ma mère, que j'avais soigneusement retirés un à un des dents de son peigne. Puis je laissai pendre le pendule dans ma main droite. Le cône d'adamantine ne tournoya pas au hasard, cette fois-ci ; il se tendit aussitôt dans une direction bien précise.

Mon cœur fit un bond dans ma poitrine :

« Ça marche ! Meg Lachance est bien dans cette oubliette !

– En effet. Et ton pendule va nous mener jusqu'à elle. »

Nous nous mîmes en route au milieu des arbres hérissés de ronces. La terre meuble gémissait sous nos pas. Le vent pleurait dans nos oreilles. Son haleine glacée pénétrait jusqu'au cœur de mes os. Il régnait en ces lieux une telle impression de désespoir… Mais rien n'aurait pu me faire ralentir à présent que j'étais sur la piste de ma mère.

Ou du moins le pensais-je, car un hurlement lointain me figea sur place.

« Vous avez entendu ? demandai-je à mon accompagnatrice. Ça ne ressemblait pas aux aboiements des cerbères dans la Salle des Pas Perdus. On aurait plutôt dit… un cri humain.

– C'est monnaie courante dans les oubliettes tenues par les ravisseurs. Rappelle-toi que ces croquemitaines-là se nourrissent de la peur de leurs victimes. Plus elles sont nombreuses et effrayées, plus le ravisseur gagne en puissance. Le Pays des Ronces est sans doute peuplé de surfaciens ravis au monde d'en haut et précipités dans ce cauchemar sans issue. »

À nouveau, un hurlement retentit, plus proche. C'était une voix de jeune femme.

« Qui qu'elle soit, cette personne appelle à l'aide ! m'écriai-je. On ne peut pas l'abandonner. »

Rita Perdido secoua gravement la tête :

« Ne tombe pas dans le piège de vouloir sauver une oubliette entière dès ta première incursion, me sermonna-t-elle. C'est une erreur de débutant. L'art du retrouvage consiste à se concentrer sur *une seule chose* à retrouver à chaque voyage : un objet ou une personne, peu importe, mais l'objectif doit être clair et rien ne doit t'en détourner. Si tu savais le nombre de jeunes retrouveurs qui se sont laissé distraire en chemin, par le passé… À cause de leur manque de concentration, ils se sont dispersés et ne sont jamais ressortis vivants de l'endroit où ils étaient entrés. En voulant sauver le monde, ils n'ont rien sauvé du tout et ils se sont perdus eux-mêmes. »

La logique de cette professionnelle aguerrie était imparable. Un voyage. Un objectif. C'était raisonnable. Seulement voilà : ce n'était pas ma raison que les hurlements de la jeune femme inconnue faisaient vibrer, c'était mon cœur.

Me voyant à la torture, Rita Perdido ajouta :

« Une fois que nous aurons ramené ta mère, je demanderai à la Guilde d'indiquer le Pays des Ronces dans les archives. D'autres expéditions pourront être montées pour sauver d'autres victimes – et, peut-être, avec le temps, fermer cette oubliette une fois pour toutes. Mais maintenant, ce n'est pas le moment de… »

La fin de sa phrase fut avalée par un piétinement fébrile : la fuyarde venait de surgir devant nous, au détour d'un arbre ligoté de ronces. Elle se figea dans la lumière de nos lampes-torches. Elle ne semblait pas avoir beaucoup plus de vingt ans. Autour de son visage effaré, ses longs cheveux blonds étaient emmêlés de brindilles. Sa robe grise à corsage ressemblait à une vêture du Moyen Âge. Sa longue cape et sa jupe avaient été lacérées par toutes les ronces frôlées dans sa fuite éperdue. Des châtaignes s'échappaient de ses larges poches déchirées.

Des mots inconnus, gutturaux, sortirent de sa bouche haletante :

« *Piw os ta ?*

– Vous ne craignez rien : nous venons d'en haut », lui lançai-je, pointant le doigt en l'air pour lui faire comprendre que nous étions descendues de la surface.

Loin de la rassurer, mes paroles attisèrent sa panique. Elle sortit un petit couteau émoussé de la poche de sa robe et l'agita dans notre direction.

« *Pixies os ta !* » mugit-elle.

Je reconnus un terme : *pixie*. L'image du site consacré au folklore des Cornouailles me revint en mémoire. Qu'avions-nous de commun, Rita et moi, avec ces petites fées ailées, pas plus grosses que des papillons ?

Je levai les yeux vers ma mentore, qui lâcha quelques mots courroucés :

« Je t'avais dit de ne pas parler sans mon autorisation, Lucy. Regarde dans quel état tu l'as mise. Elle ne comprend clairement pas l'anglais. Je te parie qu'elle ne parle que le cornique ancien. Elle a tout oublié de la surface, si tant est qu'elle l'ait jamais connue.

– Apparemment, elle a aussi oublié ce qu'étaient les pixies... »

À peine eussè-je prononcé ces paroles que les branches à demi nues, tout autour de nous, se mirent à trembler.

La pluie de feuilles mortes redoubla d'intensité, se changeant en tourbillon rouge et ocre. Un puissant appel d'air venait des ténèbres, là, juste au-dessus de nos têtes…

« Recule ! » me hurla Rita Perdido.

Elle m'attrapa le bras et me tira en arrière, juste à temps pour échapper à la chose ailée qui venait de fondre sur nous. Au lieu de se refermer sur mes épaules, les pattes de la créature s'enfoncèrent dans la terre grasse. *Six pinces effilées, semblables à celles d'un scarabée, mais aussi grosses que des mains.* Ces monstrueux appendices étaient reliés à six membres couverts d'une carapace verdâtre et luisante, hérissée de piquants. Le torse de la créature, lui aussi caparaçonné, avait une apparence humaine. Dans son dos se déployaient deux immenses ailes membraneuses, d'une envergure d'au moins trois mètres, au travers desquelles filtrait la lueur pâle de la lune.

Mais le pire, dans ce cauchemar tombé du ciel, c'était la tête… là, l'odieuse hybridation d'homme et d'insecte atteignait le summum de l'horreur. Des antennes frémissantes se dressaient sur le crâne chauve. En dessous s'ouvraient deux immenses yeux noirs, insectoïdes, à multiples facettes. En guise de bouche, une paire de mandibules pointues s'agitait en silence. Ce monstrueux pixie – car c'était bien de cela qu'il s'agissait, j'en étais certaine – ne semblait pas doué de parole.

« Reste bien près de moi comme je te l'ai dit, m'ordonna Rita Perdido.

– Mais… la jeune femme… », haletai-je, le souffle court.

Déjà, le pixie se tournait vers elle. Il replia ses ailes sous deux élytres aux couleurs iridescentes. Puis il tendit ses pinces vers la malheureuse. Le misérable couteau émoussé qu'elle brandissait ne ferait pas le poids. Ma batte en fer non plus… mais ma clochette adamantine, peut-être.

Je saisis le manche et l'agitai de toutes mes forces.

Le pixie sursauta comme si la foudre l'avait frappé. Il tourna vers moi son terrifiant visage. Un filet de bave translucide – ou de venin ? – s'écoulait au bord des répugnantes mandibules. Je tendis le doigt vers le ciel – pas pour montrer d'où je venais, cette fois, mais pour lui désigner là où il devait aller.

La créature émit un cliquètement furieux, mais je fis à nouveau tinter la clochette. Les mandibules cessèrent de s'agiter. Les élytres se soulevèrent, libérant les ailes translucides en dessous. Et le pixie prit son envol dans un grand tourbillon de feuilles mortes.

« Décidément, tu es fort désobéissante ! me gronda ma mentore, les mains sur son chapeau et sa voilette pour éviter qu'ils ne s'envolent. Si tu continues à n'en faire qu'à ta tête, tu ne reverras jamais ta mère.

– J'ai juste chassé le pixie, je ne vois ce que j'ai fait de mal…

– Tu ne l'as pas chassé : tu l'as renvoyé à son maître, le Seigneur des Ronces. Ce suppôt va lui rapporter que deux intruses ont pénétré dans son oubliette. Je me demande pourquoi je t'ai donné de la mandragore pour couvrir ton odeur, si tu tiens à annoncer notre arrivée avec tambours et trompettes… et clochette. »

Toute penaude, je baissai les yeux. La voix de celle que j'avais sauvée d'une mort certaine me réchauffa le cœur :

« *Pur grys dhis.* »

Même si je ne comprenais pas sa langue, je devinai à son sourire vibrant qu'elle me remerciait.

Elle posa sa main sur sa poitrine et dit :

« *Jenna.* »

Puis elle me désigna du doigt.

« Jenna, c'est ton nom ? murmurai-je. Le mien est Lucy. » Je plaçai à mon tour ma main sur ma poitrine et répétai : « Lucy. »

Puis je désignai ma mentore :

« Rita. »

La jeune femme hocha la tête. Elle rangea son couteau, s'accroupit au sol et releva le pan de sa robe pour y rassembler les châtaignes qu'elle avait semées dans sa fuite. Je remarquai que ses bras blancs étaient couverts d'égratignures infligées par les ronces : certaines anciennes et cicatrisées, d'autres encore fraîches et saignantes. Tandis qu'elle récupérait ainsi cette humble pitance, je me rendis compte avec effroi que j'avais perdu les cheveux de ma mère. Les battements d'ailes du pixie avaient soulevé de telles bourrasques qu'ils m'avaient arraché la précieuse mèche, l'éparpillant au vent.

« Oh non, ma balise ! » me lamentai-je.

J'attrapai la manche de Rita Perdido :

« Il faut faire demi-tour, remonter dans la maison des Catskills pour prendre un effet personnel de ma mère. Peut-être trouverons-nous d'autres cheveux dans la salle de bains, dans sa chambre, ou…

– Je crains que ce ne soit pas possible, Lucy, me coupa ma mentore.

– Mais si, c'est possible ! Je peux rouvrir le portail sans attendre, vous me l'avez dit vous-même. »

Elle glissa la main dans l'une des poches de sa robe et en tira une montre à gousset, reliée à une chaînette. Elle tapota le cadran du bout de son doigt ganté :

« As-tu déjà oublié la leçon des vingt-quatre heures ? Une fois que nous serons ressorties du coffre barbelé, après l'avoir chacune activé à tour de rôle, il nous faudra attendre un jour et une nuit pour le franchir à nouveau. Alors que le Seigneur des Ronces va être mis au courant de notre intrusion dès maintenant. Il va sans doute deviner qui tu es. Car tu as utilisé sans précaution la clochette volée à Nurse Bistouri – une croquemitaine avec qui il semblait avoir un accord et qui était lancée à ta poursuite. Si ta mère est vraiment sa prisonnière, que penses-tu qu'il va lui faire subir pendant ces vingt-quatre heures ? »

Une fois encore, Rita Perdido avait plusieurs longueurs d'avance sur moi. J'agissais dans l'instant, à l'instinct, mais elle réfléchissait aux conséquences.

« Nous n'avons pas le choix : il nous faut aller de l'avant, décréta-t-elle en rangeant sa montre à gousset. Et trouver un moyen de nous introduire le plus vite possible dans l'antre où vit Seigneur des Ronces, même sans balise. »

Jenna, qui avait fini de ramasser ses châtaignes, nous fit un signe de la main. Je compris qu'elle nous invitait à lui emboîter le pas. Pour aller où ? Peut-être là où se trouvait ma mère ?

« Suivons-la, décréta Rita Perdido. Maintenant que nous n'avons plus de balise, toute piste est bonne à prendre. Et il faut nous mettre à l'abri des suppôts du Seigneur des Ronces. Si cette jeune femme a réussi à leur échapper jusqu'à présent, c'est qu'elle a un endroit où se cacher. »

23

COMME DES LAPINS DANS UN TERRIER

Jenna nous entraîna au pas de course à travers la forêt obscure. J'ignorais comment elle parvenait à se repérer aussi facilement dans ce labyrinthe de troncs et d'épines. Peut-être n'avait-elle jamais connu que cela, comme l'avait suggéré Rita Perdido.

Bientôt, les arbres cédèrent la place à une sorte de lande. Dans ce vaste espace découvert, les châtaigniers disparaissaient mais les ronces demeuraient, sous forme de buissons hérissés de piques. La lumière de la pleine lune était assez vive pour éclairer aussi loin que portait le regard. Tout au bout de cette perspective s'élevait une tour gigantesque aux parois entièrement dévorées de ronces monstrueuses, aussi grosses que des lianes. Cette lugubre forteresse semblait totalement imprenable. Mon instinct me disait que c'était là-bas qu'habitait le maître des lieux.

Je mis ma main en visière au-dessus de mes yeux et remarquai que, là où la pierre de la tour s'arrêtait, les ronces semblaient continuer de grimper vers le ciel. Malgré la distance, j'avais l'impression de les voir s'entrecroiser, se nouer les unes avec les autres, former un maillage inextricable, comme… comme les barreaux d'une gigantesque volière.

« Une cage, murmurai-je. Le Seigneur des Ronces a tissé une cage au sommet de son repère. Voilà sans doute ce que voulait dire Nurse Bistouri quand elle m'a annoncé que ma mère était encagée au Pays des Ronces. »

Je plissai davantage les paupières pour tenter de déceler des silhouettes de prisonniers. Mais nous étions trop loin, trop bas, et il faisait trop sombre.

« *Skwychya yn farow* », me dit Jenna.

Elle leva le doigt vers l'horizon : dans le contrejour glauque de la lune, on pouvait voir voleter des silhouettes ailées. Des pixies en chasse. Puis Jenna désigna nos lampes-torches du menton et répéta :

« *Skwychya yn farow.* »

Je devinai qu'elle nous demandait de les éteindre pour ne pas attirer l'attention des suppôts en terrain découvert. Elle souleva une trappe perdue au milieu de la lande, dissimulée sous un roncier. Derrière, une galerie s'enfonçait dans les profondeurs. Là encore, Jenna comptait sur l'habitude pour se repérer dans le noir ; je m'appuyai sur son épaule afin de ne pas trébucher sur les cailloux du chemin.

Nous finîmes par déboucher dans une sorte de grande grotte souterraine. Elle était éclairée par de petites ampoules de verre remplies d'huile qui brûlait doucement. Il y en avait des dizaines, disposées dans chaque anfractuosité rocheuse. Toutes ces gouttes de lumière tremblantes semblaient reconstituer les constellations dont le « ciel » du Pays des Ronces était dépourvu. Ce spectacle inattendu, magique et enchanteur, me mit du baume au cœur.

Jenna fit un geste du bras, comme pour nous inviter dans sa demeure :

« *Dynnargh.* »

À mon grand étonnement, je remarquai des rangées de petites portes en bois ménagées dans la paroi rocheuse de la grotte. Elles s'ouvraient les unes après les autres, laissant sortir des hommes et des femmes vêtus de frusques grises qui semblaient taillées dans la même étoffe que la robe de Jenna. Ces êtres humains vivaient là comme des animaux fouisseurs, obligés de loger dans le ventre de la terre pour échapper aux pixies.

« *Jenna !* » s'écria un jeune homme qui semblait avoir son âge.

Il s'avança vers elle en boitant. Sa cuisse droite était enveloppée dans un bandage recouvrant une blessure encore fraîche, que j'imaginais causée par les pixies. Il tenait la main d'une fillette de trois-quatre ans, au visage aussi émacié que le sien, où s'ouvraient d'immenses yeux apeurés. Leur enfant, à lui et Jenna ?

Était-ce pour cela que cette dernière était sortie ramasser des châtaignes : pour nourrir sa fille affamée ?

Tout en serrant sa compagne dans ses bras, le jeune homme nous lança un regard plein de défiance. Tels deux lasers, je sentis ses yeux détailler mon jean destroy et mon hoodie rouge. J'imaginais que, pour ces gens habillés comme dans l'ancien temps, mes vêtements devaient paraître suspects. Quant à Rita Perdido, ensevelie jusqu'à la tête dans sa tenue de deuil, elle n'était pas du genre à inspirer confiance.

L'une des villageoises, une femme d'un certain âge, haussa la voix et nous jeta des paroles que je ne compris pas. Des avertissements ? Des insultes, peut-être ?

Une rumeur inquiète parcourut les rangs des villageois. Certains sortirent de leurs poches des couteaux tout aussi émoussés que celui de Jenna, pauvres armes qui ne devaient guère les défendre contre les pinces des pixies.

La langue me brûlait de dire à nos hôtes que nous n'avions aucune allégeance envers le Seigneur des Ronces, qu'au contraire, nous venions le combattre. Mais Rita Perdido m'avait ordonné de ne plus parler sans y être invitée.

« Habitants de ce village, écoutez-moi ! dit-elle à la cantonade. Y en a-t-il parmi vous qui me comprennent… et qui se souviennent de la surface ? »

Sa question se heurta à un mur d'incompréhension. Jusqu'à ce que l'un des villageois se détache de la foule.

C'était un vieil homme au dos courbé, qui paraissait être le plus âgé de l'assemblée.

« Moi, le vieux Silas, je me souviens », affirma-t-il d'une voix chevrotante… en anglais !

Il s'avança vers nous d'un pas traînant, tandis que les autres habitants gardaient prudemment leurs distances. Dans la lueur des lampes de verre, je remarquai que son visage n'était pas seulement strié de rides, mais aussi d'innombrables griffures de ronces.

« Je me souviens d'un monde où la nuit ne régnait pas éternellement, murmura-t-il. D'un ciel où un astre appelé "soleil" chassait la lune toutes les douze heures. D'une forêt qui n'était pas figée dans un automne perpétuel, mais qui donnait des fleurs au printemps et des fruits en été.

– Alors, tu te rappelles du monde d'en haut, dit doucement Rita Perdido. Tu n'es pas né ici, comme tes compatriotes qui n'ont jamais connu que ce cauchemar et ne parlent tous que le cornique. »

Le vieil homme secoua la tête. Ses yeux fatigués s'humectèrent.

« Non, en effet. Je suis né voilà bien longtemps, dans une ville qu'on appelait Londres. J'habitais avec mes parents dans une grande demeure peuplée de sculptures et de tableaux. Mon père était un historien de l'art, avec une prédilection pour les meubles anciens. Un beau jour, il a acheté une maison secondaire à la campagne, en Cornouailles. Je dis "maison", mais en réalité il s'agissait d'un château médiéval délabré, qu'il a fait restaurer à grands frais. L'été de mes treize ans, nous y avons emménagé pour les vacances. J'ai été tellement heureux, cet été-là ! Je ne savais pas encore que ce serait le dernier de ma vie... » Il poussa un long soupir nostalgique, puis reprit : « Mes parents étaient absorbés par notre nouvelle demeure : mon père continuait de meubler chaque pièce, et ma mère s'était lancée dans l'élevage d'une race de chats locale. Ce qui me laissait tout le temps d'explorer le château dans ses moindres recoins, du grenier aux vastes caves. C'est ainsi que j'ai fait une incroyable découverte. J'ai déniché un objet qui gisait dans un trou obscur, derrière un mur que les ouvriers avaient dû défoncer dans leurs travaux de ravalement. Un coffre barbelé. »

J'échangeai un regard avec ma mentore. Combien de temps le coffre maléfique avait-il attendu, emmuré dans le château, avant d'être redécouvert ? Des siècles, peut-être ? Le jeune Silas pensait avoir fait une trouvaille fantastique, sans savoir encore qu'il venait de tomber sur ce qui allait causer sa perte.

« Tout excité, j'ai fait part de ma découverte à mon père, reprit-il. Il m'a dit que j'avais la trempe d'un futur archéologue et que je pourrais dignement reprendre son flambeau plus tard. D'ailleurs, il avait hérité d'une étrange clé à crâne de cerf, parmi différents objets et dépendances du château : et si c'était celle qui ouvrait le coffre ? Il l'a introduite dans la serrure et... bingo, le meuble s'est ouvert en exhalant un parfum de renfermé. Je m'attendais à un trésor, mais dedans il n'y avait rien du tout – juste un fond de bois vermoulu. Un peu déçu, j'ai alors eu l'idée de réclamer le coffre pour le mettre dans ma chambre et y ranger mes soldats de plomb. Mes parents ont hésité un moment, ils craignaient que je me blesse sur les épines de fer ; mais je leur ai promis que je ferais attention, et ils ont fini par céder.

« La nuit même, des miaulements m'ont réveillé en sursaut dans mon lit. C'étaient les chats de ma mère qui s'étaient introduits dans ma chambre. Je me suis souvenu que j'avais laissé le coffre ouvert la veille en me couchant – or les chats n'aiment rien tant que de se cacher dans une boîte. "Attention, c'est piquant !" leur ai-je crié. Je me suis arraché à mes draps pour chercher l'interrupteur. Je ne l'ai jamais trouvé : avant que je l'atteigne, une bourrasque a envahi la chambre. Une odeur de soufre m'a enflammé les narines. Et des bras puissants m'ont fait décoller du sol. »

Après avoir brillé d'émotion aux souvenirs de sa lointaine enfance, les yeux du vieillard s'écarquillèrent de terreur. L'angoisse faisait palpiter les veines sur ses tempes creusées. Mon cœur, à moi aussi, s'emballait dans ma poitrine. Ce que Silas venait de raconter, je l'avais aussi vécu en pénétrant dans le grenier de ma maison l'automne dernier. L'odeur de soufre, je l'avais aussi humée. Il s'en était fallu d'un cheveu pour que le monstre du coffre barbelé me ravisse, comme lui…

« Je me suis senti soulevé sans rien pouvoir faire, dit-il d'une voix chevrotante. Dieu, que j'ai hurlé, à m'en faire éclater la gorge ! J'ai entendu le parquet craquer au-dessus de ma tête, depuis la chambre de mes parents. Leurs pas précipités ont résonné dans l'escalier. Un rai de lumière a éclairé l'embrasure de ma porte, que les chats avaient entrouverte. Je n'ai pas eu le temps d'en voir plus : mon ravisseur invisible m'a entraîné dans le coffre. Le couvercle s'est refermé en claquant. Les appels affolés de mes parents se sont tus pour toujours. » Le corps malingre du vieil homme se mit à frissonner, comme s'il revivait l'horreur de cette nuit lointaine – celle où il avait vu sa famille pour la dernière fois. « Nul ne peut lutter contre le Seigneur des Ronces. Car c'est lui qui m'a enlevé ce soir-là, j'en suis certain même si je ne l'ai pas vu. Il m'a emporté toujours plus bas, jusqu'à ce que je perde connaissance. Lorsque je suis revenu à moi, j'étais perdu dans une forêt profonde, hérissée d'épines. Sans doute me serais-je fait emporter par un pixie, si un ramasseur de châtaignes ne m'avait découvert et emmené jusque dans ce village souterrain. Là, une quarantaine d'êtres humains survivaient tant bien que mal. Ils ne sortaient que par les nuits sans lune – le seul moment où il faisait trop sombre pour que les pixies puissent les repérer depuis le ciel et les emporter dans la cage au sommet du Donjon Épineux. Ainsi rapportaient-ils de quoi manger pour toute une lunaison : châtaignes, baies, racines et, de temps en temps, un lapin pris au collet.

« Aucun de ces habitants ne se rappelait le monde d'en haut. Il semblait que j'étais le seul à en venir depuis des siècles. Et aucun ne parlait ma langue. Alors, laborieusement, j'ai dû apprendre la leur. Un nouveau mot pour chaque chose. Et un nom pour ce village : *Toll Konin*, le "Trou de Lapin". Car c'est ainsi que nous vivons, comme des lapins dans un terrier. » Il secoua sa tête chauve. « Tous mes compagnons d'infortune sont nés et ont grandi ici. Je suis le seul à venir de la surface… le seul à m'en souvenir. Les gens du coin disent qu'il n'y a pas d'autre pays que celui des Ronces. Bien avant mon arrivée, leurs ancêtres ont essayé de trouver une frontière, une échappatoire. Les quelques-uns qui sont revenus racontaient s'être heurtés à des montagnes infranchissables. Là-bas, aux confins du Pays des Ronces, des nains maléfiques creusent inlassablement les flancs rocheux pour agrandir le royaume. Ce sont les spriggans : leurs griffes acérées sont faites pour déchirer la pierre, et leur flair redoutable, pour se repérer dans les galeries obscures. »

Les *spriggans*… L'image des gentils lutins que j'avais vue sur le site de l'office de tourisme des Cornouailles me revint en mémoire. Je savais à quoi m'en tenir après avoir rencontré la version des pixies qui sévissait dans le Pays des Ronces.

« La surface n'est pour moi qu'un souvenir, soupira Silas. Un rêve lointain, à jamais perdu. Pour les habitants de Toll Konin, elle est moins que cela encore : elle n'existe tout simplement pas. »

Un silence recueilli ponctua les paroles du vieil homme. Nul autre que Rita et moi n'avait pu comprendre son récit en anglais, et pourtant les villageois avaient religieusement respecté son temps de parole. Leur avait-il un jour raconté son histoire, la traduisant en cornique ancien ? J'en doutais : il aurait été cruel de nourrir l'espoir illusoire du jour, pour des âmes en peine à jamais enchaînées dans la nuit.

24

DE MYSTÉRIEUX PRÉDÉCESSEURS

Rita Perdido s'avança de quelques pas et posa sa main sur l'épaule du vieux Silas.

Elle avait beau être vêtue comme une pleureuse de cimetière, elle ne me paraissait pas lugubre, car je sentais la compassion qui émanait d'elle. En cet instant, elle ressemblait à une apparition de dentelle noire, nimbée par la lueur dorée des lampes à huile dans leurs petites bulles de verre : un ange de la consolation.

Le vieil homme leva vers elle des yeux brillants de larmes :

« Sept-cent-vingt lunaisons…, murmura-t-il. Je les ai comptées, depuis mon arrivée ici. Cela fait soixante années que j'ai vu mes parents pour la dernière fois. Soixante années que j'ai été arraché à eux. Après tout ce temps, je me pose toujours la même question : pourquoi le Seigneur des Ronces ne m'a-t-il pas tué dès qu'il a mis la main sur moi, m'épargnant une existence entière de terreur ?

– La réponse est contenue dans ta question », lui répondit doucement Rita Perdido. Sa voix, d'habitude ferme et un peu cassante, vibrait d'empathie. « Le Seigneur des Ronces s'est nourri de ta terreur pendant toutes ces années. C'est pourquoi il vous a enlevés, toi et tes prédécesseurs, et qu'il délègue ses suppôts pour vous harceler en permanence. Il tire sa puissance du nombre de sujets qui le craignent. »

À travers sa voilette, Rita Perdido promena son regard sur l'assemblée des villageois.

« Dis-leur, noble Silas, demanda-t-elle au vieil homme. Traduis-leur mes paroles. »

Il s'exécuta. Sous les regards ébahis de l'assemblée, Rita Perdido poursuivit ses explications. Elle parlait lentement, patiemment. Comme à des enfants qui s'éveillent d'un cauchemar, et qu'il faut rassurer tant bien que mal.

« Depuis des générations, le Seigneur des Ronces vous laisse vous reproduire dans ce village souterrain afin de renouveler son cheptel. Certes, les pixies emportent l'un d'entre vous de temps en temps, mais c'est justement pour maintenir les autres dans une angoisse perpétuelle. Contrairement à ce que le mari de Jenna suppose, je ne crois pas que les suppôts du Seigneur se nourrissent de ceux qu'ils ravissent. Pas question pour eux d'éliminer ces âmes brisées, dont leur maître se délecte ! Je parie que les captifs sont gardés sous clé, dans la cage vertigineuse en haut de la tour. Et le Seigneur des Ronces se régale de leurs tourments, tout comme il se repaît des vôtres. Tenez, je suis sûre que c'est la raison pour laquelle aucun villageois ne l'a jamais vu : parce qu'on redoute l'inconnu plus que toute autre chose. »

Les révélations de la retrouveuse, traduites par Silas, plongeaient l'assemblée dans une perplexité croissante. Les habitants de Toll Konin s'étaient figuré que les pixies se repaissaient de *leur chair* ; l'idée que le Seigneur s'alimente de *leur peur* était peut-être plus dérangeante encore.

Rita Perdido se tourna à nouveau vers le vieux Silas :

« J'imagine que tes parents se sont débarrassés du coffre après ta disparition, Silas. Il a sans doute terminé dans un hangar ou un garde-meuble, où il est resté longtemps, puisque aucun nouvel habitant n'est venu à Toll Konin pendant toutes ces années. Et tout porte à croire qu'avant ton arrivée, le chemin de la surface était bloqué depuis plus longtemps encore. Mon intuition me dit que c'est la raison pour laquelle les spriggans creusent la roche aux confins du Pays des Ronces. Eux aussi cherchent une voie vers la surface. Or, les suppôts ne font jamais rien sans ordre exprès du croquemitaine qui les a créés. Ce qui signifie que le Seigneur des Ronces est prisonnier de sa propre oubliette, comme vous autres habitants de Toll Konin. Il est enfermé ici. »

Il me sembla que Rita Perdido me jetait un regard à travers sa voilette. Je me souvenais de la leçon qu'elle m'avait prodiguée juste avant notre plongée dans l'oubliette : l'*enfermage* était la méthode pour neutraliser les croquemitaines les plus puissants, ceux qu'on ne pouvait pas *enferrer*... Quel retrouveur, dans un lointain passé, était donc parvenu à enfermer ainsi le Seigneur des Ronces ?

Le mari de Jenna s'ébroua. À sa mine suspicieuse, je devinai qu'il ne nous faisait pas confiance. Il se lança dans un flot de paroles saccadé en cornique, laissant à Silas la charge de les traduire en anglais.

« Ruan dit que vous, la sans-visage, avez l'air d'en connaître un rayon sur le Seigneur et ses suppôts, expliqua le vieil homme. Il trouve ça suspect. Il se demande d'où vous tirez vos connaissances. » Silas se tourna vers moi. « Quant à la clochette que tu as utilisée pour faire fuir le pixie, Ruan est persuadé que c'est le Seigneur des Ronces qui te l'a donnée. Il vous accuse toutes les deux d'être de mèche avec lui. »

Ce réquisitoire m'estomaqua. Jenna, elle, saisit le bras de son époux et se mit à lui parler à toute vitesse. Je devinai qu'elle prenait ma défense. La petite fille du couple nous contemplait en silence, Rita et moi, de ses grands yeux terrifiés.

N'y tenant plus, je dérogeai à ma promesse de ne plus parler sans autorisation et m'écriai :

« Silas, dites à Ruan que personne ne m'a rien donné ! Cette clochette, je l'ai prise à une croquemitaine alliée du Seigneur des Ronces. Elle a terminé en pâtée pour chiens ! »

À peine Silas eut-il traduit mes paroles que Ruan cessa ses accusations. Il recula d'un pas, visiblement choqué. Je devinai que les villageois n'avaient jamais osé se rebeller contre leur tortionnaire. Apprendre que j'étais parvenue à vaincre une croquemitaine aurait dû les galvaniser. Au lieu de quoi, ils rentrèrent leurs têtes dans leurs épaules. Je compris qu'ils redoutaient des représailles contre l'imprudente qui avait osé s'en prendre à une alliée du Seigneur des Ronces.

« Nous venons vraiment d'en haut, ajoutai-je, profitant du fait que ma mentore ne m'ait pas encore rappelée à l'ordre. Nous avons l'intention de ramener une prisonnière du Seigneur des Ronces à la surface. Si nous y parvenons, ce sera la preuve que le tyran n'est pas invincible. » Je m'efforçai de capter les regards craintifs des uns et des autres. « Ce sera le gage qu'un salut est possible, pour chacun de vous ici. »

Je m'attendais à ce que tous les habitants de Toll Konin se portent volontaires pour remonter avec nous, et quitter cet enfer pour toujours. Au lieu de quoi, des murmures inquiets se répandirent dans les rangs. Si terrible que fût l'oubliette dans laquelle ils vivaient, la surface était pour eux plus effrayante encore. Comme l'avait dit Rita, les êtres humains redoutent l'inconnu plus que tout. Je sentis mon cœur se serrer.

« Ils pensent tous que c'est une mission impossible, nous dit Silas. Ils disent que vous ne pourrez pas sauver cette femme que vous êtes venues chercher. D'après eux, nul n'est jamais entré de son plein gré dans le Donjon Épineux, où vit le Seigneur des Ronces. »

Je m'apprêtai à répliquer avec des mots d'encouragement, mais le vieil homme leva son bras frêle pour me signifier qu'il n'avait pas fini :

« Oui, c'est ce qu'ils pensent, mais ils se trompent. La plupart d'entre eux sont trop jeunes pour s'en souvenir, mais moi je me rappelle : il y a près de vingt ans, à en juger par le nombre de lunaisons, des étrangers sont entrés dans le Donjon Épineux… Ils étaient une quinzaine sur le chemin aller. Je les ai vus passer sur la lande, depuis ma cachette derrière les ronciers. Chacun d'entre eux tenait un pendule dans sa main. Un seul est ressorti de la tour. Pour aller où ? Je l'ignore. Peut-être à la surface, d'où vous venez. »

J'échangeai de nouveau un regard avec Rita, tâchant d'accrocher ses yeux derrière sa résille. Ainsi, quinze retrouveurs nous avaient précédées au Pays des Ronces, deux décennies plus tôt. Qu'étaient-ils venus y chercher ? Leur présence avait-elle un rapport avec la disparition de ma mère ? Et pourquoi l'oubliette n'était-elle pas répertoriée dans les archives de la Guilde si certains de nos collègues l'avaient explorée avant nous ?

Les habitants de Toll Konin ne possédaient manifestement pas les réponses à ces questions. Ce serait à nous de les découvrir.

Jenna nous offrit le gîte, mais il n'était pas question de nous arrêter longtemps dans son village. La jeune femme voulut toutefois nous faire déguster quelques châtaignes cuites dans les braises. Puis elle me tendit sa longue cape grise à capuche :

« Elle te la donne, me dit Silas. Mme Rita peut aisément passer inaperçue, toute de noir vêtue comme elle est. Mais tes étranges habits sont trop voyants. La cape t'offrira une forme de protection contre les yeux perçants des pixies. »

L'attention de Jenna me touchait, mais je ne pouvais accepter de présent de la part de gens si dénués de tout.

« Elle insiste, traduisit Silas. Elle dit qu'elle ira à *Toll Deves* – le "Trou aux Moutons" – troquer une autre cape contre les gâteaux qu'elle confectionne avec la farine de châtaigne. »

Tandis que je mangeais à la hâte quelques marrons chauds, le vieil homme nous mit au courant de l'existence d'autres villages souterrains, à travers le Pays des Ronces. Celui de Toll Deves, comme son nom l'indiquait, abritait des troupeaux de moutons dans ses galeries. Les éleveurs ne les faisaient sortir brouter l'herbe rare que lorsque la lune était voilée, de peur que les pixies les emportent pour s'en repaître. Une timide économie de troc s'était ainsi instituée au fil des siècles entre les prisonniers de l'oubliette. Mais c'était un commerce précaire, et ceux qui colportaient des marchandises de village en village risquaient leur peau à chaque expédition.

Jenna jeta sa cape sur mes épaules pour couper court à mes protestations. Tout en nouant la cordelette autour de mon cou, elle se mit à psalmodier à mi-voix.

« Elle prie pour ton âme, expliqua notre traducteur. Et elle regrette de ne pas être assez courageuse pour venir avec toi. » Il toussota. « Mais moi, je vous accompagnerai. À mon âge, je n'ai pas grand-chose à perdre, et je n'en ai plus pour longtemps à vivre. Il ne me reste que la peau sur mes os fatigués, et quelques souvenirs dans ma tête qui divague… comme celui du chemin que les intrus ont emprunté, voilà vingt ans. À l'ombre de la lune. »

À l'ombre de la lune ?… Je me demandai s'il avait encore toute sa tête, justement. Mais avant que je puisse lui demander ce qu'il voulait dire, une mélodie se fit entendre. Je tournai la tête et découvris que plusieurs habitants avaient sorti des instruments – flutes taillées dans le bois des châtaigniers de la forêt et tambourins en peau de mouton. Des enfants, dont la petite fille de Jenna, agitaient des grelots. L'air qu'ils interprétaient était à la fois mélancolique et joyeux. Les innombrables flammes des lampes à huile semblaient danser au rythme de cette gigue, et même redoubler d'éclat. Le feu où cuisaient les châtaignes se mit à crépiter un peu plus fort, envoyant des postillons rougeoyants sous la voûte rocheuse. Le mari de Jenna s'avança de quelques mètres, tenant entre ses mains une longue tige ; je crus d'abord que c'était un nouvel instrument, avant de prendre conscience qu'il s'agissait en réalité d'une canne à souffler le verre. Il plaça l'une des extrémités à sa bouche et l'autre parmi les flammes : sous mes yeux émerveillés, une bulle de verre et de feu jaillit dans l'âtre.

La musique et la lumière : c'étaient là les plus précieux trésors des habitants de Toll Konin, au fond de cette oubliette dénuée de tout. Le Seigneur des Ronces et ses suppôts n'étaient pas parvenus à leur prendre cela. Nul besoin de paroles pour deviner qu'à travers ce langage universel, les villageois nous souhaitaient bonne route et nous couvraient de leurs bénédictions.

Une fois deux bulles de verre refroidies, le mari de Jenna y versa de l'huile. Il marcha solennellement jusqu'à Rita et moi et nous présenta ces deux nouvelles lampes aux mèches éteintes. D'un signe de tête, tandis que les musiciens jouaient toujours, il nous invita à les allumer à l'aide d'un petit briquet à silex artisanal. Puis il alla les loger délicatement dans deux creux de roche encore libres. Nos deux étoiles vinrent ainsi rejoindre celles des autres habitants de Toll Konin. Nous étions adoptées.

Nourries, abreuvées et bénies, nous nous mîmes enfin en route pour le Donjon Épineux. Silas était enseveli comme moi sous une cape si sombre qu'il se fondait presque entièrement dans l'obscurité. Il était hors de question d'allumer nos lampes-torches : leurs faisceaux auraient attiré l'attention des pixies. Notre guide nous conduisait de buisson en buisson, choisissant les plus fournis et les plus à même de nous dissimuler.

« Le Seigneur des Ronces est certainement un croquemitaine ancestral, pour avoir eu le temps de bâtir une oubliette si vaste, chuchota Rita Perdido. Il a dû apparaître en Cornouailles voilà des siècles, voire des millénaires. Les suppôts qui infestent son domaine font écho aux légendes les plus anciennes.

– Ses pixies n'ont pas grand-chose à voir avec ceux du folklore, protestai-je à voix basse. Si l'office de tourisme avait mis ces horreurs sur son site, au lieu de la fée Clochette, tous les hôtels de la région seraient en faillite.

– Le Seigneur des Ronces a modelé ses suppôts selon ses désirs, pour nourrir ses appétits d'horreur, estima Rita Perdido. Dans l'oubliette d'un ravisseur, tout prend une dimension effroyable. C'est ainsi. Mais taisons-nous, pour ne pas attirer l'attention. »

Nous marchâmes ainsi pendant deux bonnes heures, sans dire un mot. Le silence n'était troublé que par le crissement des feuilles mortes sous nos pas – et aussi, parfois, par un hurlement lointain dont je préférais ne pas imaginer l'origine. Plus nous progressions et plus la luminosité baissait. Je finis par me rendre compte que c'était en réalité la silhouette du Donjon Épineux qui prenait de plus en plus d'importance, occultant une portion croissante de ciel. La lune elle-même finit par disparaître, éclipsée par la tour gigantesque.

Je comprenais enfin ce que Silas avait voulu dire en parlant d'un chemin « à l'ombre de la lune ». Dans le contrejour de l'astre blême, le Donjon Épineux projetait une ombre plus noire encore que la nuit : un long fossé de pures ténèbres, où les yeux des pixies ne pouvaient nous voir. Pourtant, malgré l'obscurité, je me sentais observée – par qui ?

« Malgré l'obscurité, je me sentais observée – par qui ? »
RETROUVEZ L'ESPION CACHÉ PARMI LES RONCES.

25

LE DONJON ÉPINEUX

« Voilà », déclara Silas une fois que nous fûmes parvenus au pied du donjon.

Il faisait tellement sombre que je dus avancer mes mains pour palper le mur. Mes doigts rencontrèrent une monstrueuse épine, aussi grosse qu'une dent de requin. La tour entière en était couverte, telle une mâchoire aux millions de crocs.

« Attention de ne pas te blesser, car ces épines sont aussi tranchantes que des poignards », m'avertit Silas.

Il prit ma main et la dirigea jusqu'à un endroit où les ronces laissaient la place à un montant de pierre sculpté : le bord d'une ouverture dans le flanc de la forteresse.

« C'est l'une des bouches à travers lesquelles sont évacués les déchets du Donjon Épineux, précisa Silas. À commencer par les os des malheureux prisonniers. J'ignore si ces derniers sont dévorés par les pixies, comme les habitants de Toll Konin le croyaient jusqu'à votre arrivée, ou s'ils meurent simplement de vieillesse à l'issue de leur détention, comme vous le supposez… Bah, vous allez le découvrir en entrant là-dedans. »

Mon ventre se serra comme un poing. Notre guide dut sentir que je me raidissais à côté de lui, car il ajouta :

« Les pixies ne devraient pas vous embêter : ils ne nichent dans la forteresse que par les nuits sans lune, quand il fait trop sombre pour survoler le pays. » Il émit un toussotement : « Mon chemin s'arrête ici, mais le vôtre continue. Si vous parvenez à ressortir du Donjon Épineux, marchez à nouveau dans l'ombre de la lune pour regagner Toll Konin. Je vous souhaite de réussir. »

L'obscurité dense m'empêchait de déceler les traits de son visage. Mais sa voix désolée contrastait avec ces paroles d'encouragement, qu'il ne prononçait que par politesse. La dernière fois que des étrangers avaient pénétré dans le Donjon Épineux, seul un sur quinze était ressorti… Ce ratio n'encourageait guère à l'optimisme.

J'entendis les pas feutrés de Silas s'éloigner dans mon dos. Puis je perçus le son des bottines de Rita Perdido, frappant le sol de pierre devant moi. Je pénétrai à sa suite dans le Donjon Épineux.

Ma mentore attendit que nous soyons engagées d'une trentaine de mètres dans ce couloir pour allumer sa lampe-torche, afin que l'éclat n'en soit pas décelable à l'extérieur. J'avais beau savoir que la lumière ne pouvait pas blesser un croquemitaine dans son oubliette, la puissance du faisceau me mit du baume au cœur après notre longue marche à travers les ténèbres. Une galerie aux murs voûtés s'illumina. De loin en loin, des couloirs perpendiculaires s'ouvraient à droite et à gauche. Tout au fond, on pouvait apercevoir les marches érodées d'un escalier.

« Ma mère est sans doute enfermée dans la cage en haut du donjon, chuchotai-je. Seulement voilà : le Seigneur des Ronces s'y trouve peut-être aussi… Que ferons-nous si nous tombons sur lui ?

– J'en fais mon affaire, affirma la retrouveuse. Je possède des arguments qui obligeront le croquemitaine à laisser la prisonnière partir avec nous. »

J'aurais voulu en savoir plus. Ces arguments étaient-ils en lien avec la mystérieuse immunité dont elle m'avait parlé ? Je m'apprêtai à la questionner à ce sujet, mais elle coupa court à la conversation :

« Allons, trêve de bavardage. Économisons notre souffle. Nous allons en avoir besoin pour monter tout en haut de ce satané donjon. »

Un jour de l'été précédent, les cours de l'après-midi avaient été annulés au lycée à cause d'un incendie dans le réfectoire. J'étais rentrée à Grand Central avec plusieurs heures d'avance. Au lieu d'aller directement chez tante Doris, je m'étais promenée dans le quartier. C'était ainsi que j'étais arrivée au pied de l'Empire State Building, un des plus hauts gratte-ciels de Manhattan. J'avais aussitôt repensé à ce vieux film en noir et blanc que j'adorais quand j'étais petite et que Maman me passait souvent : *King Kong,* la célèbre histoire d'un gorille géant épris d'une actrice. La fin me faisait toujours pleurer, quand le monstre amoureux emporte la jeune femme en haut de l'Empire State Building et que l'aviation militaire l'achève sans pitié. Cet après-midi-là, les doux souvenirs de mes soirées cinéma avec ma mère m'étaient revenus. J'avais acheté un ticket d'entrée avec une partie des pièces récoltées dans le train le jour même. Puis je m'étais lancée dans l'ascension du building. En haut, la ville-monde m'était apparue dans toute sa démesure, un panorama éclaboussé de soleil à couper le souffle.

À présent, c'était une autre tour que je gravissais : le Donjon Épineux. Je savais qu'en haut, il n'y aurait ni lumière ni ciel bleu, mais seulement la mort et les ténèbres. Il n'y aurait pas de gorille géant au cœur tendre, mais un croquemitaine sans pitié. Rita Perdido m'avait assuré que je ne craignais rien tant que je restais près d'elle. Aussi, je ne la lâchai pas d'une semelle. Il ne m'était guère difficile de suivre son rythme, car elle avançait lentement, soufflant et grognant dans l'effort. Le bruit de sa respiration sifflante remplissait le silence.

« Il n'y a pas un chat… enfin, je veux dire, pas un suppôt, murmurai-je après avoir monté au moins une douzaine d'étages.

– Tu as entendu Silas : lorsque la lune brille, les pixies sont de sortie pour terroriser le pays, car telle est la fonction que leur maître leur a assignée. Quant aux spriggans, ils sont occupés à creuser les montagnes lointaines, en quête d'une voie vers la surface.

– Parce que le Seigneur des Ronces est enfermé ici, dans sa propre oubliette, n'est-ce pas ?

– En effet, tout porte à le croire », confirma Rita Perdido. Elle marqua une pause pour reprendre sa respiration. « Il semble que le coffre barbelé soit le tout dernier portail qui relie encore le Pays des Ronces à la surface.

– Mais qui a fermé tous les autres ?

– Je l'ignore. J'imagine que cet enfermage a eu lieu il y a très longtemps, puisque le souvenir s'en est perdu.

– Et pourtant, à en croire le témoignage de Silas, de mystérieux retrouveurs se sont aventurés au Pays des Ronces il y a vingt ans… Cette expédition est assez récente. Alors, comment se fait-il que cette oubliette ne figure pas dans les archives de la Guilde ?

– Sans doute parce que les retrouveurs en question étaient des non-affiliés, supposa Rita Perdido. Vois-tu, certains de nos confrères n'ont pas signé la charte de la Guilde et se fichent éperdument du bien commun. Ils pratiquent le retrouvage uniquement pour s'enrichir.

– Pour “s’en mettre plein les fouilles”, comme disait Golden Gordy… Vous pensez que nos prédécesseurs sont descendus ici pour piller ? »

Ma mentore hocha la tête. Dans le faisceau de ma lampe-torche, la résille de sa voilette projetait un maillage d’ombre sur sa peau pâle, sans qu’il me soit possible de discerner avec précision les traits qui se cachaient derrière.

« Je pense en effet qu’ils n’avaient pas l’intention de sauver qui que ce soit, remarqua-t-elle. Ils ne se sont pas arrêtés dans les villages troglodytes et n’ont libéré personne du donjon. M’est avis qu’ils sont venus voler le Seigneur des Ronces. Quel trésor convoitaient-ils ? Je l’ignore. Leur entreprise s’est révélée plus ardue qu’ils ne le pensaient et ils y ont laissé des plumes.

– Le Seigneur des Ronces en aurait tué quatorze sur quin… »

Avant que je puisse terminer ma phrase, Rita Perdido plaqua son doigt ganté de dentelle sur ma bouche. De l’autre main, elle me prit ma lampe-torche et l’éteignit. Je m’apprêtais à protester, mais à cet instant je perçus un bruit de pas qui résonnait sur les marches au-dessus de nous. Je me plaquai instinctivement contre le mur de l’escalier, tous mes sens en alerte. Les bruits de pas n’en finissaient pas de se rapprocher… le visiteur, de descendre vers nous. Il passa devant moi dans les ténèbres, si près qu’il m’aurait suffi de tendre le bras pour le toucher. Je retins mon souffle – et mon cœur lui-même, me sembla-t-il, cessa de battre un instant. Mais le visiteur, lui, ne marqua aucune pause. Son pas s'éloigna de nous, monotone.

J'attendis plusieurs minutes après qu'il eut cessé de résonner pour oser chuchoter quelques mots :

« Est-ce que c'était un suppôt… ?

– Sans aucun doute, murmura Rita Perdido. Et je pencherai pour un spriggan plutôt qu'un pixie. Comme nous l'a dit Silas, ces lutins ont développé un flair surnaturel pour se mouvoir dans les galeries obscures de leurs montagnes… Il semble qu'ils ne sont pas tous occupés à creuser là-bas : quelques-uns montent la garde ici, dans le donjon. Nous pouvons dire merci à nos racines de mandragore. »

Je touchai superstitieusement le petit pendentif à mon cou. Puis nous reprîmes l'ascension en silence, à pas feutrés. J'aurais voulu continuer à deviser avec ma mentore, mais c'était désormais trop dangereux. Mieux valait passer inaperçues et faire notre entrée dans la cage au sommet du donjon sans être annoncées. Ce qui n'empêchait pas les questions de tourbillonner dans ma tête. Comment le coffre barbelé avait-il voyagé de Londres jusqu'au grenier de notre maison des Catskills ? Était-ce ma mère, la retrouveuse, qui l'y avait apporté ? Mon père l'avait-il ouvert par inadvertance, peu après ma naissance ? Qu'est-ce qui avait empêché Meg d'aller y chercher son mari pendant toute mon enfance ? Pourquoi s'était-elle soudain jetée dans la gueule du loup, quatorze ans après ?

À entendre ma mentore souffler un peu plus fort à chaque étage, j'avais du mal à imaginer comment elle allait s'y prendre pour vaincre le Seigneur des Ronces, ou même seulement marchander avec lui. C'était une vieille femme boiteuse, visiblement fatiguée et, de son propre aveu, malade. Elle qui avait déjà du mal à monter les marches du donjon, je me demandais par quel miracle elle surmonterait celui qui l'avait bâti…

26

LA CAGE

D'après le dicton, la lumière au bout du tunnel rapporte l'espoir qu'on croyait éteint. Mais, après une demi-heure d'ascension dans l'obscurité, la lueur en haut du donjon ne me procura aucun réconfort. Un halo d'un jaune malade éclaboussait les dernières marches de l'interminable escalier. Dans ces hauteurs, l'éclat de la lune semblait bien plus vif que sur la lande tout en bas. En montant, nous nous étions rapprochées de cet astre nocturne factice, accroché tel un projecteur au plafond d'un décor de théâtre.

« Attends… pfff…, souffla Rita Perdido en s'appuyant contre le mur, à la lisière du halo jaunâtre. Laisse-moi… pfff… reprendre ma respiration. »

J'inspirai profondément, moi aussi, tâchant de rassembler mon courage. Là-haut, dans la volière aux barreaux de ronces, rien ne nous protègerait des yeux des pixies. Certes, ma clochette adamantine m'avait permis de mettre l'un d'eux en déroute, tout à l'heure dans la forêt. Mais comment faire si nous tombions sur une nuée de ces démons ailés ? L'immunité dont Rita Perdido s'était vantée nous préserverait-elle assez, elle et moi ?

Je la laissai passer devant, me convainquant qu'elle savait ce qu'elle faisait. Puis je gravis à mon tour les dernières marches et pénétrai dans la cage.

L'esplanade se révéla plus vaste encore que je ne l'avais estimé depuis le sol – impression renforcée par le fait qu'elle était entièrement déserte. Pas de pixies ni de spriggans. Mais pas de prisonniers non plus. Là où je m'étais imaginé des dizaines de captifs enfermés depuis des lustres, il n'y avait qu'un sol de pierre nue. De grandes zébrures sombres barraient ce lieu étendu : les ombres des barreaux en lianes de ronces, projetées sur les dalles par la lune énorme. Les plantes monstrueuses convergeaient au-dessus de ma tête pour former un toit ajouré qui laissait pleuvoir les rayons.

« Où sont les prisonniers ? balbutiai-je. Où est… Meg ? »

Rita Perdido, qui d'habitude avait réponse à tout, semblait aussi décontenancée que moi.

« Je l'ignore, avoua-t-elle. Les villageois nous ont pourtant dit que les pixies amenaient systématiquement leurs proies dans cette cage…

– … pour s'en repaître, oui, c'est ce qu'ils nous ont soutenu, lui rappelai-je, le ventre noué. Vous avez tenté de les persuader que le Seigneur des Ronces interdisait à ses suppôts de se nourrir de chair humaine. Mais dans ce cas, où sont tous ceux qui ont disparu ?

– Ailleurs dans le donjon, supposa-t-elle. Je maintiens qu'un croquemitaine ravisseur n'a pas intérêt à gaspiller inutilement les âmes qui le nourrissent par leur peur. Je pense que cette cage n'est que le point d'entrée des captifs. Ensuite, ils sont sans doute emmenés dans des geôles au cœur de la tour. »

Je déglutis douloureusement, repensant aux dizaines d'étages que nous avions gravis… aux centaines de couloirs que nous avions dépassés sans nous y aventurer. Comment retrouver ma mère dans ces méandres ?

« Et le Seigneur des Ronces ? finis-je par murmurer, sentant le désespoir me gagner. Où est-il ?

– Peut-être qu'il arpente son domaine… Ou peut-être qu'il en explore les confins, à la recherche d'une issue avec ses spriggans… À moins qu'il soit occupé à communiquer par la pensée avec d'autres croquemitaines, comme il l'a fait avec Nurse Bistouri. J'ignorais qu'un tel pouvoir fût possible. »

Les incertitudes de ma mentore s'accumulaient et me troublaient. Cette femme aguerrie, qui avait derrière elle une longue carrière de retrouvage, semblait démunie face à un type d'ennemi différent de tout ce qu'elle avait pu affronter jusqu'alors.

« Et si nous nous séparions pour mieux fouiller le donjon ? suggérai-je du bout des lèvres.

– Tu n'y penses pas ! me gronda Rita. Imagine que tu tombes sur le Seigneur. Comment toi, une débutante, peux-tu espérer venir à bout d'un tel adversaire ? »

À ces mots, un déclic se fit dans mon esprit :

« *La réponse est contenue dans la question…*, dis-je, répétant les paroles que ma mentore avait dites au vieux Silas, deux heures plus tôt au village, avant de lui expliquer que le croquemitaine ravisseur se nourrissait de la peur de ses sujets.

– Quoi ? hoqueta-t-elle.

– Vous affirmez que je suis une débutante qui ne connaît encore rien, ou si peu, à l'art du retrouvage. Et vous avez raison. Mais c'est justement parce que je suis inoffensive que les suppôts me mèneront à ma mère sans y réfléchir à deux fois. »

J'ôtai mon pendentif de mandragore et le tendis à la retrouveuse :

« Tenez.

– Que fais-tu, malheureuse ? Veux-tu que tous les spriggans du donjon rappliquent fissa ?

– Oui, car c'est le moyen le plus rapide de conclure ce retrouvage. Comme l'a dit Nurse Bistouri, le Seigneur des Ronces veut me mettre en cage. Eh bien, soit : qu'il m'enferme avec ma mère. Et que je sois la balise qui vous mènera jusqu'à elle. »

Rita Perdido cessa de protester. Elle avait instantanément compris où je voulais en venir.

« C'est courageux à toi, affirma-t-elle doucement. Et c'est noble. L'esprit de sacrifice est la marque des grands retrouveurs. »

Elle sortit une petite paire de ciseaux de son cabas et coupa une mèche de mes cheveux, grâce à laquelle elle pourrait me retrouver plus tard. Puis elle recula prestement dans un coin d'ombre et sa robe de velours noir se fondit entièrement dans l'obscurité. Je me mis en marche dans la direction opposée, vers l'escalier que nous avions pris tant de peine à monter. Je rallumai ma lampe-torche et m'y engouffrai à nouveau.

Depuis de longues minutes, j'avançais sans prendre garde au claquement de mes semelles sur les marches, sans songer non plus à maintenir le faisceau de ma lampe-torche au ras du sol. À présent, plus besoin de me cacher, au contraire : je voulais être découverte. Rita n'était pas sur mes talons, je ne l'entendais pas derrière moi. Elle me laissait prendre de l'avance pour attirer à moi les suppôts sans qu'ils se doutent que je servais d'appât.

Au bout d'une dizaine d'étages, je perçus des pas qui montaient précipitamment à la rencontre des miens. Était-ce le même spriggan que nous avions croisé tout à l'heure ? Peut-être, mais il n'était pas seul, à en juger par la cavalcade toujours plus sonore qui faisait vibrer la cage d'escalier. Bientôt, des cris vinrent s'ajouter au vacarme.

Soudain, un premier lutin apparut au détour de l'escalier. Il avait une tête de moins que moi, mais son corps râblé semblait deux fois plus massif. Deux bras courts et puissants étaient raccrochés au tronc, pourvu de griffes aussi larges que des têtes de piolet. Quant à son visage… C'était une face couverte d'un fin pelage gris, prolongée d'un long nez à la pointe rosée et frémissante. De part et d'autre, les yeux minuscules étaient réduits à deux têtes d'épingle.

Une taupe humanoïde – ce fut la première pensée qui traversa mon esprit tétanisé. Le souvenir me revint des petits animaux fouisseurs qui faisaient des dégâts dans notre jardin des Catskills. Ma mère refusait d'appeler un taupier pour les tuer et préférait recourir aux méthodes naturelles pour les éloigner. Ainsi plantait-elle des branches de sureau devant l'entrée de leurs trous, car l'odeur les faisait fuir. Mais ce soir-là dans le Donjon Épineux, je n'avais pas de sureau… et j'avais ôté ma mandragore.

Les lèvres pâles de la créature se tordirent dans un rictus, laissant apparaître des crocs effilés. Il y avait là beaucoup plus de dents que dans une mâchoire humaine. Elles n'étaient pas droites et blanches, mais noires et recourbées, comme… comme des ronces.

« *Kammdremenores !* » s'écria-t-il d'une voix crissante.

Pas besoin de connaître le cornique ancien pour deviner la signification : il sonnait l'alerte. En un clin d'œil, trois autres spriggans tout aussi furieux déboulèrent derrière lui. Leurs cris de rage aigus se répercutaient sur les antiques murs de pierre et dans ma boîte crânienne.

Un doute affreux me broya le cœur : et si la colère emportait les lutins-taupes ? Et si, pour une fois, ils dérogeaient à la règle selon laquelle les suppôts d'un croquemitaine ravisseur doivent maintenir ses captifs en vie ? Et s'ils me transperçaient de leurs griffes, ici et maintenant ?

Je portai la main à ma ceinture où se trouvait la batte de fer, partagée entre le réflexe de m'en servir et ma résolution de ne pas le faire. *Je ne dois opposer aucune résistance pour rejoindre ma mère.*

« Je… je me rends », parvins-je à articuler.

En un instant, les quatre lutins furent sur moi. La lampe-torche m'échappa. Je sentis les pointes des griffes dans mon dos et sur mes flancs. Plus encore que la douleur, la peur me chavira l'esprit.

« *Mos yn-rag !* » ordonna une horrible voix, tout près, dans le creux de mon oreille.

Dans l'obscurité totale, je ne pouvais pas voir celui qui m'avait parlé. Je pris appui sur son épaule et me mis à descendre les marches invisibles. À chaque fois que je trébuchais, l'un des spriggans me griffait férocement. Je m'efforçais de tendre l'oreille pour ausculter les entrailles du donjon, par-dessus les grognements des lutins et les battements de mon cœur. Mais je n'entendais pas les bottines de Rita Perdido.

Soudain, je m'aperçus que nous avions cessé de descendre les escaliers pour nous engager dans un couloir. Je ne voyais toujours rien de ce qui nous entourait, mais j'entendais des gémissements lointains, des appels à l'aide en cornique. C'étaient les voix des prisonniers, j'en étais persuadée. Leurs cellules devaient être là, quelque part dans le noir – et celle de ma mère aussi. Finalement, le trajet pour la rejoindre n'avait pas été si long. J'allais bientôt être réunie avec elle. Rita Perdido ne tarderait pas à venir nous sauver et…

Un violent coup, derrière mes jambes, me fit tomber à genoux. Je sentis les griffes des spriggans me pousser en avant. Je tâtonnai, à quatre pattes sur le sol de pierre. Mes mains rencontrèrent la margelle humide d'un puits. Il en émanait une odeur de mousse et de lichen. Je compris que c'était là que les spriggans essayaient de me précipiter.

Prise de panique, je tentai de porter la main à la clochette adamantine accrochée à ma ceinture. Mes doigts ne la trouvèrent pas : les lutins me l'avaient prise, ainsi que ma batte en fer.

« Attendez… », haletai-je, le cœur battant à tout rompre.

Trop tard : les pattes griffues me poussèrent dans le trou. Je sentis le sol se dérober sous moi, remplacé par une rampe glissante.

Un… toboggan ?

Le donjon m'avala tout cru à travers son gosier de pierre, tapissé de mousse glaireuse et glissante.

27

MEG

Une boule de pure souffrance. J'avais l'impression que mon corps n'était plus que cela. D'abord, le déchirement des griffes… puis le choc de l'atterrissage… et enfin, cette lumière éclatante qui me grillait les rétines, après avoir passé de longues minutes dans le noir complet.

Je fermai les paupières, écrasant des larmes de douleur et d'éblouissement au coin de mes yeux. Un murmure s'éleva, tout près de moi :

« Lucy ?… »

La voix était rauque, prématurément vieillie. Celle de quelqu'un qui s'était abîmé les cordes vocales à trop appeler à l'aide, pendant longtemps, sans que personne jamais ne réponde. Et pourtant, je la reconnus aussitôt.

« Meg ! » m'exclamai-je.

Je rouvris brusquement les yeux. Une silhouette était penchée au-dessus de moi, imprécise dans le contrejour.

« Oh, Lucy !

– Meg… », répétai-je.

Ma gorge était tellement nouée que je ne parvins pas à articuler un mot de plus. De longs sillons se mirent à couler sur mes joues : tous les pleurs que j'avais retenus, pendant toutes ces semaines. Les digues lâchaient enfin.

« La police..., balbutiai-je enfin entre mes sanglots. Tante Doris... Et le monde entier... Ils voulaient tous me faire croire que tu m'avais abandonnée. »

Ce n'étaient pas des larmes de douleur qui détrempaient mon visage, mais des larmes de soulagement. Oui, j'étais prisonnière dans une crypte inconnue, au fin fond d'un arrière-monde oublié, mais j'avais eu raison de m'acharner envers et contre tout. Je venais de retrouver ma mère !

« Jamais je ne t'aurais abandonnée, Lucy, ma chérie, m'assura-t-elle, la voix vibrant d'émotion. J'ai... j'ai été enlevée. Par qui ? Je ne sais pas. On m'a enfermée dans cette cage pendant si longtemps que j'ai perdu la notion du temps. Et j'ai hurlé ton nom tant de fois que ma voix s'est cassée. »

Mes prunelles finirent par s'habituer à la lumière. Elle émanait d'une grande lanterne suspendue à des barreaux constitués de ronces épaisses. Mais contrairement à l'immense volière au sommet du donjon, les dimensions de cette geôle étaient relativement exigües. Tout en haut, hors d'atteinte, j'aperçus une ouverture zénithale : le trou par lequel j'étais arrivée. Il y avait juste assez de place dans cette cellule pour un couchage en paille, une chaise bancale et quelques pots de terre cuite permettant à la prisonnière de faire ses ablutions.

Cette dernière paraissait tellement… changée. Ses joues étaient creusées, et des cercles sombres entouraient ses yeux humides. Sa longue chevelure, jadis d'un blond éclatant, semblait s'être éteinte. Des cheveux gris étaient venus ternir son or. En une seule année de captivité, ma mère semblait avoir vieilli de dix ans.

« Oh, Meg…, bredouillai-je, la voix étranglée.

– Je suis là, mon chou à la crème vanillée », répondit-elle.

Comme jadis, elle me taquinait. Elle me servait de la pâtisserie bien sucrée en échange de mon « Meg » d'ado rebelle. Il suffit de ce trait d'humour pour faire rejaillir la femme que j'avais connue. Même si des rides nouvelles étoilaient le coin de ses yeux, c'était toujours la même bonté qui éclairait ses prunelles. L'espace d'un instant, j'eus l'impression d'être à nouveau dans notre maison des Catskills, comme si tout n'avait été qu'un mauvais rêve.

« Je suis désolée de ne pas t'avoir rejointe plus tôt, lui dis-je, traversée d'ondes de joie et d'anxiété, qui se heurtaient en moi comme une houle. Mais ton calvaire touche à sa fin. Je ne suis pas venue seule : je suis accompagnée d'une alliée… une retrouveuse, comme toi et moi ! »

Des retrouveuses : voilà ce que nous étions, toutes les deux. Voilà qui expliquait tant de choses. Voilà qui créait un lien plus fort que jamais entre ma mère et moi.

Je cherchai à lire une émotion sur son visage, de la fierté, peut-être, que je sois parvenue à découvrir mon don sans qu'elle me l'enseigne. Mais son expression ne reflétait ni estime ni connivence. Passé son moment d'espièglerie, il ne restait plus que de la perplexité.

« Retrouveuse ? répéta-t-elle. Que veux-tu dire par là, Lucy ? Et comment as-tu atterri à ton tour dans cette cage ? » Un tremblement agita ses traits soucieux : « Est-ce que tu as vu le visage de ceux qui t'ont capturée ? Sais-tu où ils nous retiennent prisonnières ? »

Je sentis mon cœur se serrer dans ma poitrine. En perdant la liberté, ma mère avait-elle aussi perdu la mémoire ? Il ne restait presque rien de ses habits d'avant – juste un foulard de soie, qu'elle gardait noué autour de son cou. Pour le reste, elle était vêtue de frusques pareilles à celles des habitants de Toll Konin, une sorte de tunique grisâtre à manches longues. Peut-être que ses souvenirs étaient partis un à un, au fil des mois, tandis que ses gardiens lui retiraient ses vêtements usés ? Telles les pelures d'un fruit qu'on épluche peu à peu.

« Voyons, tu sais bien de quel pouvoir je parle, lui dis-je en lui touchant le dos de la main – oh, qu'il était froid ! Un talent rare, qui se perd, mais que nous possédons toutes les deux. Nous faisons partie des derniers retrouveurs. Nous avons la capacité de pénétrer dans les oubliettes pour y reprendre ce que les croquemitaines ont volé. »

Loin de rafraîchir sa mémoire, mes paroles ne firent que la désorienter davantage.

« Je ne comprends pas…, murmura-t-elle. Pourquoi me parles-tu de croquemitaines comme si tu étais encore une petite fille ? » Le doute brouilla son regard. « Est-ce que… est-ce que tu es bien réelle, ou juste un fantôme surgi de mon passé ? »

Elle avança ses mains tremblantes jusqu'à mon visage pour le palper. Je tremblais, moi aussi, de sentir ces doigts qui m'exploraient comme si j'étais une inconnue.

« Je suis réelle, Meg… Maman », trouvai-je la force de murmurer. Je n'avais plus aucune réticence à l'appeler ainsi. « Et le Seigneur des Ronces aussi. Rappelle-toi de tes mises en garde, quand j'étais petite. *Ne sors pas dans la forêt après la nuit tombée, sinon le Seigneur des Ronces va t'emporter* ; *Ferme bien la fenêtre en te couchant, pour ne pas que le Seigneur des Ronces rentre dans la maison*… Tu te souviens ? »

Une lueur s'alluma enfin dans les yeux perdus de ma mère – la mémoire lui revenait ! Mais les mots qui sortirent de sa bouche n'étaient pas ceux que j'attendais :

« Le Seigneur des Ronces… Ce n'est qu'un fantasme, Lucy. Un cauchemar. Celui que faisait ton père, presque chaque nuit. Il répétait ce nom dans son sommeil et se réveillait en sueur à mes côtés dans notre lit. Chaque fois que je lui demandais la signification de ces paroles, il me disait que ce n'était rien qu'un mauvais rêve. Il allumait sa lampe de chevet avant de se rendormir – ce détail m'a toujours attendrie, car ton père était un homme fort et courageux, mais dans ces instants il me faisait penser à un petit garçon qui a besoin d'une veilleuse pour refouler sa peur du noir… Plus tard, quand je t'ai élevée, j'ai utilisé ce nom de *Seigneur des Ronces* dans les histoires que je te racontais. Peut-être que je n'aurais pas dû ? Je crois que tu as hérité de l'imagination débordante d'Aurélien. »

Ma gorge était trop sèche pour pouvoir répondre à ma mère. Tout ce que j'avais imaginé à son sujet était faux. Elle n'était pas une retrouveuse, mais une surfacienne complètement perdue. Elle n'avait aucune idée d'où elle avait atterri.

« Pourquoi es-tu si pâle tout d'un coup ? s'alarma-t-elle.

– Les cauchemars de… de Papa… », trouvai-je la force d'articuler. C'était facile de dire *Maman*, mais ma langue butait pour appeler *Papa* un homme que je n'avais jamais connu. « Il ne t'a vraiment jamais donné plus de détails ?

– Non, ma chérie. Ton père était si secret. Il l'est resté jusqu'au bout, quand… » Elle baissa soudain les yeux, comme si elle cherchait à fuir les miens. « … quand il est parti sans laisser d'adresse. »

Rita Perdido m'avait préparée à cette révélation. Elle avait deviné que mon père n'était pas mort dans une avalanche. Il n'empêche : entendre cet aveu dans la bouche de ma mère me fit mal. J'avais toujours cru qu'elle et moi, nous n'avions aucun secret l'une pour l'autre.

« Pourquoi m'avoir menti ? lui demandai-je. Pourquoi avoir inventé cette histoire d'accident en montagne ? »

Les sourcils de ma mère tressaillirent. D'intenses émotions faisaient frémir son front un peu ridé, troublaient ses grands yeux clairs. La tristesse. Le deuil. Le remords.

« Parce que c'était plus facile de dire cela, confessa-t-elle. Parce que je ne sentais pas la force de te raconter la vérité. » Sa voix se brisa. « Ta naissance… a causé un tel drame…

– Le moment est venu, Maman, l'encourageai-je gravement. Je ne suis plus une enfant. C'est maintenant ou jamais. »

D'un mouvement délicat, elle rassembla une mèche de ses cheveux grisonnants derrière son oreille. Ce geste si simple et si gracieux m'émut aux larmes. Je m'aperçus que son visage était encore beau et expressif, derrière les stigmates de sa captivité. Ses mains étaient toujours parfaitement entretenues : elle avait dû limer ses ongles contre les ronces pour les manucurer. Le croquemitaine qui l'avait enfermée ici lui avait tout pris, mais il n'avait pu lui enlever sa féminité. Elle la portait sur elle comme un étendard, comme ce foulard de soie artistement noué à son cou pour former une fleur éclatante.

À sa manière, ma mère était une résistante.

Une survivante.

Elle releva la tête avec courage pour affronter mon regard – pour se confronter au passé.

« À la fin de ma grossesse, ton père et moi sommes descendus de nos montagnes pour la première fois depuis des années, afin que j'aille accoucher au Midtown Hospital de New York. Aurélien est resté à mon chevet des heures durant, jusqu'à ta naissance au cœur de la nuit. Je me suis endormie plus heureuse que jamais. Mais lorsque je me suis réveillée le lendemain matin, il avait disparu. » Elle poussa un long soupir. « Jamais je n'aurais pu te raconter cela quand tu étais petite. Je n'aurais pas supporté l'incompréhension dans tes yeux innocents. Comment un homme pouvait-il décider d'abandonner son enfant à peine né ? Je ne me sentais pas davantage capable d'affronter le jugement de ma sœur Doris – elle m'aurait répété jusqu'à ma mort qu'elle me l'avait bien dit, que j'avais commis l'erreur de ma vie en épousant cet homme. Je… j'ignorais pourquoi Aurélien était parti. D'autant plus qu'il se faisait une telle joie de ta naissance, une telle joie ! C'était même lui qui avait choisi de t'appeler *Lucy*. Un nom qui signifie : *lumière*. Il disait que c'était ce qu'il y avait de plus précieux au monde, la lumière, parce qu'elle repoussait la peur et redonnait l'espoir.

« Mais la peur semblait pourtant l'avoir submergé, la nuit de ta naissance… Pourquoi s'était-il subitement évaporé ? S'était-il affolé au dernier moment à l'idée de la paternité ? La perspective de fonder une famille l'avait-elle fait paniquer ? Je savais qu'il était en froid avec la sienne, là-bas en France. Il ne leur avait pas parlé depuis des lustres, et d'ailleurs personne ne s'est jamais enquis de son sort après sa disparition. »

Les épaules de ma mère s'affaissèrent imperceptiblement. Ses bras, qui n'avaient pas été capables de retenir son mari, semblaient l'embarrasser.

« Est-ce que je connaissais vraiment l'homme que j'avais épousé ? s'interrogea-t-elle à voix haute. Est-ce qu'il n'a jamais été qu'un étranger sous mon toit, dont le départ était inéluctable ? Ou bien est-ce que quelque chose l'a forcé à partir ? *Abandon de domicile* : c'est la seule ligne qui figure dans le rapport de police. À l'époque, j'ai préféré raconter à tout le monde qu'une avalanche l'avait emporté. Mais à présent que j'ai été capturée par des ravisseurs inconnus, je suis certaine qu'Aurélien a lui aussi été enlevé ! »

Elle me saisit par les épaules et plongea ses yeux alourdis dans les miens :

« Pardonne-moi, Lucy. Je n'aurais rien dû te cacher. C'était lâche de ma part. Je me persuadais que je te mentais pour te ménager – mais en réalité, c'était moi que je cherchais à préserver du qu'en-dira-t-on. Au final, j'ai échoué sur toute la ligne. J'ai été capturée, comme

Aurélien avant moi. Et je n'ai pas réussi à te protéger, puisque te voilà prisonnière à ton tour. » La voix de ma mère chevrota : « Je suis tellement désolée, Lucy, ma fille… tellement désolée. »

Les larmes qu'elle retenait depuis le début de nos retrouvailles éclatèrent. Elle tomba dans mes bras en pleurant silencieusement.

28

L'HEURE DE VÉRITÉ

Je me sentais traversée par des émotions contradictoires. D'un côté, j'en voulais à ma mère de m'avoir menti ; mais d'un autre, je compatissais avec la détresse qui avait dû être la sienne. Seule, pendant toutes ces années, elle avait porté le fardeau d'avoir été abandonnée. Le mystérieux départ de son mari expliquait tant de choses : sa manie de m'attendre chaque jour sur le pas de la porte, au retour du collège, comme si elle avait peur que je ne revienne pas ; son obsession de verrouiller toutes les portes et les fenêtres, comme si le vaste monde était un ogre prêt à dévorer sa fille ; son attitude de maman poule, qui m'avait pesé de plus en plus alors que j'entrais dans l'adolescence. À présent, elle sanglotait dans mes bras, et j'étais là pour la rassurer. Pour la protéger. Pour la sauver.

Rita Perdido allait bientôt nous rejoindre, elle n'allait plus tarder. Je tendis l'oreille pour tenter de percevoir l'écho des pas de ma mentore, que son pendule devait guider jusqu'à moi. Mais les profondeurs souterraines du donjon demeuraient parfaitement silencieuses. Les ténèbres environnant la cage étaient tout aussi impénétrables. J'avais beau plisser les paupières, je ne parvenais à rien discerner derrière les barreaux ronceux, au-delà du halo projeté par la lanterne. J'avais sans doute glissé très bas sous terre. Avec sa démarche boiteuse, la vieille retrouveuse n'était pas rendue…

« Tu cherches à savoir où nous sommes et qui sont ceux qui nous ont capturées, c'est ça ? me demanda ma mère, remarquant que tous mes sens étaient aux aguets. Ne te fatigue pas. Quelqu'un remplit ma gamelle avec du ragoût de lapin quand je dors. Je n'ai jamais pu voir qui s'en chargeait depuis… depuis…

– … depuis un an, Maman. Il y a douze mois que tu as disparu. »

Elle écarquilla ses grands yeux. Dans ces profondeurs, sans calendrier, sans même les mouvements de la lune qui permettaient aux habitants de Toll Konin de tenir le compte du temps, la captive avait perdu tout repère.

« Depuis un an…, répéta-t-elle, abasourdie. Oh, ma pauvre Lucy ! Excuse-moi de t'avoir laissée toute seule pendant si longtemps ! »

La manière dont ma mère se flagellait me fendait le cœur. C'était elle qui était la plus à plaindre, dans cette horrible cage où elle croupissait depuis l'automne dernier. À côté de cette étroite prison, la salle de bains « louée » par tante Doris en échange de mes larcins passait pour une chambre d'hôtel cinq étoiles.

« Ne t'inquiète pas, Maman, dis-je en la serrant un peu plus fort dans mes bras. J'habite chez tante Doris. Elle prend bien soin de moi. »

Soulager ma mère, c'était tout ce qui comptait, même au prix d'un mensonge. Elle m'avait élevée avec bravoure. Elle m'avait couvée, sans doute un peu trop. Mais tout cela, elle l'avait fait par amour.

« Je suis heureuse que Doris t'ait prise sous son aile, dit-elle. J'aurais dû te présenter ta tante bien avant. Mais je n'en ai pas eu le courage. Nous nous sommes brouillées il y a longtemps… »

Je sentis qu'une profonde tristesse lestait ces dernières paroles, et même de la culpabilité. Il y avait un passif entre Meg et Doris, quelque chose qui allait au-delà de leur désaccord sur la carrière théâtrale choisie par ma génitrice. Mais ce n'était pas le moment d'en parler.

« Et toi ? lui demandai-je. Comment est-ce que tu as tenu le coup ? »

Un pâle sourire étira à nouveau ses lèvres, comme lorsqu'elle m'avait gentiment qualifiée de chou à la crème. La lumière réapparut dans ses yeux doux.

« J'ai tenu grâce au théâtre, murmura-t-elle. Je me suis rappelé tous les rôles que j'avais interprétés quand j'étais comédienne. Tous les textes que j'avais appris. Et je les ai rejoués à voix haute, en imaginant un public derrière les barreaux. »

Ma formidable mère ! Elle avait toujours vécu dans son univers, depuis l'époque où elle peuplait mon enfance de contes et de légendes ; des années plus tard, son imagination avait encore été son réconfort, sa bouée de sauvetage.

« Je n'étais pas seule dans ma cage, me confia-t-elle. Je vivais avec Lady Macbeth et Juliette, avec Elphaba et Cléopâtre : tous ces personnages que j'ai appris et qui sont devenus un peu de moi-même. Je n'ai pas manqué d'eau, de nourriture ou de lumière ; la seule chose que j'aurais voulue, c'est de quoi écrire pour noter toutes les nouvelles histoires qui me venaient en tête.

– J'ai hâte que tu me les racontes, Maman, lui dis-je. Quand nous serons de retour à la maison. Il est temps. » Je lui décochai un clin d'œil : « Tante Doris n'est pas vraiment un cordon bleu, et rien ne vaut ta tarte à la citrouille. »

Ma réflexion lui arracha un éclat de rire :

« Ma pauvre Doris, je me souviens encore de ses cookies cramés quand on était petites ! En grandissant, la vie nous a éloignées. Et Aurélien aussi… » Le seul fait de prononcer le nom de son mari effaça son sourire et la plongea à nouveau dans l'angoisse. « Où peut-il bien être ? Est-ce qu'il avait une dette envers des truands ? – je connais si peu de choses de son passé… Mais j'aurais dû me douter qu'il avait des ennemis, peu après l'achat de la maison, quand il a insisté pour renforcer nos fenêtres avec des montants en fer. »

À cette mention, mon cœur fit un bond dans ma poitrine. Ma mère n'était pas retrouveuse, j'en avais maintenant la certitude… mais mon père, peut-être que si ! Les indices étaient de plus en plus nombreux : ses cauchemars récurrents du Seigneur des Ronces ; la veilleuse à son chevet ; la décision de me baptiser d'après la lumière, qui permet de voir les croquemitaines lorsqu'ils s'aventurent à la surface et de les exorciser… et jusqu'au blindage de fer de la maison où j'avais grandi !

« Le choix de nous installer dans la région isolée des Catskills aurait aussi dû me mettre la puce à l'oreille, soupira ma mère, sans se douter de la tempête émotionnelle qui se déchaînait en moi. Cela correspondait si peu à nos projets de théâtre. Mais c'était l'endroit idéal pour se faire oublier, s'il avait des gangsters lancés à ses trousses. Peut-être que ces derniers ont fini par retrouver sa trace ? Peut-être qu'ils s'acharnent sur notre famille en guise de représailles, pour une faute qu'il a commise et dont j'ignore tout ? » Les yeux de ma mère s'agrandirent : « Ce Seigneur des Ronces, dont Aurélien répétait le nom dans son sommeil : et si c'était le pseudonyme d'un baron de la mafia ? Oui ! Et ça donnerait un sens à ces barreaux faits de ronces : une mise en scène pour impressionner les ennemis du gang. Les malfrats aiment ce genre de symboles. »

Après avoir été plongée dans ses souvenirs et dans la prostration, une agitation fébrile la gagnait. Je pouvais presque voir ses méninges chauffer derrière son front. Pour la millième fois peut-être, elle tentait d'élaborer un scénario, une explication rationnelle à ce qu'elle vivait depuis un an.

« D'ailleurs, tu as mentionné le nom du Seigneur des Ronces tout à l'heure, n'est-ce pas ? me demanda-t-elle, la voix vibrante. Est-ce que tu as vu cet homme ? Est-ce que tu lui as parlé ? Que veut-il en échange de notre libération ? »

L'ignorance de ma mère me faisait mal au cœur, mais c'était compréhensible. J'aurais sans doute réfléchi de la même manière si Rita Perdido ne m'avait éduquée à propos des croquemitaines et de leurs méfaits. À présent, c'était à mon tour d'ouvrir les yeux de Maman sur l'incroyable vérité.

Je posai à nouveau ma main sur son bras pour l'inciter à se calmer. Et à m'écouter.

« Tu n'as pas été enlevée par des gangsters, Maman, murmurai-je.

– Mais par qui, alors ?

– Je te l'ai dit : par un croquemitaine. »

Elle s'apprêtait à protester, mais je plongeai mes yeux dans les siens :

« Raconte-moi ce qui s'est passé en octobre dernier, le soir où tu as disparu. Tu as ouvert le coffre barbelé – celui qui est entreposé au grenier, avec toutes les piques –, n'est-ce pas ?

– Je… oui, avoua-t-elle dans un souffle. Ton père me manquait tellement. C'était notre anniversaire de mariage et j'avais du vague à l'âme. Je me suis replongée dans les vieux albums photos, j'ai écouté en boucle la valse de nos noces. Et j'ai ressorti les affaires d'Aurélien de son armoire – tous ses vieux vêtements, que je ne me suis jamais résolue à jeter. Alors que je vidais la plus haute étagère, mes doigts ont rencontré une excroissance sous le dernier pull soigneusement plié. C'était une clé, scotchée tout au fond de l'armoire, comme si Aurélien avait voulu l'y cacher. Une clé à crâne de cerf. »

L'anneau tarabiscoté me revint en mémoire. Je frissonnai. De toute évidence, mon père savait que cette clé ouvrait sur l'enfer, et il avait voulu protéger sa famille en la dissimulant.

« Je me suis mise en quête de la serrure qu'elle pouvait bien ouvrir, reprit ma mère. J'ai vite fait le rapprochement avec ce coffre qu'Aurélien avait hérité d'un obscur grand-oncle. Cette lugubre antiquité m'avait toujours donné la chair de poule, mais ton père refusait de s'en défaire. Comment l'as-tu appelé, déjà ? *Coffre barbelé* ? Oui, c'est ce qu'il y avait d'écrit sur l'étiquette de la clé. Je l'ai introduite dans la serrure. Le verrou a tourné. J'ai soulevé le couvercle.

– Et… ? demandai-je, pendue à ses lèvres.

– Et rien du tout. Le coffre était vide. Il n'y avait rien à l'intérieur. Alors je suis redescendue à la cuisine pour me faire un thé. »

Je forçai ma respiration à se calmer. À bien y réfléchir, le récit de ma mère était logique : ne possédant pas le don du retrouvage, elle n'avait pu ouvrir le coffre sur l'oubliette qui se trouvait derrière. Mais elle avait néanmoins déverrouillé un portail qui était resté soigneusement fermé pendant toutes ces années…

« Laisse-moi deviner : tu as laissé le coffre ouvert en quittant le grenier, murmurai-je.

– Je ne sais pas… peut-être. Tout est allé si vite. Pendant que je versai de l'eau chaude sur mon thé, j'ai entendu du bruit au grenier. J'ai cru que c'était un courant d'air qui faisait claquer la porte d'une armoire. Je suis remontée avec ma tasse fumante. J'aurais dû la poser, au lieu de chercher la lampe du grenier à tâtons, de ma main gauche… car, au moment où j'ai mis mes doigts dessus, un grand craquement m'a fait sursauter. J'ai lâché la lampe. Et la tasse, qui m'a ébouillanté le poignet. La porte du grenier s'est refermée dans un claquement. Je me suis retrouvée dans le noir complet. Et j'ai entendu le parquet qui continuer de craquer sous des pas. *Il y avait quelqu'un dans les combles.* »

Le visage de ma mère blêmit à mesure qu'elle se remémorait cette nuit d'horreur. Moi aussi, j'avais vécu cette épouvante absolue : celle de me retrouver seule dans les ténèbres avec un inconnu. Mais, à la différence de Maman, j'avais eu la chance de pouvoir m'enfuir dans la lumière avant que le croquemitaine referme ses griffes sur moi.

« Je n'ai pas vu l'homme qui m'a enlevée, bredouilla-t-elle. Mais j'ai senti son odeur – oh, quelle pestilence !

Il… il a dû entrer dans la maison par une fenêtre mal fermée, sans que je m'en aperçoive.

– Non, Maman, lui dis-je doucement. Cet intrus n'est pas venu de dehors, mais de dedans. »

Elle frémit :

« De dedans ? Mais c'est impossible, Lucy…

– Tu vérifies toujours que les fenêtres sont bien fermées, chaque matin avant de partir au travail. En revanche, ce soir-là, tu venais de déverrouiller le coffre. C'est de là qu'a surgi celui qui t'a emportée. Et ce n'était pas un homme, je te le répète. C'était un croquemitaine. »

Les lèvres de ma mère se mirent à trembler. Je sentais qu'elle aurait voulu contre-argumenter, mais les mots ne venaient pas. Au fond d'elle-même, elle savait que j'avais raison. Il lui fallait se résoudre enfin au surnaturel, contre lequel sa raison se cabrait depuis tous ces mois qu'elle était prisonnière. Le moment était venu de tout lui dévoiler.

« Je crois qu'Aurélien est un retrouveur », dis-je au terme de mon récit.

Tandis que je parlais, le visage de ma mère était passé par toutes les émotions. D'abord l'incrédulité, devant l'existence des croquemitaines et de leurs mondes cachés. Puis l'horreur, à ma description de la Salle des Pas Perdus et de ses cerbères. Pour finir, une forme de soulagement, à mettre enfin du sens sur l'énigme qui empoisonnait sa vie depuis quinze ans.

« Aurélien est un *retrouveur…* », répéta-t-elle. Comme si en énonçant cette idée nouvelle, elle pouvait mieux l'apprivoiser. « Voilà qui explique son comportement, le fer qu'il a fait poser sur la porte et les fenêtres de la maison… et, peut-être aussi, sa disparition ?

– J'en suis sûre, renchéris-je. Il a dû s'aventurer dans une oubliette dont il n'est pas ressorti. Je pense que c'est celle-ci.

– Il avait sans doute déjà eu affaire à ce Seigneur des Ronces, compléta ma mère, poursuivant le fil de ma pensée. C'est pourquoi il prononçait son nom dans ses cauchemars. Et il gardait dans notre grenier un… euh… comment as-tu dit, déjà ? Ah oui, un *portail* menant au Pays des Ronces. »

Ces réponses, si elles éclairaient le mystère de la disparition de mon père, soulevaient aussi d'autres questions. Ma mère se mit à les énoncer à voix haute :

« Quel est le lien entre Aurélien et le Seigneur des Ronces ? S'il savait que ce croquemitaine était si redoutable, pourquoi conservait-il le coffre barbelé sous notre toit ? Pourquoi ce monstre me tient-il enfermée depuis un an ? Et où se trouve Aurélien, s'il est aussi prisonnier de cette oubliette ?

– Il y a un moyen de le savoir, dis-je précipitamment. Maman, as-tu sur toi un objet qui lui a appartenu ? Quelque chose de personnel ? »

Elle souleva la manche de sa tunique pour révéler une montre d'homme à son poignet. C'était un modèle ancien, au bracelet de cuir et au cadre argenté.

« C'est la montre préférée de ton père, dit-elle. Je crois qu'il la tenait de son propre père, c'était bien le seul vestige qu'il conservait de sa famille française. Il l'arborait seulement pour les grandes occasions. Le reste du temps, elle restait rangée dans son bureau. Le soir de mon enlèvement, je la portais. Après avoir compulsé les albums photos, en fouillant dans les affaires d'Aurélien, je suis tombée dessus et la nostalgie a fait le reste. »

Elle défit la boucle et me remit le précieux objet avec une infinie délicatesse, comme si elle déposait la vie même de son mari au creux de ma paume. Je sortis mon pendule de ma poche et le laissai pendre dans ma main droite, tout en tenant la montre dans la gauche. Aussitôt, le cône d'adamantine se mit à osciller au bout de la chaînette.

« C'est donc vrai ! s'émerveilla ma mère. Je t'ai toujours dit à quel point tu ressemblais physiquement à Aurélien. Maintenant, je sais qu'il ne t'a pas seulement transmis ses cheveux, ses yeux, son charme. Lucy, ma chérie, tu as aussi hérité du don du retrouvage. Et tu vas nous aider à retrouver ton père.

– Ne t'emballe pas trop vite, Maman, lui dis-je. Regarde le pendule : il décrit des cercles sans s'arrêter dans aucune direction. Exactement comme lorsque je te cherchais à la surface, alors que tu n'y étais pas. » Je rangeai le pendule dans ma poche, dépitée, et ajoutai : « Malheureusement, j'ai peur qu'Aurélien ne soit pas au Pays des Ronces. »

Je m'apprêtais à remettre la montre à ma mère, mais elle me fit signe de la garder :

« Elle est à toi maintenant. En guise de réparation pour mes mensonges. » Elle referma délicatement le bracelet sur mon poignet gauche. « Et aussi, pour m'avoir libérée de la pensée obsédante d'avoir été abandonnée. Je suis sûre maintenant qu'Aurélien n'est pas parti de son plein gré.

– Merci, Maman », dis-je, émue.

Quelques heures plus tôt, ma mentore m'avait affirmé que tout retrouveur digne de ce nom se devait de porter une montre. Celle-ci arrivait à point nommé. Peut-être mon père l'avait-il utilisée lors de ses propres missions de retrouvage ? C'était à moi qu'elle appartenait, désormais.

« Cette balise finira par me mettre sur la piste d'Aurélien, dis-je. Je ne suis encore qu'une débutante dans l'art du retrouvage, mais Rita Perdido est une experte. Elle m'aidera à retrouver Papa, tout comme elle m'a conduit jusqu'à toi. »

Un pâle sourire illumina le visage de ma mère – comme cela me faisait du bien de la voir reprendre espoir !

« Cette Rita Perdido m'a l'air d'être un sacré personnage, s'exclama-t-elle. Il me tarde de faire sa connaissance. Tu as bien dit qu'elle allait nous rejoindre ici ? »

Je hochai la tête en m'efforçant de sourire à mon tour. À la vérité, je commençais à m'inquiéter de l'absence de ma mentore. Cela faisait deux bonnes heures que nous discutions ; or, il n'y avait toujours aucune trace de celle qui était censée nous sauver toutes les deux…

Tandis que je m'usais les yeux à scruter à travers les barreaux de ronces pour la énième fois, il me sembla distinguer une forme dans les ténèbres… oui, il y avait bien une silhouette pâle qui approchait, trop petite pour appartenir à Rita Perdido.

« Attention, c'est peut-être un spriggan ! » avertis-je.

Au cours de mon récit, j'avais décrit à ma mère la faune étrange et terrible qui écumait le Pays des Ronces. Toutefois, la créature qui avançait vers nous ne semblait pas l'alarmer.

« Ce n'est pas un spriggan, ni un pixie, ni aucune de ces horreurs que tu m'as rapportées, me dit-elle. Il s'agit juste d'un bon vieux matou. »

Un… matou ? En effet, un chat pénétra dans le halo de lumière. Il était élancé, avec de longues oreilles, de grands yeux verts et un étrange pelage clair bouclé.

« Tout au long de ma captivité, il a été mon seul compagnon », me confia ma mère.

Elle saisit sa gamelle, qui contenait un fond de ragoût de lapin, et la posa près des barreaux. Le chat se faufila adroitement entre les épines et entra dans la cage.

« Je ne sais pas d'où il vient, ni où il va après avoir mangé les restes que je garde pour lui, dit la prisonnière, tandis que son petit invité dégustait sa pitance. Mais son ronronnement m'apaise. » Elle se mit à lui gratter le crâne. « Il adore les caresses. Surtout sur la tête. »

Je n'étais pas aussi rassurée qu'elle par le petit félin. La régularité de ses visites me semblait louche. Golden Gordy m'avait dit que les chats étaient capables de sentir les croquemitaines… et peut-être de se mettre à leur service ?

« Et si c'était un espion envoyé par le Seigneur des Ronces pour te surveiller ? dis-je. Et si, après avoir mangé, il allait avertir son maître de ma présence ici ? »

À peine eussè-je prononcé ces paroles que l'incroyable se produisit. Le chat leva la truffe de sa gamelle pour me fusiller de ses grands yeux mordorés :

« Sache que je n'ai ni dieu ni maître, petite ignorante. »

29

UN ARROGANT VISITEUR

Ma surprise fut telle que je reculai de plusieurs pas et me piquai le dos aux barreaux de la cage derrière moi. Tout aussi choquée, ma mère laissa échapper un cri :

« Un animal qui parle ! Quelle diablerie ! »

Le chat au pelage bouclé redressa la tête d'un air hautain. À nouveau, une voix s'échappa de ses babines, aigüe et dotée d'un accent britannique des plus snobs :

« Diablerie : vous autres, humains superstitieux, n'avez que ce mot à la bouche pour parler de notre illustre espèce. Combien de mes congénères avez-vous envoyés au bûcher sous ce prétexte ! Tout ça parce que vous voulez absolument avoir le monopole de la parole : il suffit qu'on l'ouvre pour que vous nous accusiez de magie noire.

– Les chats… savent tous parler ? lâchai-je, estomaquée.

– Ça dépend. À la surface, nos lointains ancêtres ont transformé leur voix en miaulements pour échapper à votre vindicte, jusqu'à en oublier comment articuler des mots. Il n'y a que lorsque nous pénétrons dans les oubliettes que nous retrouvons la parole. Et encore n'en usons-nous qu'avec parcimonie : si je m'étais mis à taper la discussion avec cette femme qui m'a nourri pendant toutes ces semaines, je gage qu'elle m'aurait accueilli à coups de pied et non avec du délicieux ragoût. »

Il se tourna vers ma mère, trop sidérée pour répondre : devant ce chat qui parlait, elle avait perdu la parole. Ce qu'il disait me laissait pantoise. Certes, j'avais été témoin de la réaction de Nero, après l'attaque de la créature du placard à balais de ma tante, et Golden Gordy m'avait dit que les chats pouvaient sentir les croquemitaines. Mais je ne m'attendais pas à ce qu'ils soient capables d'accéder aux oubliettes, comme des retrouveurs !

« Tu viens de la surface ? » lui demandai-je d'une voix tremblante, en m'efforçant de ne pas songer à l'absurdité de converser avec un animal.

Il émit un soupir exaspéré – ou plutôt, un feulement – et répondit :

« Ne dis pas n'importe quoi, humaine. Le chemin qui relie le Pays des Ronces à la surface s'est refermé bien avant ma naissance. Ma famille et moi sommes coincés ici depuis des lustres. Mes parents m'ont enseigné que nous autres, les chats, allons et venons habituellement à notre guise entre le monde d'en haut et celui des oubliettes, à travers mille interstices. Mais le Pays des Ronces est différent. Il n'y a qu'un seul portail encore opérationnel : ce maudit coffre dans lequel plusieurs de mes aïeux sont entrés, voilà bien longtemps, dans un château en Cornouailles. La curiosité aidant, ils ont commis l'imprudence de s'y aventurer. Et le couvercle s'est refermé sur eux à double tour. »

Voilà qui résonnait avec le récit du vieux Silas. La nuit où le Seigneur des Ronces l'avait enlevé, il avait entendu les chats de sa mère pénétrer dans sa chambre... Apparemment, ils s'étaient aussi glissés dans le coffre.

« Je n'ai jamais vu le bon et chaud soleil ailleurs que dans mes rêves », soupira le descendant des félins trop curieux. Ses longues moustaches frémirent de dédain. « Et toi non plus, d'ailleurs, tu ne l'as jamais vu. Tu es décidément bien sotte, si tu penses que la surface est encore accessible. Pfff ! Humaine ignorante, va. »

Ce grossier personnage me semblait encore plus antipathique que Nero – au moins, le chat de ma tante n'était pas capable de m'insulter ! Je m'efforçais toutefois de ravaler ma fierté, et je souris à mon interlocuteur en dépit de ses sarcasmes.

« Je te jure que la surface est encore accessible, l'assurai-je. Si tu veux voir le soleil, je peux t'y aider. Mais pour y aller, il nous faut sortir de cette cage – toi qui vis ici depuis longtemps, sais-tu comment l'ouvrir ? »

À ces mots, le son qu'il émit ne tenait ni du miaulement ni du feulement, mais du ricanement. Son corps longiligne, couvert de pelage bouclé, se mit à trembler.

Depuis le bout de sa queue jusqu'à ses oreilles trop longues pour sa tête, tout son être se moquait de moi.

« Ben voyons ! hoqueta-t-il. Je te répète que le chemin de la surface est bloqué, es-tu simple d'esprit ? Si je vous aidais à sortir de cette cage, ta mère et toi, vous n'auriez rien à y gagner et j'aurais tout à y perdre. Adieu le bon ragoût de lapin et les grattages sur la tête à volonté. »

Je n'en croyais pas mes oreilles. Ma patience commençait à atteindre ses limites devant l'égoïsme de cette créature à qui tout semblait dû.

« Tu serais prêt à nous laisser croupir ici pour un fond de ragoût et quelques gratouilles ? lui lançai-je.

– Telle est la fonction des humains : nous servir, nous les chats. C'est la tâche la plus noble à laquelle vous puissiez aspirer. La seule qui donne un semblant de sens à vos existences mornes et balourdes.

– Tu te trompes : c'est l'inverse. Les humains ne tolèrent les chats que parce qu'ils les aident à attraper les souris. Ce sont nous, les maîtres, et vous, les serviteurs. »

À nouveau, le chat émit son ricanement horripilant.

« Alors ça, c'est la meilleure de l'année ! Tu as déjà vu un chat obéir quand on l'appelle ? Les humains s'évertuent à nous donner des noms, auxquels nous ne répondons jamais. Quelle comique tu fais, décidément ! » Sa petite mâchoire caqueta de plaisir. « Ah ! Ah ! Ah ! Il vaut mieux entendre ça que d'être sourd.

– Tu m'as bien entendue, en effet, rétorquai-je, piquée au vif. Avec tes énormes oreilles de chauves-souris, il ne manquerait plus que tu sois sourd. »

Le matou cessa aussitôt de ricaner :

« Qu'as-tu dit, impertinente ?

– J'ai dit que tu avais des oreilles de chauve-souris. Je rajoute que tu as un poil de bique sur le dos et une langue de vipère dans la bouche. Tu ressembles davantage à un monstre hybride créé par le Seigneur des Ronces qu'à un chat digne de ce nom. »

L'animal se hérissa en faisant le gros dos. Il découvrit de longs crocs effilés sous ses babines. Je l'avais vexé.

« Non seulement je suis un chat, mais je suis un chat de race ! feula-t-il. Un cornish rex à pedigree, de pure lignée !

– Un corned-beef ? » répétai-je, en faisant semblant de mal comprendre.

La comparaison avec la viande en conserve gélatineuse que me servait tante Doris estomaqua le félin.

« "Cornish", pas "corned" ! me corrigea-t-il avec fureur. Et "rex", pour ta gouverne, ça veut dire "roi" en latin. La race cornish rex a été ainsi nommée en hommage à notre grâce naturelle : nous sommes les rois des Cornouailles. » Il s'étira pour me permettre de mieux l'admirer : « Un corps long et racé comme celui d'un lévrier… Des pattes hautes et fines comme celles d'un pur-sang… Et ce pelage ondulé inimitable, irrésistible à l'œil et au toucher. »

Ce n'était pas la modestie qui l'étouffait : il semblait encore plus prétentieux que Nero. Sale bête.

« Mais tout cela ne te dit sans doute rien, petite souillon, lâcha-t-il avec hauteur. Tu n'as pas la moindre idée d'où se situent les Cornouailles, berceau de ma race, toi qui dois vivre dans un trou comme tous les autres humains du coin. Je t'ai vue approcher du Donjon Épineux, tout à l'heure, avec ce vieillard et cet épouvantail à voilette… »

Il m'ausculta de ses yeux gigantesques, examinant d'un air réprobateur mon survêtement et mon sac à dos. Je me souvins que je m'étais sentie observée, quelques heures plus tôt. C'était donc lui, qui semblait aller et venir à sa guise au Pays des Ronces… Comme tous les chats, il était maladivement curieux.

« D'où viens-tu, ainsi accoutrée ? me demanda-t-il d'un ton inquisiteur. De Toll Konin ?… De Toll Deves ?…

– De New York, rétorquai-je du tac au tac. Et je compte bien y retourner. Quant aux Cornouailles, je sais qu'elles se situent en Angleterre. Or, nous n'y sommes pas. Alors, mets-la en veilleuse. Arrête de te pavaner, avec tes histoires de pedigree et de poil inimitable. Ici, le seul roi, c'est le Seigneur des Ronces. »

Loin de donner sa langue au chat, il s'apprêtait à répliquer, mais à cet instant des pas résonnèrent dans le noir.

« Voilà justement celle qui va nous délivrer, lançai-je à l'arrogant matou. Bonne chance pour avoir du ragoût de lapin à l'œil, une fois que ma mère et moi serons parties de cet enfer. »

Je m'attendais à ce qu'il proteste, mais il se contenta d'émettre un miaulement aigu – le premier à sortir de sa gueule. Puis il fit un bond de côté et disparut dans le noir.

« C'est certainement Rita, notre sauveuse, confiai-je à Maman.

– Et tu m'as dit qu'elle était descendue seule avec toi dans cette oubliette ?

– Oui, pourquoi est-ce que tu… »

Les mots moururent dans ma bouche : je venais de prendre conscience qu'il n'y avait pas qu'un seul écho de pas dans les ténèbres, *mais des dizaines*.

Au lieu de voir surgir la voilette noire de Rita Perdido, c'est le nez pointu d'un spriggan qui apparut dans le halo de la lanterne. Puis un deuxième. Et d'autres encore. Bientôt, la cage fut entièrement entourée de lutins-taupes aux museaux frémissants et aux petits yeux myopes. Ma mère et moi reculâmes instinctivement au centre de la cage, dos à dos, la respiration oppressée.

L'un des spriggans saisit une sorte de corne qu'il portait en bandoulière et enfonça l'embout dans sa bouche garnie de crocs épineux. Une longue plainte jaillit de l'instrument, grave et lugubre, qui fit vibrer jusqu'à la moelle de mes os.

30

KOWR-DREYN

Je sentis le Seigneur des Ronces avant de le voir.

Sa présence se manifesta par un sillage piquant, d'abord ténu, puis de plus en plus prononcé. Ce parfum, je l'aurais reconnu entre tous : c'était celui qui m'avait fait suffoquer un an plus tôt dans le grenier de notre maison des Catskills. Une odeur de soufre. Une puanteur de charogne.

Tandis que me revenaient les souvenirs de cette nuit d'horreur, un pas lourd fit trembler le sol de pierre sous mes pieds. La terre elle-même semblait agitée de secousses sismiques. Quelle créature gigantesque pouvait donc faire ainsi chanceler le monde ?

« Lucy, gémit ma mère à mes côtés. Ta… ta main. »

Je détachai mes yeux de l'obscurité et les baissai sur ma main droite. Elle s'était mise à trembler de manière incontrôlable. Je pris conscience d'une vive brûlure, à l'endroit où aurait dû se situer mon petit doigt et où ne subsistait qu'un moignon. Cette douleur fantôme pulsait au rythme des battements de mon cœur… au rythme des pas du croquemitaine qui approchait.

Ses pieds entrèrent en premier dans la lumière de la lanterne – ou plus exactement, *ses sabots*. Deux appendices de corne fourchus comme ceux d'une chèvre, mais dix fois plus massifs. Ces extrémités démoniaques se prolongeaient par deux « jambes » arquées, couvertes de poils gris, qui s'élevaient telles des tours musculeuses jusqu'à un abdomen d'apparence humaine. Lui aussi était couvert d'une épaisse toison de bête sentant la décomposition et le soufre. Sa tête culminait loin au-dessus des nôtres, bien au-delà des barreaux scellant le plafond de la cage : ce n'était qu'un masque sombre perdu dans les ténèbres, où brillaient deux yeux jaunes. Je repensai aussitôt aux topazes incrustées dans la clé du coffre barbelé.

« C'est le diable en personne ! » s'écria ma mère, terrorisée, en esquissant un signe de croix.

Je fus traversée par la même frayeur, surgie du fond des âges.

« Non, je… je ne crois pas », parvins-je à ânonner. J'essayais de me rassurer, mais j'avais du mal à maîtriser le tremblement de ma voix. « Le diable est censé avoir des cornes de bouc, pas… pas des bois de cerf. »

On distinguait en effet l'ombre d'une immense ramure, si gigantesque qu'elle s'élevait bien au-delà du halo de la lanterne. Le bruit d'une respiration puissante comme une forge remplissait le silence.

« Agenouillez-vous devant Kowr-Dreyn, le Seigneur des Ronces ! » fit une voix gutturale, traînante et mécanique.

Elle n'émanait pas des hauteurs où devait se situer la tête du croquemitaine, mais du groupe des spriggans à ses pieds. Ils s'écartèrent pour laisser passer un nouveau venu, qui mesurait deux fois leur taille – un être humain, comme ma mère et moi. Cet homme semblait avoir une quarantaine d'années. Contrairement aux habitants de Toll Konin, il venait de s'exprimer en anglais, avec cet accent typique du cornique ancien. Au lieu de la laine grisâtre dont étaient vêtus les autres humains prisonniers du Seigneur des Ronces, il portait une cuirasse couverte d'épines, et une longue épée était accrochée à sa ceinture.

« Agenouillez-vous, vous dis-je, répéta-t-il de la même voix atone. Courbez l'échine devant mon maître, le lacérateur de chairs, le déchireur d'âmes. Moi, son héraut, je vous l'ordonne. »

Je remarquai en frissonnant que le visage du guerrier était strié de profondes égratignures de ronces, de même que ses bras. Ses *chairs* avaient été lacérées, oui, et sans doute aussi son *âme*… On dit que les yeux en sont le miroir, mais il m'était impossible de lire dans les siens : ses paupières étaient suturées par des petites agrafes noirâtres. Ou plutôt, à mieux y regarder, *par des dizaines d'épines de ronce*.

Luttant contre l'angoisse qui transformait mes muscles en guimauve, je mis lentement un genou à terre – oui, juste *un*, pas deux, pour rendre hommage au maître des lieux sans pour autant avouer ma faiblesse. À mes côtés, ma mère se plia elle aussi.

« Il y a longtemps que le Seigneur attend de te tenir à nouveau en son pouvoir, Lucy, résonna la voix du héraut au-dessus de ma nuque courbée.

– À nouveau ? balbutiai-je en relevant la tête. Vous... vous trompez. Je n'ai jamais mis les pieds au Pays des Ronces jusqu'à aujourd'hui. »

Mon cœur battait à tout rompre dans mes tempes. Le fait de ne pas voir le croquemitaine était plus angoissant encore que le spectacle de l'aveugle qu'il s'était choisi pour héraut. Pourquoi ne parlait-il pas lui-même ? En était-il incapable ? Ou bien ne me jugeait-il pas digne de sa conversation ?

« C'est toi qui te trompes, Lucy Lachance, rétorqua l'homme aux paupières cousues. Quand tu as poussé tes premiers cris, tu étais entièrement à la merci de mon seigneur et maître.

– C'est faux, bredouillai-je. Je suis née en ville, à... à New York. »

Je levai le regard un peu plus, vers les hauteurs de la cage. Entre les barreaux, les yeux jaunes scintillaient telles deux étoiles jumelles, maléfiques. Je pensais à ces astres maudits qui, dit-on, déterminent la destinée de ceux qui sont nés sous une mauvaise étoile. Et si c'était mon cas ?

« Ma fille dit vrai, s'exclama ma mère en se relevant brusquement. J'ai accouché à Manhattan, dans la maternité du Midtown Hospital. Et j'ai entendu les premiers cris de Lucy ! »

Un mugissement profond descendit sur nous, me donnant la chair de poule. Pour la première fois, j'entendais la voix de Kowr-Dreyn – si tant est qu'on pût appeler « voix » cette onde sismique qui évoquait le déchirement de la terre elle-même.

« Je ne parlais pas de tes premiers cris de nourrisson, Lucy Lachance, mais de tes premiers cris de douleur, précisa le héraut. Tu as hurlé comme un goret, quand ton doigt t'a été arraché, voilà quinze ans de cela. »

Ma tête se mit à tourner. J'avais de plus en plus mal à ma main droite – or, elle ne m'avait jamais tourmentée depuis ma naissance. Arraché, mon petit doigt ? Je n'en avais aucun souvenir. Je me relevai en titubant et me tournai vers ma mère :

« Dis quelque chose… Tu m'as toujours affirmé que j'étais née avec une anomalie génétique, n'est-ce pas ? »

Son visage était vague devant mes yeux embués. Comme une aquarelle sur laquelle l'artiste a passé trop d'eau, et qui lentement se dissout.

« Je ne me souviens plus bien, souffla-t-elle. Quand tu es sortie de mon ventre, il me semblait que tu avais tes dix doigts. Mais je n'en suis pas sûre. Ils étaient tellement petits, et j'étais épuisée par le travail de l'accouchement. Je me suis endormie pendant plusieurs heures, je te l'ai dit. À mon réveil, ton père avait disparu. Et les infirmières m'ont convaincue que tu étais née avec cette anomalie.

– Les infirmières ont menti, trancha le héraut. Vous autres, pauvres humains, préférez inventer de fausses explications plutôt que d'admettre ce qui dépasse votre entendement. »

Le fait que cet homme nous traite de « pauvres humains », comme si lui-même ne faisait plus partie de notre espèce, m'horrifia. En le transformant en pantin parlant, Kowr-Dreyn semblait lui avoir ôté toute once d'humanité.

« Je vais vous raconter ce qui s'est réellement passé, puisque vos esprits bornés ont tant besoin d'éclaircissements, dit-il. Cet homme, Aurélien Lachance, avait une dette envers mon maître. Longtemps, il a cru pouvoir échapper à sa vengeance en se terrant dans une demeure barricadée de fer, en haut d'une montagne. Il pensait avoir refoulé Kowr-Dreyn à jamais, en fermant hermétiquement le seul portail qui conduit à son pays : le coffre barbelé. Cependant, il a bien fallu qu'il descende de son repaire lorsque sa femme était sur le point de mettre bas. L'hôpital où elle a accouché ne bénéficiait pas des mêmes protections que sa maison. Une oubliette s'étendait sous la maternité : celle d'une croquemitaine ralliée à la cause du Seigneur des Ronces.

– Nurse Bistouri… », lâchai-je dans un souffle.

Les paroles de l'infirmière me revinrent brutalement en mémoire, tel un boomerang : « *Tu sembles avoir oublié ta rencontre avec Nurse Bistouri. Mais pas nous. Nous nous rappelons aussi le serment que nous avons prêté au Seigneur des Ronces, voilà quinze ans : celui de te capturer.* »

Tout là-haut, les yeux jaunes du croquemitaine brillaient d'un éclat de plus en plus vif – de plus en plus féroce. Je sentais son mépris déferler sur moi de manière presque physique. Je percevais aussi sa respiration de bête entravée depuis des siècles, tiède et sifflante.

« Enfermé dans son pays, mon maître ne peut plus accéder à la surface, reprit le héraut. Mais il est encore capable de communiquer spirituellement avec certains croquemitaines subalternes qui furent ses vassaux dans un lointain passé, et qui attendent son retour. Nurse Bistouri est de ceux-là. »

Je devinai que ce lien spirituel avait permis à Kowr-Dreyn de se tenir au courant des évènements de la surface et de l'évolution des langues. C'était sans doute la raison pour laquelle son héraut pouvait parler anglais.

« Nurse Bistouri est fascinée par les scalpels, les ciseaux et les pinces, poursuivit l'aveugle. Tous ces instruments de chirurgie, elle les vole quand les médecins ont le dos tourné et elle les entrepose dans son oubliette, le Bloc Opératoire. Mon maître lui a promis de compléter sa collection avec des scies à dents d'épines plus tranchantes que des rasoirs, en échange d'un service : ton enlèvement, Lucy Lachance. La chapardeuse ne s'est pas fait prier. Elle est sortie de son oubliette par un portail donnant sur la buanderie de l'hôpital. De là, elle est remontée jusqu'à la nurserie où reposaient les bébés nés du jour. Elle a mis la main sur toi et t'a ramenée dans son antre. Mais tu n'étais que l'appât…

– … La proie, c'était mon père », devinai-je.

J'en avais le souffle coupé. À côté de moi, ma mère retenait elle aussi sa respiration. Elle commençait à entrevoir la réponse à la question qui la hantait depuis toutes ces années : où son mari avait-il disparu, cette nuit lointaine où j'étais née ? Non pas au Pays des Ronces, comme elle et moi avions commencé à le croire. Mais dans le Bloc Opératoire.

Elle brandit ses poings vers le colosse dont le haut du corps nous demeurait invisible :

« Vous et votre maudite nurse avez utilisé ma fille pour attirer Aurélien dans un piège ! » accusa-t-elle.

Elle s'avança en titubant vers les barreaux et les empoigna à pleines mains, s'écorchant les paumes contre les épines. Elle ne prêtait pas la moindre attention aux spriggans qui cernaient la cage de toute part. Tout son désespoir – toute sa douleur – était dirigé vers le géant au visage noyé de ténèbres.

Ce ne fut pas lui qui lui répondit mais, une fois encore, son sinistre héraut :

« En effet, mon maître avait demandé à Nurse Bistouri de laisser le bracelet de naissance de l'enfant dans son berceau vide, susurra l'aveugle. Aurélien

Lachance s'en est servi comme d'une balise. Il s'est engouffré à son tour dans l'oubliette de l'hôpital, en passant par la buanderie ; de là, guidé par son pendule, il est remonté jusqu'au bébé. »

Ces révélations me bouleversaient. Des années durant, mon père avait méticuleusement caché sa nature de retrouveur à tout son entourage. Mais lorsque ma jeune vie avait été menacée, il avait plongé tête baissée dans une oubliette inconnue, sans y réfléchir à deux fois. Il avait tout risqué pour tenter de me sauver.

« Vous avez dit qu'Aurélien Lachance avait une dette envers votre maître, demandai-je au héraut, le cœur gros. Laquelle ?

– Il lui a volé son bien le plus précieux : son orbe.

– Son or ? répétai-je, me méprenant sur le sens de ce mot que je ne connaissais pas. Combien mon père lui en a-t-il volé ? »

Les yeux luminescents du Seigneur des Ronces, ces braises maléfiques, redoublèrent d'intensité au-dessus de ma tête.

« Tu m'as mal compris, gronda le héraut. Je n'ai pas dit *or*, mais *orbe*. »

Maman, qui avait enfin détaché ses mains des barreaux épineux, se manifesta d'une voix tremblante :

« Qu'entendez-vous par *orbe* ? » Elle fronça les sourcils et ajouta : « Vous voulez parler de ces sphères de métal que tenaient les rois de l'ancien temps pour leur couronnement ? Je crois qu'on appelait ça un "orbe crucifère"... Une planète miniature, surmontée de la croix du Christ. »

Le héraut secoua la tête :

« L'orbe de mon maître est bien plus ancien que ce dont tu parles, toi, la femme du voleur. Ce n'est pas un orbe crucifère parmi tant d'autres : c'est l'*orbe mortifère* – le seul, l'unique. »

Cette lugubre expression résonna un moment dans la nuit qui entourait la cage. Mon père avait dérobé un insigne royal : voilà qui expliquait le courroux de Kowr-Dreyn. Ce monstre arpentait déjà la Terre à l'époque des anciens Celtes, premiers habitants des Cornouailles. Son orbe avait certainement une valeur archéologique inestimable. Il devait sans doute aussi posséder un pouvoir démoniaque, pour être qualifié de « mortifère ».

« Voilà vingt ans que ce vil voleur a dérobé le trésor du Seigneur des Ronces, accusa le héraut. Mon maître a demandé à Nurse Bistouri de t'enlever dans tes langes, comme monnaie d'échange contre son bien. »

Mon cerveau fonctionnait à toute vitesse, connectait les dates. *Voilà vingt ans...* Cela coïncidait exactement avec la visite de ces mystérieux retrouveurs que le vieux Silas nous avait racontée. Quinze inconnus étaient entrés dans le Donjon Épineux. Je savais maintenant pourquoi : pour voler ce mystérieux orbe. Je devinais aussi que mon père était l'unique survivant à être ressorti de l'oubliette.

« Où ? vagit soudain ma mère, m'arrachant à mes pensées. Où est mon Aurélien ? » Elle écarquilla grand les yeux pour scruter l'obscurité. « Ici, quelque part, dans une autre cage ? »

Le héraut ne répondit pas. Il demeura immobile, telle une marionnette aux fils relâchés. Le marionnettiste, lui, se fléchit lentement sur ses jambes. Ses genoux ployèrent sous son corps de titan en émettant un craquement de bois mort. Tandis que le croquemitaine se penchait ainsi, j'avais l'impression qu'un chêne millénaire s'abattait sur nous. Peu à peu, sa face entra en pleine lumière. Ses bois sombres étaient connectés à un crâne de cerf – je veux dire *à un crâne nu*, sans peau ni pelage, juste de l'os à vif. Cette tête squelettique était maintenue au buste par un enchevêtrement de ronces, évoquant des tendons et des artères. Les ronces s'entortillaient aussi autour de la ramure, la garnissant d'épines effilées. Je remarquai avec horreur que des petits animaux y étaient empalés – souris, moineaux, écureuils. La seule chose vivante, dans sa tête de cerf patinée par les siècles, c'étaient ses yeux. Ces deux sphères jaunes, profondément enfoncées dans les orbites, brillant d'un éclat maladif.

Le souffle lourd du croquemitaine fusa à travers ses narines osseuses et s'infiltra entre les barreaux pour venir soulever mes cheveux. C'était un remugle putréfié, une odeur piquante qui m'enflamma les muqueuses et fit perler des larmes au coin de mes yeux.

Maman poussa un gémissement de terreur :

« Oh, bon sang… »

Après nous avoir exhalé son souffle de mort au visage, le croquemitaine inspira profondément. L'appel d'air était si puissant que mes cheveux se dressèrent en direction de l'énorme crâne. Mais il n'y avait pas que ma chevelure qui était aspirée ; je sentis aussi quelque chose *sortir de moi*. Une onde de chaleur quittait mon corps. Les dernières lueurs d'espoir abandonnaient mon esprit. Avec horreur, je me rendis compte que le monstre ne humait pas seulement mon odeur : il pompait aussi un peu de mon âme.

Jusqu'à présent, la manière dont les croquemitaines ravisseurs se nourrissaient de la peur de leurs prisonniers était pour moi un concept abstrait. Mais plus maintenant. Kowr-Dreyn extrayait notre terreur, à ma mère et à moi, pour s'en repaître. Plus nous nous glacions d'effroi et plus ses yeux jaunes brûlaient d'intensité.

La voix tremblante de Maman, à mes côtés, vint briser le silence :

« Au… Aurélien, bafouilla-t-elle. Est-ce que… vous… vous l'avez… tué ? »

Le crâne de cerf demeura impassible, et ce fut le héraut qui répondit à sa place :

« Ne m'as-tu donc pas écouté, femme ? Ce n'est pas au Pays des Ronces que ton mari est descendu, le soir où tu as mis bas, mais au Bloc Opératoire. Par la voix de Nurse Bistouri, mon maître lui a proposé un marché : son nouveau-né en échange de ce qu'il avait volé. Kowr-Dreyn a demandé à Aurélien Lachance de regagner sa montagne, d'aller ouvrir le coffre barbelé et d'y descendre avec l'orbe mortifère. Mais ton misérable époux a rétorqué que l'orbe n'était plus en sa possession : son associé de l'époque s'en était emparé. Cet associé se trouvait à présent de l'autre côté de l'Atlantique, à Paris.

« Mon maître a alors ordonné au voleur de se rendre en France sur-le-champ, sans parler à personne, pas même à sa femme. Le cuistre a eu l'audace d'essayer de marchander. Nurse Bistouri lui a fait comprendre qu'il n'était pas en mesure de négocier : elle a tranché un doigt du nouveau-né avec son scalpel, puis elle a placé la lame sous sa gorge vagissante. »

La douleur fantôme que je sentais dans ma main droite depuis l'arrivée de Kowr-Dreyn monta de quelques degrés supplémentaires. J'avais pris Rita Perdido pour une folle, le jour de notre rencontre, quand elle avait insinué que mon auriculaire manquant était peut-être dû à un croquemitaine. Mais elle avait raison : ma « mitaine » avait vraiment été « croquée » par le scalpel de Nurse Bistouri.

Face à moi, de l'autre côté des barreaux, les yeux lumineux du Seigneur des Ronces pulsaient au rythme de la douleur qui m'élançait. J'eus l'intuition que c'était lui qui l'avait réveillée. Il possédait ce terrible pouvoir : celui de ranimer les peurs et les blessures qu'on croyait oubliées. Mais ce n'était pas seulement le plaisir de me torturer qui faisait flamber son âme à travers ses orbites osseuses. C'était aussi la cupidité. Une avidité dévorante cuisait dans ses entrailles. Je sentais qu'il aurait été prêt à anéantir le monde et à faire égorger tous les bébés de la Terre pour récupérer son orbe.

« Aurélien Lachance s'est mis en quête dans la minute même, poursuivit le héraut. Depuis un soupirail de l'hôpital, Nurse Bistouri l'a vu monter dans un coche au milieu de la nuit, pour aller attraper une nef volante en partance pour Paris. »

Coche… nef volante… le héraut employait des termes médiévaux, mais je comprenais bien ce qui s'était passé : mon père avait sauté dans un taxi pour l'aéroport JFK.

Le Seigneur des Ronces leva lentement son énorme main. À l'image de son faciès, elle n'était pas faite de chair, mais d'os de phalanges, maintenus ensemble par des tendons en tiges de ronces. J'eus un réflexe de recul, croyant qu'il allait tendre ses doigts osseux aussi longs et pointus que des aiguilles à tricoter à travers les barreaux, pour me transpercer les yeux… Mais non. Il se contenta de me pointer du bout de son index.

Sa mâchoire démantibulée s'entrouvrit. À nouveau, elle émit un mugissement tellurique à vous crever les tympans. Je portai instinctivement mes mains à mes oreilles, mais l'épaisseur de mes doigts atténua à peine la douleur.

« *LLLL-SSSS…* »

Avec horreur, je m'aperçus que ce n'était pas juste un grondement inarticulé de bête. De sa voix aussi vieille que le monde, le colosse prononçait… mon nom ?

« *LLLLouuu-SSSSiii…* »

Il y avait dans ce grondement une telle haine, une telle envie de destruction, que j'en eus le souffle coupé. Mes yeux s'humectèrent malgré moi. Des larmes de désespoir perlèrent au coin de mes paupières. Je me concentrai de toutes mes forces pour ne pas céder à la terreur, dont le croquemitaine faisait sa pitance.

Lorsque le grondement s'arrêta enfin, je décollai mes mains tremblantes de mes oreilles. Mais il me semblait entendre encore vibrer ce son au fond de mon âme, telle une empreinte profonde laissée par le pas d'un géant dans du sable humide.

« Tu aurais dû rester la prisonnière du Bloc Opératoire jusqu'à ce que ton père remette l'orbe au Seigneur des Ronces, reprit le héraut. Seulement voilà : tu t'es enfuie. Comment toi, un nourrisson à peine né, as-tu réussi à échapper à Nurse Bistouri ? Peut-être son échec tient-il au fait qu'elle n'est qu'une vulgaire chapardeuse obnubilée par ses lames, et non une ravisseuse comme mon maître. Elle est habituée à garder des objets inanimés, pas un être grouillant comme un nourrisson. Elle n'était pas préparée à ce que tu rampes à quatre pattes vers la sortie de son oubliette… ni à ce que, si jeune, amputée d'un doigt, tu parviennes à ouvrir le portail de la buanderie. »

Pour la première fois depuis le début de cet horrible récit, la voix du héraut exprimait autre chose qu'une indifférence mêlée de mépris. Il y avait dans son intonation un flottement infime, une sorte de doute. À travers lui, le croquemitaine ne comprenait pas comment j'avais pu me tirer d'affaire. Peut-être restait-il aussi une once de conscience dans le cerveau ravagé du héraut lui-même ; ce reliquat s'émerveillait que j'aie pu échapper au maître qui le tenait si fermement…

Cette impression, toutefois, ne dura guère. Le héraut releva le menton et me toisa de toute sa hauteur :

« Peu importe que tu te sois échappée jadis, puisque tu es à présent retombée dans les filets de Kowr-Dreyn, asséna-t-il. Et ta fuite pathétique n'a rien changé, puisque ton père n'en a jamais eu vent : il était déjà en route pour Paris. Les infirmières ont dû avoir des sueurs froides, quand elles t'ont retrouvée dans la buanderie, la main en sang. Plutôt que d'admettre un manquement de l'hôpital, elles ont jugé plus prudent de prétendre que l'enfant était née ainsi. Comme je le disais, les humains veulent toujours trouver une réponse à tout, si lâche soit-elle. » Il émit un ricanement sec, la seule marque d'émotion sur son visage blafard. « Et c'est lâchement que ton père vous a abandonnées, ta mère et toi. Car il n'est pas revenu vous chercher. Mon maître ne l'a jamais revu – ni lui ni son orbe. »

Le héraut marqua une pause, comme pour laisser ses paroles s'imprégner dans nos esprits. Derrière les barreaux de la cage, les yeux jaunes du croquemitaine nous fixaient. J'avais l'impression que le monstre guettait notre réaction au récit de son porte-parole. Même s'il essayait de nous faire de la peine en prétendant que mon père nous avait laissé tomber, il souffrait en réalité autant que nous. Car son cher orbe lui échappait toujours.

« Mon maître a attendu le retour d'Aurélien Lachance pendant des années, reprit le héraut aux paupières couturées, après une longue minute de silence. Et puis un jour, il y a un an, ses sens exacerbés ont perçu un infime grincement : c'était le coffre barbelé qui s'ouvrait en surface. Il est monté en trombe, espérant cueillir Aurélien – mais c'était sa femme, Margaret, qui venait de soulever le couvercle. »

Je sentis ma mère sangloter. Elle se serra un peu plus contre moi et me glissa quelques mots à l'oreille. :

« Je ne savais pas, Lucy… En ouvrant ce coffre, j'ai ouvert la boîte de Pandore, mais je ne savais pas. Je te demande pardon. Du fond du cœur. »

Je serrai sa main dans la mienne, pour lui dire que je ne lui en voulais pas. Comment aurait-elle pu se douter de tout ce que son geste innocent allait provoquer ?

« Le Seigneur des Ronces a capturé ta mère en premier, poursuivit le héraut, s'adressant à moi. Quand tu as pénétré dans le grenier ce soir-là, quelque temps après elle, il a cru qu'il allait pouvoir t'emporter, toi aussi – mais tu lui as échappé dans la lumière, au dernier moment. Puis les coches sont arrivés avec leurs lumières tournoyantes, les gardes de la prévôté avec leurs torches aveuglantes... Tous les regards se sont braqués sur le grenier... Mon maître a dû rentrer dans le coffre barbelé, qui s'est refermé sur lui. »

Je fus parcourue d'un long frisson au souvenir de la crise de panique qui m'avait saisie dans le grenier, un an plus tôt. Après coup, les policiers m'avaient affirmé que j'avais tout rêvé. Mais tout était réel : c'était bien la présence du Seigneur des Ronces que j'avais sentie. C'était son odeur que j'avais humée. Il s'en était fallu d'un cheveu pour qu'il me ravisse. S'il y était parvenu à l'époque, je me serais retrouvée un an plus tôt dans la cage où je gisais aujourd'hui. J'aurais été comme ma mère : complètement perdue, ignorant tout des oubliettes, des croquemitaines et de leurs suppôts. Et surtout, je n'aurais pas pu compter sur ma mentore pour me venir en aide.

Rita, j'espère que vous n'êtes plus très loin, implorai-je mentalement.

« Te voilà enfin à la merci du Seigneur des Ronces, se réjouit le héraut, comme en réponse à ma prière. Ne compte pas t'échapper de cette oubliette aussi facilement que de celle de Nurse Bistouri. Ici, personne ne te viendra en aide... et nul ne pourra te retrouver. »

Un rictus se dessina sur la bouche de l'aveugle. À côté de lui, l'énorme de tête de son maître s'agita. La mâchoire d'os blanchi qui lui servait de bouche ne pouvait afficher la moindre expression ; et pourtant, j'eus l'impression d'y lire un sourire cruel.

Un doute terrible me saisit : le croquemitaine était-il au courant de la présence de Rita Perdido dans son donjon, malgré la racine de mandragore qu'elle portait autour du cou ?

La réponse, glaçante, filtra entre les lèvres du héraut :

« Tu croyais pouvoir compter sur la vieille retrouveuse qui t'accompagne, Lucy Lachance ? Elle ne viendra jamais. Le grigri dont elle s'est parée a beau couvrir son odeur, Kowr-Dreyn a entendu résonner ses bottines. Il a aussi perçu sa puissance, nichée dans son corps frêle et abîmé. Il y a en elle quelque chose de très sombre et dangereux que mon maître n'a encore jamais senti chez aucun retrouveur… ni chez aucun être humain. Mais, quels que soient ses pouvoirs, ils ne lui serviront à rien. Elle erre encore dans les hauteurs du donjon au moment où je te parle. Des dizaines d'étages la séparent de toi. Vois-tu, Kowr-Dreyn a mis des siècles à bâtir sa demeure, et il l'a conçue comme un labyrinthe vertical. Ta complice n'est pas près de te retrouver ! »

31

UN DANGEREUX PACTE

Mon cœur battait à tout rompre dans mes tempes. J'avais conscience qu'à chaque instant, d'un seul mot, d'un seul geste, le Seigneur des Ronces pouvait sceller notre sort, à ma mère et moi. Je savais que je ne pouvais plus compter sur l'aide de Rita Perdido. Mais je savais aussi que le croquemitaine n'avait toujours pas récupéré cet objet qui l'obsédait tant : son orbe mortifère. Je pressentais confusément que c'était là notre seule chance de nous en sortir. Il me fallait négocier – moi, une fille de tout juste quinze ans, avec lui, une créature immémoriale âgée de plusieurs millénaires.

Je levai les yeux vers lui, tâchant de surmonter la peur qu'il m'inspirait. J'essayai d'oublier le nœud dans mon ventre et de me concentrer plutôt sur la sensation nouvelle de la montre de mon père à mon poignet. *Aurélien, prête-moi un peu de ton courage.*

« Écoutez-moi, s'il vous plaît, Votre… euh… Votre Seigneurie, lançai-je au croquemitaine, dans l'espoir qu'il soit sensible aux flatteries. Je ne sais pas qui était mon père, il a disparu avant que je puisse le connaître… »

Le héraut poussa un grondement désapprobateur :

« Comment oses-tu t'adresser directement à Kowr-Dreyn, misérable humaine ! J'ai arraché bien des langues pour moins que ça. Et ce n'est pas ainsi que tu vas sauver ta peau. Tu paieras pour le crime de ton père, que tu l'aies connu ou pas, car tu es son engeance.

– Je ne compte pas me dérober, répondis-je au héraut, tout un gardant un œil sur le croquemitaine. Ce que je veux dire, c'est que même si je n'ai pas connu mon père, je devine qu'il n'a pas trahi le Seigneur des Ronces de son plein gré. Si c'était le cas, il serait revenu nous chercher, ma mère et moi. Il nous aurait mis en garde de ne jamais ouvrir le coffre barbelé qui donne sur ce pays. Mais il n'a rien fait de tout ça. Pourquoi ? Certainement parce qu'il en a été empêché. Cet associé parisien, à qui il devait reprendre l'orbe, a dû lui donner du fil à retordre. »

J'avais parlé à toute allure, sans reprendre mon souffle, pour livrer le maximum d'informations avant que le héraut me coupe à nouveau ou que la peur fasse vaciller ma voix. Ma mère, qui m'écoutait attentivement, poussa un faible gémissement. Elle devait songer à l'hypothèse la plus tragique, la plus évidente : et si l'ex-associé d'Aurélien l'avait tout simplement tué ? Voilà qui expliquerait son silence radio depuis des années. Oui, c'était la réponse la plus probable, mais je refusais de m'y résoudre tant que je n'en avais pas la preuve formelle.

« Savez-vous qui est cet associé ? demandai-je au héraut, le cœur battant. Votre maître, lui, le sait-il ? Connaît-il son nom ? Son adresse ? »

L'homme aux yeux cousus resta silencieux un moment, comme s'il communiquait mentalement avec le croquemitaine.

« Aurélien Lachance n'a rien dit à ce sujet », finit-il par lâcher.

Je me tournai vers ma mère :

« Et toi, Maman ?

– Je n'en ai aucune idée. Aurélien était très secret sur sa vie d'avant notre rencontre. Je ne savais pas qu'il était retrouveur. » Elle grimaça en prononçant ce mot qu'elle venait d'apprendre. « Ce soi-disant don est un fléau. Une malédiction qui s'est abattue sur les deux êtres à qui je tiens le plus au monde.

– Peut-être que cette malédiction va enfin avoir un bon côté, suggérai-je. Et si j'utilisais mon don pour retrouver Aurélien, où qu'il soit ? Lui pourra nous dire ce qu'il s'est réellement passé, et comment récupérer enfin l'orbe qui soldera sa dette envers le Seigneur des Ronces. »

Ce dernier semblait boire mes paroles derrière les barreaux épineux de la cage. Ses yeux lumineux brillaient avec une intensité si forte, à présent, qu'ils en étaient éblouissants. Peut-être étais-je en train de le convaincre ?

Je rassemblai mon courage et décidai de tenter ma chance en formulant une requête audacieuse :

« Il faudrait que Kowr-Dreyn me laisse retourner dans ma maison des Catskills, lançai-je au héraut. Pour que je récupère un objet ayant appartenu à mon père et m'en serve de balise afin de le localiser. »

Je me gardai bien de lui dire que j'avais déjà un tel objet en ma possession : la montre que ma mère venait de m'offrir. Son maître et lui n'avaient pas besoin de le savoir. Si je parvenais à les convaincre de me laisser remonter à la surface, alors je trouverais un moyen d'alerter la Guilde. Je ne pouvais plus bénéficier des conseils de Rita Perdido – mais ses collègues, eux, sauraient sans doute quoi faire…

Je baissai humblement la tête, espérant que le croquemitaine et son héraut acceptent ma proposition. Mais le grondement lugubre qui s'échappa de la mâchoire blanchie du géant me refroidit aussitôt :

« *NAAAA…* »

Je devinai que cela voulait dire « non » en cornouaillais ancien. Une fin de non-recevoir définitive et absolue.

« Kowr-Dreyn ne va pas se laisser berner par les tours de la fille, après ceux du père, trancha le héraut. Il est hors de question de vous renvoyer à la surface, ta mère et toi, tant que mon maître n'aura pas récupéré son orbe. »

J'ouvris la bouche pour protester :

« Mais… »

Avant que je puisse prononcer un mot de plus, l'index démesuré du croquemitaine jaillit entre les barreaux et s'écrasa sur ma bouche pour me faire taire. Je sentis mes lèvres se fendre sous l'impact des phalanges osseuses tissées de ronces.

« *Mais rien du tout,* susurra le héraut. C'est toi qui vas m'écouter. Il existe un autre moyen de localiser ton père, plus radical que tes petits numéros de retrouveuse. La réponse est contenue dans le livre écarlate.

– Le livre écarlate ? » répétai-je à l'instant où l'index de Kowr-Dreyn se détacha de ma bouche.

Tandis que je prononçais ces mots, la saveur métallique de mon propre sang humecta ma lèvre fendue. Tel un avant-goût de ce qui m'attendait. Comme une prémonition du pire.

« Dans le livre écarlate, tu pourras apprendre ce qu'il est advenu de ton père, se borna à répéter le héraut. À condition de payer le prix du sang. »

Maman frémit à mes côtés. Elle passa devant moi, faisant rempart de son corps, et s'écria :

« Non, pas ma fille ! S'il y a un prix à payer, c'est moi qui m'en acquitterai ! »

Le Seigneur des Ronces secoua sa tête massive, agitant les cadavres de petits animaux empalés sur ses bois sombres. À ses pieds, le héraut inclina son chef de la même manière, tel un pantin singeant les mouvements d'un accessoiriste.

« Ton sang n'a aucune valeur pour mon maître, femme, asséna-t-il. Tu portes le patronyme de ton époux, Lachance, mais c'est tout. Le sang qui coule dans tes veines n'est pas le sien. Il faut qu'une personne du sang d'Aurélien sacrifie au livre écarlate, pour en tirer les secrets qui intéressent le Seigneur des Ronces. »

Ma mère s'apprêtait à protester, mais je posai ma main sur son bras pour la retenir :

« Laisse, Maman. C'est la seule solution.

– Non, je ne veux pas !

– C'est le seul moyen pour récupérer l'orbe mortifère, insistai-je doucement. Et pour retrouver Aurélien. »

Ses traits se mirent à trembler. Revoir son mari… l'espoir qu'elle nourrissait depuis si longtemps.

« Mais qui nous dit que ce… ce croquemitaine tiendra parole ? balbutia-t-elle. Qu'il n'ordonnera pas à son héraut et à ses affreux lutins de nous tuer tous les trois, après avoir recouvré son orbe ?

– De parole, mon maître n'en a qu'une, assura l'homme aux yeux cousus. Il y a quinze ans, il avait promis à Aurélien Lachance de lui rendre son enfant en échange de son orbe. Aujourd'hui, il vous promet de vous rendre votre liberté. Mais puisque vous êtes deux prisonnières, il pose deux conditions : en plus de lui rapporter son bien, il faudra aussi lui donner la clé du coffre barbelé. »

Je serrai les mâchoires devant les exigences que le croquemitaine alignait à travers la bouche de son sous-fifre. L'orbe était une chose, la clé en était une autre. Je ne me voyais pas endosser la responsabilité de laisser un tel monstre libre d'aller à sa guise à la surface.

Je tâchai de botter en touche :

« Je n'ai pas la clé en ma possession…

– C'est donc ton acolyte, la vieille femme, qui doit l'avoir », en déduisit le héraut. Il avait beau avoir les paupières hermétiquement fermées, il voyait clair dans mon jeu. « Mon maître en fera son affaire. »

Je me mordis les lèvres, ravivant malgré moi ma blessure. J'étais confuse d'avoir lâché cette information. Le Seigneur des Ronces allait-il affronter directement Rita Perdido, maintenant qu'il se doutait qu'elle avait la clé ?

« Dîtes à votre maître de libérer ma mère maintenant et je paierai le prix du sang, lançai-je au héraut, risquant le tout pour le tout.

– Pas question. Ce n'est pas toi qui fixes les termes du contrat. Le Seigneur des Ronces vous libèrera toutes deux, il vous l'assure par ma voix, une fois qu'il sera en possession de l'orbe et de la clé. »

Je compris que ma marge de négociation s'arrêtait là. Le pacte que ce monstre me proposait était terrible, mais c'était mieux que pas de pacte du tout.

« Bien, murmurai-je, la gorge serrée. J'accepte les conditions du Seigneur des Ronces. »

Je m'attendais à ce que ses suppôts glissent ce mystérieux livre écarlate entre les barreaux. Au lieu de quoi, le héraut tourna le loquet qui verrouillait la cage. J'échangeai un regard perplexe avec ma mère : notre ravisseur avait-il changé d'avis et s'était-il résolu à nous libérer dès maintenant ?

Je bondis hors de la cage et tendis ma main à Maman pour l'inviter à me suivre. Mais avant qu'elle puisse faire un pas, le héraut s'interposa avec une vivacité surnaturelle compte tenu de sa cécité. Les spriggans me repoussèrent de leurs longues griffes. La grille se referma dans un claquement sonore.

« Seulement toi, asséna le héraut. Et Margaret Lachance plus tard, en échange de l'orbe et de la clé, comme convenu. »

Laisser ma mère derrière moi me déchirait le cœur. Je relevai le menton et me tournai vers le croque-mitaine en m'efforçant de montrer de l'assurance. Le Seigneur des Ronces faisait bien quatre fois ma taille. Sa gigantesque ramure se déployait à plus de six mètres au-dessus de ma tête. L'odeur de soufre qui émanait de son être tombait sur moi comme une chape suffocante. Je pris le risque de m'adresser de nouveau à lui directement :

« Je ne pourrai pas rechercher l'orbe sereinement, en sachant que ma mère étouffe dans cette cage trop étroite, dis-je d'une voix nasillarde, car je m'efforçais de parler tout en bloquant ma respiration. Votre Seigneurie, j'implore votre clémence : relogez-la dans une chambre du donjon digne de ce nom, d'où elle puisse voir la lune ; donnez-lui des habits neufs ; et aussi de l'encre et du papier, pour qu'elle occupe sa solitude. »

Je savais combien il était périlleux de formuler cette ultime prière. J'étais à la merci des spriggans qui me cernaient de toute part, sans parler du héraut avec son épée. Mais je sentais aussi que le Seigneur des Ronces brûlait d'impatience que je me mette en quête de son orbe. Oui, ses yeux brûlaient littéralement dans ses orbites, telles deux boules de feu prêtes à consumer l'univers.

La voix du héraut, à mes côtés, m'arracha à ce regard hypnotique :

« Le Seigneur des Ronces te donne sa parole. »

Je jetai un dernier coup d'œil à ma mère – et je lui adressai un dernier sourire, la promesse muette que je reviendrai la chercher.

Puis je me retournai vers le héraut :

« Donnez-moi le livre écarlate. »

Depuis la cage, son visage mutilé m'avait glacé. De si près, il était plus terrifiant encore. Je pouvais distinguer clairement chaque agrafe d'épine qui maintenait ses yeux fermés, cousant la peau des paupières à celle des pommettes. Les points de suture étaient cernés d'auréoles violacées, tuméfiées.

« Mon maître n'a point le livre en sa possession, dit-il. Il se trouve dans la Bibliothèque Éternelle, là où est renfermé tout le savoir du monde. »

Je sentis mes jambes flageoler sous mon corps.

« Cette bibliothèque… c'est une nouvelle oubliette, n'est-ce pas ? » devinai-je.

Le héraut opina du chef.

« Et comment suis-je censée y entrer, puisque votre maître interdit que je repasse par la surface ?

– Le portail que tu vas emprunter se trouve ici, au Pays des Ronces.

– Je ne comprends pas…, balbutiai-je. Il existe des portails entre les oubliettes ? »

Jusqu'à présent, Rita Perdido ne m'avait parlé que de sas entre la surface et les profondeurs. Elle n'avait jamais mentionné de passage reliant entre eux les arrière-mondes où vivaient les croquemitaines. Quant à Nurse Bistouri, elle m'avait dit qu'elle avait dû sortir du Bloc Opératoire et se risquer dans la ville, avant de pénétrer dans la Salle des Pas Perdus.

« Les portails inter-oubliettes sont rarissimes, m'expliqua le héraut. Il n'en existe qu'un seul au Pays des Ronces. Et on ne connaît qu'une seule croquemitaine capable d'en créer : celle qui vit de l'autre côté de ce portail, dans la Bibliothèque Éternelle. »

Je levai instinctivement le regard vers le croquemitaine qui régnait dans cette oubliette-ci. L'espace d'un instant, les yeux jaunâtres enchâssés dans le crâne de cerf me parurent perdre en éclat. Comme si le regret les voilait subtilement. Le Seigneur des Ronces avait beau être un souverain tout-puissant en son domaine, il en était aussi le plus ancien prisonnier. Le seul portail menant à la surface, le coffre barbelé, était verrouillé. Quant à celui de la Bibliothèque Éternelle, il lui était impossible de le franchir. Comme me l'avait enseigné Rita Perdido, aucun croquemitaine ne pouvait pénétrer dans une oubliette étrangère tant que le créateur de cette dernière l'occupait encore.

Mais moi, la retrouveuse, j'en étais capable !

Le Seigneur des Ronces allait devant. Le sol tremblait à chacune de ses gigantesques foulées. Le héraut le suivait telle une ombre, car c'était cela qu'il était devenu à force de tortures : la projection servile de son maître, qui ne voyait qu'avec ses yeux et ne parlait que pour transmettre ses directives. Je m'efforçais de tenir le rythme, tandis que derrière moi les dizaines de spriggans agitaient frénétiquement leurs petites jambes. Gare à moi si je ralentissais : les griffes des lutins-taupes m'aiguillonnaient cruellement les flancs, comme autant de dards. Notre étrange convoi fendait ainsi les ténèbres, nimbé d'une odeur de soufre, faiblement éclairé par la lumière tressautante de quelques lanternes tenues à bout de bras par les suppôts.

Tout en soufflant, je jetai des regards furtifs autour de moi et essayai d'évaluer dans quelles profondeurs nous nous trouvions. J'espérais retrouver la lueur de la lune – si nous revenions dans la vaste lande au niveau zéro du Pays des Ronces, je me disais que nous nous rapprocherions de Rita Perdido et que son pendule aurait plus de chances de me retrouver…

Mais le Seigneur des Ronces se figea soudain sans que la lune ait reparu, mettant tout son équipage à l'arrêt. Nous étions toujours dans la crypte de son royaume.

« Voilà, déclara le héraut. Le portail qui mène à la Bibliothèque Éternelle. »

À la lueur des lanternes, je distinguai une porte de dimensions relativement modestes et d'aspect très ancien, en forme d'ogive. Le montant de pierre avait dû être sculpté de bas-reliefs, autrefois ; mais le temps l'avait tellement érodé que les visages des personnages étaient effacés, et qu'on ne reconnaissait plus les animaux réels ou fantastiques mêlés aux êtres humains. Une petite poignée ronde était vissée dans le panneau de bois vermoulu.

Je posai ma main dessus et pris une profonde inspiration ; mais au même instant, une autre main se posa sur mon épaule pour me retenir – non pas faite de chair, mais d'os et de ronces. *La main de Kowr-Dreyn.* Je sentis les épines s'enfoncer dans ma peau à travers la double épaisseur de mon survêtement et de la cape de laine offerte par Jenna.

Le grondement profond de la créature antédiluvienne acheva de me pétrifier :

« *KAAAANNAAAAS.* »

Je levai les yeux ; à mon grand soulagement, la tête du géant disparaissait dans la pénombre, m'épargnant le macabre spectacle de son « visage ». Je ne percevais que les braises jumelles des yeux. Je tâchai de soutenir ce regard incandescent et de maîtriser le tremblement de ma voix :

« Je… je ne comprends pas, Votre Seigneurie…

– *KAAAANNAAAAS* », répéta le colosse de sa voix de stentor, ses doigts épineux s'enfonçant un peu plus dans mon épaule.

Le héraut s'interposa :

« C'est moi, Kannas, que mon maître désigne. Il veut que je t'accompagne.

– Pourquoi ? lui demandai-je. Je ne compte pas m'enfuir. Je sais que nous avons conclu un marché. Jamais je n'abandonnerai ma mère. » J'hésitai un instant, puis ajoutai : « Et comment pourrais-tu me surveiller sans me voir… Kannas ? »

Ça me faisait tout drôle de mettre un nom sur cet homme sans regard ni personnalité. D'où tenait-il ce prénom ? De sa vie antérieure, avant que le Seigneur des Ronces le capture et en fasse sa chose ? Derrière ses paupières scellées, restait-il un peu de celui qu'il avait été jadis ?

« Mon maître m'a pris la vue, c'est vrai, pour que je puisse l'accompagner quand il fera son grand retour à la surface, déclara-t-il. Mais, en contrepartie, il a aiguisé mes autres sens. »

Telle était donc l'explication de cette affreuse mutilation : Kowr-Dreyn projetait déjà son avènement dans le monde d'en haut… Il avait prévu que Kannas l'y suive. Mais, à la surface, le regard de ce dernier pouvait le blesser, comme celui de n'importe quel humain. Le Seigneur des Ronces avait donc décidé d'aveugler son héraut.

« Du reste, mon maître ne m'envoie pas dans la Bibliothèque Éternelle pour te *surveiller*, mais pour te *protéger*, ajouta Kannas en posant la main sur la poignée de l'épée accrochée à sa ceinture. Je t'ai dit que cette oubliette était habitée. La croquemitaine qui y règne a beau n'être qu'une chapardeuse, elle n'en demeure pas moins redoutable. »

J'étais bien placée pour savoir que les chapardeurs pouvaient se montrer dangereux : Nurse Bistouri m'avait tranché l'auriculaire quand j'étais bébé, puis avait failli m'égorger dans la Salle des Pas Perdus. Je détachai mes quatre doigts de la poignée. Ceux de Kowr-Dreyn, eux aussi, relâchèrent mon épaule.

« Mon maître t'aurait bien donné une escorte plus nombreuse, mais tu n'es qu'une jeune retrouveuse inexpérimentée, déclara Kannas. Une débutante. Tu ne parviendras guère à emmener qu'un seul accompagnateur avec toi avant que le portail se referme. »

Il avait sans doute raison. Jusqu'à présent, les personnes qui m'avaient suivie à travers les portails étaient toutes douées du don du retrouvage : Jasper et Rita. Pour la première fois, j'allais devoir emmener un homme qui ne l'était pas. Comme me l'avait enseigné ma mentore, il fallait beaucoup de volonté pour garder un portail ouvert le temps de faire passer un surfacien avec soi.

« Une dernière question, demandai-je. La croquemitaine qui vit dans la Bibliothèque Éternelle, celle à qui je vais devoir payer le prix du sang… comment s'appelle-t-elle ?

– La Sphinge », répondit Kannas.

Je m'attendais à ce qu'il développe son propos, mais il ne m'en dit pas davantage. Il ne m'expliqua pas non plus pourquoi elle avait créé ce portail, qu'elle ne pouvait pas franchir elle non plus, tant que le Pays des Ronces était habité. Quant à ce nom, *Sphinge*, il m'évoquait le féminin du mot *sphinx* : ces monstres mi-homme mi-lion qui, dans la mythologie, sont les gardiens des tombes et des secrets.

« Allons, maintenant, me lança Kannas d'un ton impatient. Le moment est venu de lire dans le livre écarlate où se cache ton père… et où se trouve le précieux orbe de mon maître. »

L'énorme main crochue du croquemitaine, qui tout à l'heure m'avait retenue, me poussa vers l'ogive. Kannas me suivait de près. Avec ses paupières cousues, nul risque que son regard de surfacien perturbe l'ouverture du portail.

Je tournai la poignée, pris une grande inspiration… et poussai la porte.

32

LA BIBLIOTHÈQUE ÉTERNELLE

Un vent violent me frappa le visage, mes cheveux se dressèrent sur ma tête. Cette tornade était dix fois plus forte que les courants d'air qui m'avaient accueillie à chaque ouverture des portails de la Salle des Pas Perdus. Celui de la Bibliothèque Éternelle était doué d'une volonté autrement plus puissante – et il voulait se refermer comme une huître.

Aveuglée par les bourrasques, je pesai de tout mon poids contre le panneau pour le garder entrouvert le temps de laisser passer Kannas.

« Dépêche-toi…, lâchai-je entre mes dents. Je… je ne vais pas tenir longtemps. »

La tempête gonflait ma cape de laine comme une voile, faisait claquer la capuche de mon hoodie sur mes joues comme un fouet. Je sentis Kannas frôler ma jambe et bondir de l'autre côté.

« C'est bon ?… », haletai-je.

Le mugissement du vent était trop assourdissant pour que j'entende sa réponse. À bout de force, je basculai à mon tour dans l'oubliette. La porte se referma aussitôt derrière moi dans un claquement furieux. Le vent cessa d'un seul coup, mes cheveux retombèrent sur mes joues.

Le silence s'abattit sur moi. L'endroit où j'avais pénétré n'était pas aussi sombre que les profondeurs du Donjon Épineux. C'était un long corridor sinueux, aux murs garnis de bougeoirs d'aspect fort ancien. Les flammes les plus proches du portail avaient été soufflées par le vent, mais les plus lointaines brillaient toujours, dispensant une lumière dorée.

« Je crois que nous avons réussi à passer, Kannas », murmurai-je.

Je cherchai le héraut du regard, ne le trouvai nulle part. Était-il parti en avance pour ouvrir le chemin ?

« Kannas ? appelai-je, un peu plus fort.

– Miaou. »

Je baissai les yeux… et découvris à mes pieds le chat au poil ondulé qui nous avait narguées à travers les barreaux, ma mère et moi.

« Toi ! soufflai-je.

– Miaou, répéta-t-il, le poil hérissé, ses pupilles rétractées par la panique.

– Tout à l'heure, tu déblatérais à n'en plus finir, et maintenant tu ne peux aligner qu'un malheureux miaulement ?

– Ce miaulement m'a échappé, déclara-t-il, retrouvant la parole. Quand je suis stressé, je perds mes moyens. » Il jeta un regard autour de lui. « Où sommes-nous ? Où est le ciel ? Où est le soleil bon et chaud que tu m'as promis ?

– Le soleil n'est nulle part…, lâchai-je, estomaquée par son ton inquisiteur.

– Tu m'avais pourtant dit que tu venais de la surface. Tu n'es qu'une sale menteuse, Lucy Lachance ! »

Le sans-gêne de cet affreux matou m'enrageait ; la signification de sa présence à mes côtés me glaçait.

« J'ai cru que Kannas passait avec moi, balbutiai-je. Mais c'est toi qui as pris sa place et franchi le portail, sans y être invité.

– Depuis quand les chats ont-ils besoin d'invitation pour faire ce qui leur chante ? Quant à ton stupide portail, je pensais qu'il menait à la surface, sans quoi je n'aurais pas sauté à travers. »

Le cornish rex avait beau être beaucoup plus petit que moi, j'avais l'impression que même depuis le sol il parvenait à me regarder de haut.

« Je n'avais la force de laisser entrer qu'un seul invité avec moi…, murmurai-je, prenant conscience du désastre.

– Es-tu dure de la feuille ? Je t'ai dit que je n'avais pas besoin d'invitation pour…

– Tais-toi ! En n'en faisant qu'à ta tête, tu as sans doute scellé ta condamnation à mort et la mienne ! »

Pour une fois, je parvins à couper le sifflet de cette détestable créature. Ses pupilles se rétractèrent à nouveau, il fit le dos rond. Au moins, quand il avait peur, il se taisait. Il avait même l'air… mignon ?

« Nous ne sommes pas à la surface, mais dans une nouvelle oubliette : la Bibliothèque Éternelle, lui dis-je. Tu as volé la place du garde du corps qui était censé m'accompagner. Et je ne peux pas rouvrir le portail avant vingt-quatre heures. » Je réfléchis un instant, puis ajoutai : « Mais peut-être que, toi, tu le peux ? Si tes ancêtres viennent de la surface, cela signifie que les chats sont capables d'ouvrir les portails, n'est-ce pas ?

– De les passer, oui. De les ouvrir, c'est plus délicat. Difficile de tourner une poignée ronde avec des pattes… La plupart du temps, nous nous faufilons dans les embrasures que nos serviteurs, les humains, ouvrent pour nous. »

Il avait vite retrouvé son ton dédaigneux. En gros, après avoir pris ma mère pour sa cuisinière, il me considérait comme sa portière.

« Eh bien, ne compte pas sur moi pour te servir, et encore moins pour te protéger, quand la Sphinge pointera son nez ! lui lançai-je.

– La Sphinge ? Qu'est-ce que tu racontes ? »

Je tournai les talons et le plantai là. Il allait falloir que j'affronte seule la Bibliothèque Éternelle et sa gardienne – sans escorte, avec juste mon courage.

« Eh ! Ne me laisse pas tout seul ! » feula le cornish rex en me collant aux basques.

Je décidai de l'ignorer et poursuivis mon chemin à travers le couloir, jusqu'à ce qu'il débouche sur une immense salle octogonale. Des rayonnages de livres en bois sombre s'élevaient sur chaque mur, aussi haut que portait le regard. Des échelles montaient à l'assaut de ces montagnes littéraires, leurs barreaux métalliques réfléchissant l'éclat des bougeoirs.

Il y avait là des ouvrages de toutes tailles, dans les reliures les plus diverses. D'antiques grimoires reliés de cuir craquelé côtoyaient des imprimés modernes aux dos flambant neufs. Des dictionnaires épais comme mon bras se serraient contre des fascicules aussi minces qu'une enveloppe. Certains ouvrages n'étaient même pas des livres à proprement parler : rouleaux de parchemin cachetés à la cire, papyrus remplis de hiéroglyphes, tablettes d'argile gravées de symboles inconnus. Çà et là, des alcôves garnies d'épais coussins en velours semblaient appeler à la rêverie. Cet endroit était une caverne d'Ali Baba magique, le paradis de tout lecteur. De quoi passer une vie entière à en vivre quantité d'autres.

Je me retins à une colonnade en bois, gravée de citations littéraires en plusieurs langues. Il devait y avoir dans cette bibliothèque idéale des milliers – non, *des millions* – de textes ! La masse titanesque de tout ce savoir m'enivrait et me donnait le tournis.

J'eus l'impression de voir des pages se mettre à danser autour de moi…

… sauf que ce n'était pas une impression. De grands papillons pâles, faits de papier, voletaient à travers l'immense salle de lecture. L'un d'eux s'approcha de moi. Les deux feuillets constituant ses ailes étaient couverts d'inscriptions, mais il les battait trop vite pour que je puisse lire quoi que ce soit. Ces étranges insectes étaient certainement les suppôts de la Sphinge, façonnés pour la servir, tout comme les cerbères affamés du Poinçonneur de Crânes ou les spriggans épineux du Seigneur des Ronces…

Une voix s'éleva du tréfonds de la bibliothèque :

« Eh bien, qu'est-ce que mes palimpsestes me rapportent ? Une voleuse se serait introduite chez moi ? Qui es-tu, pour oser venir profaner mon sanctuaire ? »

C'était une voix claire comme une lyre, onctueuse comme du velours, qui donnait l'impression de chanter en parlant. Rien à voir avec les grondements inarticulés de Kowr-Dreyn, ou les divagations mêlées de comptines morbides de Nurse Bistouri. Cette croquemitaine était capable de s'exprimer distinctement. Renonçant à me cacher, je me campais sur mes jambes. Le cornish rex, lui, se serra contre mes mollets.

Une haute silhouette émergea peu à peu entre les rayonnages. La Sphinge avançait à quatre pattes. Sa démarche était à l'image de sa voix : souple et majestueuse, féline. Comme je m'y étais attendu, elle possédait bien un corps de lion, pourvu de grandes ailes repliées. Une tête de femme aux longs cheveux roux y était vissée. Un visage d'une grande beauté s'ouvrait au milieu de cette crinière flamboyante : sa jeunesse apparente contrastait avec l'ancienneté immémoriale des lieux.

« Je ne suis pas une voleuse, Madame ! déclarai-je en m'efforçant de maîtriser le chevrotement dans ma voix.

– Je sens en toi le don du retrouvage, feula-t-elle en plissant les narines d'un air dégoûté. Or, tous les retrouveurs sont des voleurs. Heureusement, leur nombre diminue. Je serais heureuse de retrancher une tête de plus à leur effectif déclinant. »

Mes cuisses se mirent à trembler, ma respiration à s'accélérer, et je dus lutter contre le réflexe de fuir à toutes jambes. Je réfrénais aussi l'envie d'interroger la croquemitaine sur la cause de la mystérieuse raréfaction des retrouveurs, dont elle semblait bien au courant. Ce n'était pas pour cela que j'étais ici.

« Je ne suis pas venue *retrouver* quoi que ce soit dans votre noble demeure, ô Sphinge, parvins-je à articuler. Je souhaiterais juste consulter un livre de votre magnifique bibliothèque. »

Ce compliment sembla plaire à la croquemitaine. Un sourire subtil étira ses lèvres laquées de rouge. Un doux grondement souleva ses flancs et fit vibrer ses longues plumes couleur de feu. Elle… *ronronnait* ?

Mais oui, bien sûr ! Elle n'était qu'un gros chat, comme le cornish rex, sans doute aussi sensible que lui à la flatterie.

« La réputation d'excellence de votre bibliothèque a franchi les frontières, renchéris-je. Elle est allée jusqu'à New York ! » M'apercevant que mon interlocutrice ne connaissait peut-être pas cet endroit, je précisai aussitôt : « Aux États-Unis d'Amérique, à la surface. »

La Sphinge se figea à un mètre de moi. Une odeur de musc émanait de son pelage et de sa chevelure, un riche parfum évoquant l'orient lointain. Les pupilles fendant ses iris dorés n'étaient pas rondes comme celle d'un être humain, mais verticales comme celles d'un chat. Quant au maquillage de khôl noir qui étirait ses yeux, il me rappelait celui des antiques fresques égyptiennes que j'avais pu admirer au Metropolitan Museum de New York. Cette créature était plus ancienne encore que je ne l'avais estimé.

« Penses-tu m'apprendre où se trouve New York, à moi qui compile le savoir universel depuis que le monde est monde ? » susurra-t-elle.

Une sueur glacée coula le long de ma colonne vertébrale :

« Non, Madame, bien sûr que non.

– Sache que j'étais à New York pas plus tard que la nuit dernière, pour y prélever un ouvrage que je convoite depuis fort longtemps. »

Elle jeta un regard en direction d'une porte qui se dessinait entre les rayonnages. Une inscription était gravée sur le linteau de pierre :

NEW YORK PUBLIC LIBRARY

Un peu plus loin, on devinait une deuxième porte :

WASHINGTON LIBRARY OF CONGRESS

Puis trois autres encore :

OXFORD UNIVERSITY'S LIBRARY
BIBLIOTHÈQUE NATIONALE DE FRANCE
BIBLIOTECA NACIONAL DE ESPAÑA

Et ainsi de suite : il y avait des portails ouvrant sur les plus grandes bibliothèques du monde.

« Tu sembles surprise, remarqua la Sphinge.

– C'est que… je pensais votre oubliette enfouie trop loin sous la surface pour que vous y ayez accès.

– Oh si, j'y ai accès ! Comment crois-tu que j'alimente ma collection ? Directement à la source, en ponctionnant le savoir là où il jaillit. J'ai arpenté tant de temples de la connaissance, aujourd'hui disparus, à des époques où les livres eux-mêmes n'avaient pas encore été inventés. Comme la bibliothèque d'Alexandrie, qui renfermait des centaines de milliers des rouleaux de papyrus avant qu'un incendie fasse tout partir en fumée. Ou les tombes des rois mésopotamiens, remplies de tablettes cunéiformes que le temps a brisées. »

Je m'efforçais de sourire. La Sphinge ne manquait pas de toupet de me traiter de voleuse, alors qu'elle pillait le monde des humains depuis des millénaires.

« Tu as piqué ma curiosité, jeune retrouveuse, déclara-t-elle. Or, la curiosité est mon péché mignon. Dis-moi : quel livre es-tu venue consulter ?

– Le livre écarlate », lâchai-je du bout des lèvres.

Il me sembla voir s'étirer les pupilles de la Sphinge, et mon ventre se contracta instinctivement. Je m'attendais à ce qu'elle exige « le prix du sang », comme le héraut de Kowr-Dreyn me l'avait annoncé. Allait-elle me lacérer de ses griffes pour me faire payer, ici et maintenant ?

« Le livre écarlate, rien que ça…, murmura-t-elle en gardant son sourire énigmatique. Tu n'es pas la première à venir le réclamer. Œdipe et Orphée, Nostradamus et Napoléon : tous m'ont donné quelque chose en échange, pour avoir le privilège de lire leur destinée dans ses pages. Et toi, quel nouveau savoir vas-tu m'offrir ? »

Un nouveau… savoir ? C'était donc ça le prix, et pas mon sang ? Le nœud dans mon ventre se desserra. Je me creusais la tête, en quête d'un secret digne d'apaiser l'appétit de la Sphinge. Ma vie, ces deux dernières semaines, avait été plus riche de révélations incroyables que les quinze années qui avaient précédé. Dans tout ce que j'avais appris, il devait bien y avoir quelque chose susceptible d'intéresser mon hôtesse.

« Le croquemitaine qui régnait sous la gare de Grand Central n'est plus…, risquai-je.

– Je sais, me coupa la Sphinge. Le Poinçonneur de Crânes et Pythagoras Klein se sont entretués en 1985. »

Sa répartie me coupa le souffle. Elle connaissait même l'année du duel. Peut-être qu'une information plus récente, une actualité liée à la surface, ferait mieux l'affaire ? Je repensai à Jasper et à son équipe fétiche. La Sphinge semblait calée en matière de tablettes mésopotamiennes, mais je l'imaginais moins lire la presse sportive de A à Z.

« Les Devils du New Jersey ont été n° 1 de la division métropolitaine de hockey sur glace pendant les trois dernières saisons ! m'exclamai-je.

– Tes sources sont périmées. Les Devils viennent de perdre le championnat cette année face aux Penguins de Pittsburgh. »

Le sourire de la Sphinge s'étira d'un millimètre supplémentaire. Il me sembla voir briller l'éclat d'un croc pointu sous ses lèvres vermeilles. Cette démone connaissait-elle vraiment *tout* ?

« Mon nom ! m'exclamai-je. Je suis prête à vous le révéler, en échange de l'accès au livre écarlate. »

Contrairement aux Devils du New Jersey, je n'avais jamais fait la une des journaux. Il n'y avait certainement aucun document dans la Bibliothèque Éternelle affichant mon identité.

« Les noms des choses et des gens sont en effet une information précieuse, qui vaut de l'or », affirma la Sphinge. Elle sourit à pleines dents, sans plus chercher à cacher sa mâchoire de fauve. « Dommage que je sache déjà le tien, Lucy Lachance.

– Co… comment le connaissez-vous ? balbutiai-je.

– Le chat bavard qui t'accompagne l'a prononcé, tout à l'heure, quand tu es entrée dans mon oubliette. Mes palimpsestes l'ont entendu. Et ils me l'ont répété. »

La Sphinge fit un pas de plus dans ma direction. Ses dents blanches luisaient comme des poignards. Ses prunelles noires, comme des onyx. Je luttais de nouveau contre l'instinct de fuir à toutes jambes.

« Tu ne m'offres aucun nouveau savoir à me mettre sous la dent, or j'ai grand faim… », me menaça-t-elle d'une voix sourde.

33

BAPTÊME IMPROVISÉ

J'étais pétrifiée par la peur, telle une gazelle dans le regard d'une lionne. Les papillons de papier voletaient de plus en plus nombreux autour de moi, pareils à des mouches à viande dans l'anticipation d'un carnage. À cause du cornish rex, ce maudit matou, j'avais perdu la seule information que leur maîtresse ne savait pas.

À moins que…

Je me penchai vivement et attrapai le chat au pelage ondulé par la peau du cou.

« Lui ! m'écriai-je. Je suis sûre que vous ne connaissez pas son nom. »

Le principal intéressé glapit en tentant de se débattre :

« Eh, ça va pas la tête ! »

La Sphinge le foudroya du regard. Pour la première fois, son visage lisse se troubla, et une ride de concentration se creusa sur son large front. Elle réfléchissait. Elle plongeait dans le puits sans fond de son incommensurable mémoire. Et ses palimpsestes tourbillonnaient autour d'elle pour lui souffler je ne sais quelles confidences.

Mais elle aurait beau chercher, j'étais sûre qu'elle ne trouverait pas, pour une simple et bonne raison : il n'y avait rien à trouver. *Le cornish rex n'avait pas de nom*. Il s'en était lui-même vanté, affirmant que les humains affublaient les chats de sobriquets dont ces derniers ne se souciaient guère. Or, issu d'une lignée de chats retournés à l'état sauvage, il n'avait jamais été domestiqué, ni par conséquent baptisé.

« Son nom… son nom…, répétait la Sphinge. Je ne me souviens pas. Peut-être ne l'ai-je jamais su. » Elle fit claquer sa mâchoire pour exprimer sa frustration : « Dis-le-moi !

– Vous me promettez que vous m'autoriserez à consulter le livre écarlate, et que vous me laisserez repartir sans me faire de mal quand j'aurai obtenu toutes les réponses à mes questions ?

– Je te le promets. »

Je reposai le chat au sol et pris une profonde inspiration, tout en le fixant droit dans les yeux.

« Il s'appelle… »

Pique-Assiette (vu comment il avait taxé ma mère pendant un an) ?

Cœur-de-lion (en hommage ironique à son « indéniable » courage) ?

Méga-melon (en référence à son orgueil gros comme ça) ?

Je l'avoue, bien des noms me passèrent par la tête. Mais c'est le plus évident, le plus simple, qui franchit la frontière de mes lèvres :

« *Rex*. Il s'appelle Rex. »

Ce nom, tout droit dérivé de celui de sa race, lui allait comme un gant. Il se prenait clairement pour le roi du monde, à qui tout était dû. Et pourtant, il trouva encore le moyen de manifester sa mauvaise humeur :

« Quoi ? Mais c'est un nom de chien, ça, *Rex*, et mon honneur ne souffrira pas que… »

Je lui jetai un regard noir pour lui clouer le bec. Il prit conscience que la Sphinge, elle aussi, le regardait avec attention. Si on ne servait pas à la femme-lionne une information valable, elle apaiserait sa faim en nous dévorant tous les deux. Il avait tout intérêt à jouer le jeu.

« Euh… oui… Rex, balbutia-t-il. C'est bien comme ça que je m'appelle.

– Rex », répéta la croquemitaine.

Elle passa sa langue sur ses lèvres avec gourmandise, tel un fauve à qui on aurait jeté une pâture. Toute information de première main était sans doute pour elle aussi goûteuse que de la viande fraîche… De la même manière que les yeux jaunes de Kowr-Dreyn avaient redoublé d'intensité, tandis qu'il se délectait de ma peur, ceux de la Sphinge étincelèrent de plaisir.

« Puis-je voir le livre écarlate maintenant ? demandai-je, pressée d'en finir.

– Mais bien sûr, ronronna-t-elle. Suis-moi donc. »

Elle fit volte-face. Je me dépêchai de lui emboîter le pas, suivie du chat qui avait perdu la face et gagné un nom.

La Bibliothèque Éternelle constituait un véritable labyrinthe. La Sphinge se glissait avec aisance dans ses méandres, frôlant les piles de livres et les étagères de parchemins sans en renverser un seul. Ses étranges papillons-palimpsestes la suivaient docilement, battant de leurs ailes de papier, peuplant l'air de froissements.

« Nous y voilà », déclara soudain notre guide.

Elle se posta devant une alcôve ménagée entre deux colonnes de livres qui montaient jusqu'à l'infini. Un lutrin d'ébène s'élevait là, pareil à ceux des églises où les prêtres lisent les évangiles. Toutefois, l'ouvrage sur le lutrin n'avait rien d'un livre saint. Une aura maléfique en émanait, impalpable et pourtant bien présente…

« Le livre écarlate est ouvert à la page qui te concerne », m'indiqua la Sphinge.

Je gravis les marches en bois sombre qui menaient jusqu'à lui. Il était aussi grand que l'atlas de tante Doris, et dix fois plus épais. À ce que je pouvais en juger, il était ouvert à peu près en son milieu. Les pages de gauche étaient remplies d'une écriture manuscrite à l'encre brune.

Je détachai mon regard des lignes déjà écrites. Ces secrets n'étaient pas les miens. Mais la page de droite, celle qui était censée me concerner, était entièrement vierge.

« Je ne comprends pas, dis-je. Ma page est vide.

– En effet. Elle se remplira seulement quand tu prendras la plume. »

Je remarquai une grande plume noire, posée sur le lutrin à côté du grimoire.

« Dois-je écrire moi-même les secrets que je suis venue chercher ? hoquetai-je, de plus en plus perplexe.

– Non, tu dois t'ouvrir les veines, car rien n'est plus aiguisé qu'une plume d'oiseau-rokh, venue de la Perse lointaine. »

Je me retournai d'un bond, horrifiée :

« M'ouvrir les veines ?

– Tu m'as bien entendue. Il faut que tu verses ton sang dans le livre écarlate si tu veux qu'il te révèle ton histoire familiale. »

Je comprenais enfin ce que le héraut du Seigneur des Ronces avait voulu dire par « prix du sang », et pourquoi il avait refusé que ma mère se sacrifie à ma place. Moi seule, la fille d'Aurélien, pouvais obtenir des réponses sur son passé.

Je me retournai lentement vers le lutrin. Ce que j'avais pris pour de l'encre, sur les pages déjà écrites, était en réalité du sang versé par ceux qui m'avaient précédée, qui avait bruni avec le temps. Je pris la plume d'une main tremblante. Elle était étonnamment lourde dans ma main, et son extrémité aussi pointue qu'une seringue.

« Pique-toi le doigt au-dessus du livre, m'encouragea la Sphinge. Puis formule à voix haute la question à laquelle tu veux qu'il réponde. Rappelle-toi bien : cette question doit être en rapport avec quelqu'un de ton sang ! »

Je pris une profonde inspiration, puis appuyai mon index droit sur la pointe de la plume. Elle s'enfonça sans que je ne ressente rien de plus qu'un infime picotement. Je la retirai aussitôt, et le sang se mit à perler sur la pulpe de mon doigt.

Une goutte tomba sur la page blanche. Mais au lieu de l'éclabousser de rouge, elle se fondit dans l'épaisseur du papier comme si c'était un buvard… Le livre écarlate l'avait absorbée.

Une deuxième goutte s'écoula, puis une troisième : le livre les aspira aussi goulûment que la première. Je me rappelai de poser ma question. Plusieurs se bousculèrent au bord de mes lèvres :

« Qui est vraiment mon père, Aurélien Lachance ? Où se trouve-t-il aujourd'hui ? Est-il en possession de l'orbe mortifère volé au Seigneur des Ronces ? Et surtout, comment puis-je retrouver cet objet ? »

La voix de la Sphinge feula dans mon dos :

« Tu étais censée ne poser qu'une question, pas quatre ! Mais je comprends ta curiosité et je te pardonne. Prépare-toi juste à saigner. »

J'étais sur le point de lui demander ce qu'elle voulait dire par là, mais à cet instant la page blanche s'anima sous mes yeux. Des mots rouges commencèrent à se former à la surface du papier, comme si le livre régurgitait le sang qu'il avait bu, dessinant ce qui ressemblait au titre d'un conte.

HISTOIRE DE L'HOMME QUI CHANGEA DE NOM ET DE VIE POUR QUE SA FILLE NE DÉCOUVRE JAMAIS SON PASSÉ

Tout titre est une promesse. Avec celui-ci, dès les premiers mots, le livre écarlate réussit à me captiver comme le plus passionnant roman. Mon père ne s'appelait pas Aurélien Lachance ? Il avait voulu me cacher son identité et son passé ? Comment ? Pourquoi ? J'oubliai tout le reste – la Bibliothèque Éternelle autour de moi, la Sphinge dans mon dos, la présence de Rex serré contre mes jambes –, et je plongeai à corps perdu dans la lecture des secrets de mon père.

« Mais bien sûr, ronronna la Sphinge. Suis-moi donc. »

RETROUVEZ LE CHEMIN
QUI MÈNE AU LIVRE ÉCARLATE…
ET PIRE ENCORE.

34

LA JEUNESSE D'AURÉLIEN

Il était une fois un petit garçon nommé Aurélien, sur qui les fées du retrouvage s'étaient penchées à la naissance. Il avait tout pour devenir le plus grand retrouveur que le monde eût jamais connu, car son talent était à nul autre pareil. Cette histoire est celle de sa vie, des exploits héroïques qu'il accomplit et des erreurs tragiques qu'il commit.

Mais commençons par le commencement, il y a quarante-cinq ans de cela. Aurélien Malle, car tel était son nom véritable avant qu'il en change, naquit par une nuit sans lune de novembre dans un hôtel particulier à Paris. Il était le troisième fils de Théophraste et Pénélope Malle, richissimes antiquaires. La maison *Malle & Fils* était réputée à travers l'Europe entière. Les acheteurs fortunés venaient y trouver des reliques rares et des pièces uniques, avec lesquelles aucun concurrent ne pouvait rivaliser. Les antiquaires *Malle & Fils* étaient notamment connus pour retrouver des objets précieux qu'on croyait disparus depuis des siècles. Officiellement, cette incroyable efficacité reposait sur un réseau international de partenaires, d'agents et d'historiens, capables d'enquêter sur les cinq continents. La maison en avait fait un slogan, reposant sur un jeu de mots qui faisait sourire les clients : « *Maison Malle & Fils – Un talent qui tient du maléfice !* »

En réalité, ce clin d'œil à la magie recelait une vérité cachée. Ce n'était pas à la surface du monde que les époux Malle allaient chercher les objets disparus : c'était dans ses oubliettes. Car ils étaient tous deux de grands retrouveurs, et tous les employés de leur entreprise possédaient eux aussi le don du retrouvage.

À l'image de ses deux frères aînés, Arthur et Aymeric, Aurélien fut initié par ses parents dès sa plus tendre enfance : ouverture de portail, maniement du pendule et escrime à l'épée de fer. Il révéla un don très précoce, le plus puissant sans doute jamais apparu dans la lignée Malle, qui remontait au Moyen âge. Ainsi, dès l'âge de six ans, il accomplit son premier exploit.

Les lettres rouges cessèrent soudain de s'écrire à la surface du livre. Je crus un instant que la magie s'était épuisée ; mais, l'instant d'après, une grande lettrine se dessina sur la page, amorçant un nouveau paragraphe. Tel un conteur qui ménage ses effets, le livre écarlate avait simplement marqué une pause avant d'entamer la suite de son récit – et de me narrer un deuxième conte, enchâssé dans le premier…

Il était une fois une croquemitaine chapardeuse connue sous le nom de Petite Souris. Celle de Paris, car il en existe une dans chaque ville de France. Elle volait les dents de lait des jeunes enfants pendant leur sommeil (sans laisser de pièce de monnaie en échange : cette tradition vient des parents désireux de dédommager leurs bambins édentés au réveil).

La nuit où commence notre histoire, le jeune Aurélien se réveilla en sursaut, la mâchoire douloureuse : sa canine droite, qui le tourmentait depuis plusieurs jours, venait d'être arrachée. Il aperçut la queue d'une souris filer dans l'embrasure de la porte de sa chambre. Il se lança à sa poursuite et dévala l'escalier de l'appartement familial, situé au-dessus du magasin d'antiquités. Il finit par déboucher dans la cave de l'immeuble, éclairée d'une unique ampoule tremblotante. Il y avait là plusieurs réduits désaffectés que les Malle n'avaient jamais aménagés. Le jeune garçon eut juste le temps de voir la souris s'engouffrer sous une porte de bois vermoulue ; il n'hésita pas un instant à l'ouvrir pour suivre la petite voleuse. Derrière la porte, il n'y avait pas de réduit, mais des galeries étroites dans lesquelles Aurélien progressa en rampant. Ainsi pénétra-t-il dans une oubliette : la Carie de Paris, ainsi nommée car elle s'étendait sous la capitale telle une carie dans une gigantesque molaire.

Aurélien finit par arriver à un palais souterrain entièrement fait d'ivoire : celui de toutes les dents de lait collectées au cours des siècles. Il pénétra dans la salle du Tri. C'était la plus grande pièce du palais, peuplée des suppôts de la Petite

Souris : des fées-des-dents, sortes de libellules humanoïdes entièrement dévouées à l'art dentaire. De leurs pattes minuscules, elles triaient le butin rapporté par leur maîtresse : quenottes abîmées d'un côté, et saines de l'autre.

La croquemitaine en personne présidait ces travaux lilliputiens depuis son trône. À la surface, la Petite Souris n'était qu'un rongeur pas plus gros qu'une balle de golf ; mais en rentrant dans son oubliette, elle reprenait sa taille réelle : celle d'une créature presque aussi grande qu'Aurélien. Entre ses oreilles rosées, son front était ceint d'une couronne pointue, tout en canines.

« Intrus ! hurla-t-elle de sa voix suraigüe. Un intrus s'est introduit au palais ! »

Délaissant leur ouvrage, les fées-des-dents s'envolèrent vers Aurélien. Mais il était fort agile, un vrai renard. Il slaloma entre les nuées qui essayaient de le retenir ; secoua les manches de son pyjama pour faire tomber les quelques fées-des-dents qui s'y étaient accrochées ; parvint au trône où la Petite Souris s'époumonait toujours.

D'un geste vif, il lui ravit sa couronne.

Les fées-des-dents se figèrent, estomaquées par une telle audace.

La Petite Souris se dressa sur ses pattes, qu'elle avait fort griffues :

« Sale mioche ! Rends-moi ma couronne, faite avec les canines de lait des plus illustres Parisiens !

– Je ne la rendrai qu'en échange de la dent qu'on m'a volée », déclara crânement le gamin.

Les fées-des-dents se mirent à fouiller fébrilement dans les tas de dents les plus récents. Mais il y en avait tant ! Autant chercher une aiguille dans une botte de foin.

« Si vous ne pouvez pas me rendre ma dent, alors donnez-m'en une autre, exigea Aurélien. Mais pas n'importe laquelle. Une dent de valeur. »

Il lorgna la couronne qu'il tenait dans ses mains : l'ivoire de chaque canine était gravé d'un nom minuscule. Richelieu… Molière… Mme de Pompadour… Son choix s'arrêta sur Louis XIV. Alors qu'il s'apprêtait à arracher la royale canine, qui était particulièrement pointue, la Petite Souris poussa un cri strident :

« Non, malheureux, pas le Roi-Soleil ! Je… je te donnerai un kilo d'or en échange.

– Un kilo d'or ? sourcilla le jeune garçon. Prouvez-le ! »

La croquemitaine claqua dans ses doigts. Ses suppôts désertèrent la salle du Tri pour s'engouffrer dans les profondeurs du palais. Elles en revinrent bientôt, chacune apportant un petit morceau d'or pour le déposer aux pieds d'Aurélien.

« Je ne collecte pas seulement les dents de lait des enfants, mais aussi, à l'occasion, les dents en or des défunts, expliqua la Petite Souris, à contrecœur. Je m'en sers habituellement comme monnaie d'échange avec les autres croquemitaines. Ce soir, mon or va servir à racheter ma couronne.

– D'accord, mais il faut que vos horribles fées assurent la livraison. »

Les yeux noirs de la Petite Souris jetèrent des éclairs devant les exigences du garnement, mais quel choix avait-elle ?

Ses suppôts se mirent en route pour acheminer l'or à travers la Carie de Paris. Le métal précieux était fort lourd pour leurs ailes de libellule, aussi devaient-elles avancer en file indienne, telles des fourmis. Aurélien leur demanda de le conduire à un portail différent de celui par lequel il était arrivé, et qu'il ne pourrait franchir à nouveau avant vingt-quatre heures. Ce fut ainsi que les fées-des-dents amassèrent le butin sous une plaque d'égout. Aurélien attendit d'être repassé à la surface, les poches de son pyjama chargées d'or ; puis il balança la couronne dans la bouche d'égout, qui se referma aussitôt.

Le jeune garçon traversa Paris les pieds nus, au milieu de la nuit, jusqu'à regagner le domicile familial. Il se lova dans ses draps sans que personne à la maison se soit rendu compte de son absence. Quelle ne fut pas la surprise de ses parents, le lendemain matin au petit-déjeuner, quand il leur offrit un kilo de dents en or !

Parvenue au bas de la première page, je clignai des paupières. L'histoire que je venais de lire était si... étrange. Elle oscillait entre le conte pour enfants merveilleux et la fable horrifique. Mais en même temps, elle avait à mes yeux une sorte d'évidence. C'était l'histoire que j'avais attendu de lire pendant toute ma vie. Voilà pourquoi j'étais différente des autres. Pas à cause de ma mère, mais à cause de mon père. Ce jeune prodige du retrouvage m'avait transmis son don, à travers son sang...

... ce même sang qui continuait de perler au bout de mon doigt.

Vite, vite, ne pas en perdre une goutte !

Écrire la suite en lettres rouges !

Je tournai fébrilement la page et laissai mon fluide vital s'écouler sur le papier immaculé. La nouvelle feuille commença aussitôt à se couvrir de lignes serrées.

En grandissant, Aurélien devint rapidement un virtuose du retrouvage. Non seulement il parvenait à entrer sans effort à travers les portails les plus coriaces, mais entre ses doigts les pendules vibraient avec une précision hors du commun. De surcroît, il était un excellent bretteur : il maniait l'épée de fer avec une agilité quasiment surnaturelle et enferra plus d'un croquemitaine récalcitrant avant même d'avoir atteint sa majorité.

Il ne tarda pas à surpasser ses deux aînés. Une forme de ressentiment insidieux commença à germer dans la fratrie autrefois soudée. Certes, Pénélope Malle tentait d'accorder la même attention à ses trois fils. Mais Théophraste Malle, lui, ne s'embarrassait pas de sentiments. C'était un maître-retrouveur émérite, aussi exigeant envers les autres qu'il l'était envers lui-même. C'était aussi un homme dur et pragmatique, sans états d'âme, dévoré d'ambition. Il ne faisait aucun effort pour cacher sa préférence envers Aurélien, au détriment d'Arthur et Aymeric. Dès ses dix-huit ans, le benjamin fut invité aux conseils d'administration de l'entreprise, alors que ses aînés restaient à la porte. Les missions les plus stratégiques lui étaient confiées (comme le retrouvage des diamants de Marie-Antoinette, perdus à la Révolution ; ou celui de la plume de Victor Hugo, avec laquelle il avait écrit ses chefs-d'œuvre). Ses frères n'étaient, quant à eux, affectés qu'aux opérations de routine (telles que la récolte de boutons anciens, pour rafistoler les costumes d'époque mis en vente au magasin).

À mesure que passaient les années, le nom « *Malle & Fils* » semblait faire de plus en plus référence à un seul fils. Et il était de plus en plus clair qu'Aurélien reprendrait le flambeau de l'entreprise, en dépit du droit d'aînesse. L'affront suprême fut porté lorsque Théophraste nomma le benjamin *Directeur du Développement*, à vingt-deux ans seulement, quand Arthur et Aymeric n'étaient encore que de simples agents à respectivement vingt-huit et trente-deux ans.

L'affaire familiale devint un empire brassant des millions d'euros. Les plus riches collectionneurs à travers le monde y recouraient régulièrement. L'hôtel particulier fut agrandi, on acheta un château en province, une villa sur la Côte d'Azur, et un yacht pour faire bonne mesure. Mais ce n'était pas encore suffisant pour le chef de famille. Alors qu'il se sentait vieillir, Théophraste Malle prenait conscience qu'il ne pourrait pas emporter ses richesses dans la tombe. Après la soif de l'or, un autre appétit vint le tarauder : celui de l'immortalité.

Il se désintéressa des missions de retrouvage, passant de moins en moins de temps sur le terrain, et de plus en plus dans les livres. Il consultait en particulier de vieux grimoires remontant à la plus haute antiquité, avec une obsession : s'accaparer la vie éternelle dont jouissaient les croquemitaines. Ce fut ainsi qu'il découvrit une légende fort ancienne, oubliée du commun des mortels depuis des siècles : celle des quatre régalias maudits.

35

LES RÉGALIAS MAUDITS

Les régalias maudits… Ces deux mots, écrits rouge sur blanc à l'encre de mon sang, semblaient irradier sur la page. Mon cœur se serra. Ma tête se mit à tourner. Je dus me retenir d'une main au lutrin pour ne pas vaciller. D'où venait ce vertige ? Pourquoi ce sentiment d'angoisse insondable ? Je n'avais pourtant jamais entendu cette expression auparavant. Je ne connaissais même pas la définition du mot « régalia »…

Comme s'il lisait dans mon esprit bouleversé, le livre écarlate dessina aussitôt une nouvelle lettrine de sang : la première lettre de la réponse.

Depuis le plus lointain passé, les régalias désignent les objets symboliques de la royauté, dont les souverains humains se parent pour affirmer leur pouvoir. La couronne de saint Édouard en Angleterre, la Sainte Ampoule en France, l'épée d'Osman dans l'Empire ottoman, le miroir Yata-no-Kagami au Japon, et tant d'autres : chaque civilisation, chaque dynastie a produit ses propres régalias.

Mais aucun n'est aussi ancien ni aussi puissant que les quatre régalias maudits. Leur origine se perd dans la nuit des temps. Une légende dit que c'est le Diable lui-même qui les forgea jadis dans la plus pure adamantine, pour usurper le trône de Dieu. Mais le Démon fut précipité en enfer avant de pouvoir exécuter son plan. Ses régalias chutèrent avec lui et furent disséminés dans les abysses. Quatre croquemitaines s'en emparèrent. Ils devinrent les gardiens jaloux de ces sombres trésors, les quatre pièces d'un puzzle séparées pour l'éternité. Car il n'est pas de créature plus solitaire et égoïste que les habitants des oubliettes.

Du projet de rébellion satanique ne demeura rien d'autre qu'une obscure